W0083875

PETER WEHLE

Sprechen Sie Ausländisch?

von Amor bis Zores

Ueberreuter

Die Deutsche Bibliothek – CIP-Einheitsaufnahme

Wehle, Peter:
Sprechen Sie ausländisch? : von Amor bis Zores /
Peter Wehle. – Wien : Ueberreuter, 1996
    ISBN 3-8000-3180-9

J 1314/1
Alle Urheberrechte, insbesondere das Recht der Vervielfältigung,
Verbreitung und öffentlichen Wiedergabe in jeder Form,
einschließlich einer Verwertung in elektronischen Medien,
der reprografischen Vervielfältigung, einer digitalen Verbreitung
und der Aufnahme in Datenbanken, ausdrücklich vorbehalten.
Umschlaggestaltung Herbert Schiefer
Copyright © 1982 und 1996 by Verlag Carl Ueberreuter, Wien
Druck Ueberreuter Print
7 6 5 4 3 2

Inhalt

Was will dieses Buch?

Es will den Leser schmunzeln lassen, während er einiges über Wörter erfährt, die aus fremden Sprachen kommen und bei uns mehr oder weniger heimisch geworden sind.

Es möchte auf die Möglichkeit aufmerksam machen, sich durch einen völlig legalen Diebstahl den Horizont zu erweitern: der verehrte Leser lernt Wörter, die eigentlich anderen Völkern gehören, er annektiert sie, ohne studieren zu müssen, ohne sie auswendig zu pauken, und doch nimmt er am kulturellen Erbe fremder Völker teil und kriegt die Zinsen eines Kapitals, das wildfremde Generationen in jahrtausendelanger Arbeit angelegt haben.

Dieses Buch will kein sprachwissenschaftliches Werk sein.

Wohl enthält es Wendungen und Gedanken, die der Autor selbst gewendet und gedacht hat, wohl beschäftigt es sich mit Fakten und Daten, die aus gar gelehrten Folianten, aber auch aus noch druckfeuchten philologischen Werken abgeschrieben wurden, und echte, graduierte Kapazitäten sowie bauernschlaue Naturkapazunder haben nicht nur ihren Senf dazugegeben, sondern auch darüber gewacht, daß nichts grundsätzlich Falsches vorkommt.

Aber Langweiliges ist geflissentlich ausgelassen worden, auf Vollständigkeit und Systematik wurde gehustet, und nicht ohne Hintergedanken steht schon in der ersten Zeile die Devise »Schmunzeln«. Die Unterhaltung hat Priorität vor der Wissenschaft, obwohl die nicht zu kurz kommen soll.

Wer gerne wissen will, was ein unverständliches, seltenes Fremdwort bedeutet, muß in einem der überaus zahlreichen

Fremdwörterbücher nachschlagen. Laut Duden gibt es 30 000 bis 40 000 Fremdwörter, und bei solchen Mengen erstürbe jedes Lächeln beim Lesen.

Dieses Buch will dem Leser ein fundiertes Verständnis für die Notwendigkeit von Fremdwörtern vermitteln, wird ihm unter Umständen sogar beruflich weiterhelfen: oft hängt die Wertschätzung, der Eindruck einer Person von ihrer Fähigkeit ab, sich vorteilhaft auszudrücken; dieses Buch will ihm eine Tube mit Wörtern überreichen, die er nur auszudrücken braucht, um den passenden Ausdruck zu finden.

Der Dichterfürst Goethe hat einmal geschrieben: Aufgabe der Sprache ist es, das Fremde nicht abzustoßen, sondern zu verschlingen. Die folgenden Seiten könnten zu einer guten Verdauung beitragen.

Daß die Diktion nicht sehr nordisch, sondern meist »weanerisch« gefärbt sein wird, soll den sich hoffentlich immer mehr neigenden Leser nicht abschrecken, auch wenn er von ostfriesischen Inseln kommt; der Autor verspricht, sich vor unverständlichen »Viennismen« zu hüten und nur möglichst dialektfreies, österreichisch-neutrales Deutsch anzuwenden.

Daraus folgt auch, daß Beispiele aus Sprachen der Kronländer der ehemaligen k. u. k. Monarchie häufiger sein werden als die aus skandinavischen Idiomen.

Das ist aber auch die einzige Einschränkung des Europa-Gedankens, zu dem sich dieses Buch vorbehaltlos bekennt.

Fremdwörter, deren Herkunft man nicht kennt, können leicht nur wegen ihrem Unbekanntsein abgelehnt werden; wenn man aber erfährt, woher sie stammen und was sie alles bezeichnen und erklären können, stuft man sie ganz anders ein, sie verlieren das Bedrohliche und werden vielleicht zu gern gesehenen Gästen.

Damit sind wir bei der oft erwähnten Sperrfunktion der Fremdwörter. Ihr gedankenloser Gebrauch errichtet Grenzen.

Wenn wir in ein fremdes Land auf Urlaub fahren, haben wir

zuerst einmal eine unbestimmte Angst vor der Grenze und dann vor dem fremden Volk. Nach dem Urlaub denken wir meist ganz anders, weil uns Volk und Sprache nicht mehr fremd sind.

Jeder Weg, der zum Abbau von Grenzen führt, der Vorhänge wegzieht, der Freunde gewinnen hilft, sollte einmal besichtigt, sollte dann aber auch gegangen werden, wenn er sich als echter Weg erweist.

Dieses Buch versucht, solche Wege zu zeigen, es möchte eine Salamitaktik zum Abbau von Sprachschranken entwerfen.

Noch etwas: der Leser wird nicht in seiner Zeiteinteilung gestört, er bekommt den Stoff in kleinen, bekömmlichen Kapiteln serviert, er kann ganz nach Laune und Appetit konsumieren. Das Buch will gefällig, aber nicht aufdringlich sein.

Aber vielleicht ist heute das Fernsehprogramm nicht ganz nach Ihrem Geschmack?

Vielleicht ist das Fremdwort, dessen Deutung Sie gerade suchen, doch im bucheigenen Wörterverzeichnis vorhanden?

Wenn Sie morgen einen Bekannten treffen, der eine andere Sprache spricht – dieses Buch will Ihnen eine Beschreibung seiner Sprache geben, und dann reden Sie sich leichter!

Oder wollen Sie einmal Sprachfamilienforschung betreiben? Verwandte Wörter sind auch Wörter!

Zum Schluß drängen sich noch ein paar von jenen Begriffen auf, die von Kitschliebhabern, Politikern und anderen Klischee-Abhängigen bis zur Bewußtlosigkeit zerschrieben und abgenützt werden: menschliche Kontakte, Toleranz, Völkerverständigung und was man sonst auf gebrauchten Rednerpulten in der Schlagwörterkiste findet.

Zu diesen an sich so wünschenswerten Grundgedanken möchte dieses Buch natürlich auch beitragen, aber ganz ohne Pathos, wenn möglich mit einem Lächeln.

Das wär's fürs erste.

Auf Weiterlesen!

Brauchen wir überhaupt Fremdwörter?

Bei vielen Fragen, die im Laufe dieser Buchseiten auftauchen werden, wird sich der Autor spiralig winden und drehen müssen, wird diplomatische Formulierungen suchen, wird schreiben: ja, das hängt doch davon ab, ob... oder: darüber gibt es mehrere Theorien...

Aber die oben gestellte Frage kann er mit einem klippklaren Ja beantworten.

Es gibt keinen Zweifel: ohne Fremdwörter wäre unsere Sprache keine Sprache, sondern bestenfalls ein Verständigungsmittel für primitivste Informationen.

Die nächste Frage lautet jetzt: *Warum* brauchen wir die Fremdwörter?

Ja – die Zahl der Gründe hängt natürlich davon ab... oder nein: es gibt eine ganze Reihe von Theorien, die...

Erstens, weil es eine ganze Menge von Dingen und Begriffen gibt, für die wir keine germanischen Erbwörter haben. Darum haben wir schon in vorhistorischer Zeit mit dem Ausleihen und Adaptieren begonnen, aber das taten vor uns auch die Römer und die Ägypter. Seit es Sprachen gibt, entstehen Fremdwörter.

Zweitens, weil immer wieder aus dem nahen und fernen Ausland Dinge in unseren Bereich kommen, die wir mitsamt ihrer Bezeichnung übernehmen, weil wir viel zu faul und viel zuwenig erfinderisch sind, um eine neue Bezeichnung zu schaffen. Fremdwörter aus verwandten Sprachen, die mit uns eine gemeinsame Ahnfrau haben, bürgern sich leichter ein als die Exoten, aber wenn es bei uns weit und breit kein Wurfgerät gibt, das zu uns zurückkehrt, dann müssen wir eben das Wort Bumerang nehmen, so australisch es uns auch erscheinen mag.

Drittens, weil durch Fremdwörter die Palette unserer Erzählungs- und Beschreibungsmöglichkeiten viel farbiger und leuchtender wird. Versuchen Sie doch einmal, Olivgrün ohne

Olive für einen anderen begreiflich zu machen. Wie sieht »Ölfruchtgrün« aus?

Viertens, weil international gebräuchliche Termini uns eine Menge Unannehmlichkeiten ersparen, wie z. B. Dolmetscher, Reisespesen, Lexikon-Nachschlägereien und vor allem Zeit.

Fünftens und vorläufig letztens: Fremdwörter können eine große Hilfe beim Erlernen fremder Sprachen sein, man kann in fremden Ländern viele Aufschriften entschlüsseln und einen Ausländer besser verstehn. Größte Hilfe auf einem ausländischen Amt.

Aber mit diesem »Fünftens« ist es natürlich nicht getan. Wir brauchen Fremdwörter auch, um an unserem Stammtisch eindrucksvoll aufzutrumpfen; wenn wir eine Festrede halten, wird sie viel würziger als sonst ausfallen, wir werden die klassische Bildung, die wir seit unseren Schulzeiten kaum aufgefrischt haben, wieder ein wenig nachlackieren, werden neuen Gesprächsstoff mit unseren Freunden und Familienmitgliedern finden und hoffentlich hie und da beim Lesen erstaunt innehalten und aufblicken:

Da schau her – das war mir ja ganz neu!

Hoffentlich sind Sie jetzt überzeugt, daß wir Fremdwörter brauchen; der eine für seinen Beruf, der andere für sein Hobby, der dritte zum Esperanto-Lernen und der vierte, um ein weggelegtes Buch noch einmal hervorzunehmen und endlich fertigzulesen.

Die Reihung dieser ziemlich willkürlich erfundenen Gründe gibt einen Überblick auf die zu behandelnden Themen, und nun ist's genug mit dem Theoretisieren, nun sollen endlich praktische Beispiele folgen.

Der gramgebeugte Leser vermißt die Unterhaltung und denkt sich: Na, das fängt ja schön an!

Hoffentlich, lieber Freund, hoffentlich!

Zwischen Fremd- und Erbwörtern: die Lehnwörter

Zwischen Fremdwörtern und Lehnwörtern zieht die Sprachwissenschaft erst seit etwa drei Jahrhunderten eine Trennungslinie, aber eine scharfe Abgrenzung ist gar nicht möglich.

Erbwörter sind Wörter oder Wurzeln, die unseren germanischen Ahnen schon geläufig waren, als sie sich entschlossen, von den deutschen Eichen herunterzusteigen. Sie sind in jedem besseren Wörterbuch von den Ur-Germanisten ausgewählt und aufgezählt.

Alles andere muß demnach Fremdwort oder Lehnwort sein.

Aber das ist ja auch wieder keine richtige Definition.

Einigen wir uns also bitte auf eine anfechtbare, aber unserer Natur eher entsprechende Unterscheidung: was uns nicht sofort vertraut und altbekannt vorkommt, ist ein Fremdwort.

Was uns zwischen Erbwort und Fremdwort zu stehen scheint, ist ein Lehnwort: ein ausgeliehenes und nie mehr zurückgegebenes Wort.

Gerade über Lehnwörter, die sich ja ganz wie eingebürgerte Wörter benehmen (was sie im Grund auch sind), wird hier einiges, was hoffentlich noch nicht weit und breit bekannt ist, was den Leser sogar überraschen wird, schonungslos aufgedeckt werden.

Das klingt anmaßend. Das klingt arrogant.

Anmaßend ist geerbt, arrogant ist ein Fremdwort.

Welches nehmen wir?

Es gibt da einen klugen Satz, der von der Duden-Redaktion formuliert wurde: Vermeide jedes Fremdwort, für das es ein gleichwertiges deutsches Wort gibt. Sei aber kein Eiferer, wenn das Fremd- oder Lehnwort unsere Sprache wirklich bereichert.

Turnvater Jahn sagte einmal lapidar: »Welschen ist fälschen.«

Welsch ist ein Ausdruck für ausländisch, er meinte also: wer ausländische Wörter verwendet, spricht ein falsches Deutsch.

Zu seiner Zeit hatte er eine Menge Anhänger, die unsere Sprache von jedem Fremdwort reinigen wollten.

Aber noch heute gibt es solche Narren: Der Hamburger »Verein für Sprachpflege« schlug in den siebziger Jahren unseres aufgeklärten Jahrhunderts allen Ernstes vor, man möge statt argumentieren »treffstücken« und statt Semikolon »Tupfstrich« sagen. Wer das richtig findet, der möge statt Mumie »Dörrleiche« und statt Cello »Kniefiedel« gebrauchen und vom weiteren Lesen in diesem Buch Abstand nehmen.

Er kann sich dann zu Hause Beethovens dritten »Zusammenklang« (Symphonie) mit dem Titel »die Reckenhafte« (Eroica) anhören, kann erzählen, daß er ein guter »Lichtschreiber« (Photograph) ist, kann den Renaissancestil als »Wiedergeburtsbauweise« bezeichnen und sich für seinen Bart eine »Schabesalbe« (Rasiercreme) in der »Duftstofferei« (Parfümerie) besorgen.

Nur turnen darf er nicht, er darf sich höchstens »drehen«, weil französisch *tourner* doch viel zu undeutsch wäre. Er wird hiemit aufgefordert, statt Mikroprozessoren »Kleinvorwärtsschreiter«, statt Elektronik »Bernsteinkunst« und statt Kilogramm »Tausendschrift« zu sagen. Er wird schon sehen, wie weit er kommt.

Normale Leute von heute sind allergisch gegen Extreme. Der Benützer, Besitzer und Beschützer von hilfreichen Fremdwörtern wird den goldenen Mittelweg finden. Das ist der Weg, den ihm Erziehung, Bildung und der gute Geschmack zeigen.

Dadurch wirkt er ein klein wenig arrogant, aber kaum anmaßend.

Die kleinen Nuancen machen oft viel aus!

Ja – nun aber ein paar Zeilen über die Lehnwörter.

Schon um 1700 ist einem klugen Mann namens Schottel aufgefallen, daß es Wörter gibt, in denen sich ausländische und heimische Bestandteile vermischen. Die nannte er Bastardwörter. Bastard heißt soviel wie uneheliches Kind, genauer ein auf einem Saumsattel (*bastum* ist das mittellateinische Wort dafür) gezeugtes, vom adeligen Vater aber anerkanntes Kind.

Durch diese Bezeichnung bekamen diese Wörter einen etwas unangenehmen Beigeschmack. Infolgedessen hießen sie – ungefähr seit 1750 – Lehnwörter, und dieser Name war dann allen recht.

Lehnwörter sind also integrierte Zuwanderer, Fremdwörter in Lederhosen, nur der Sprachendetektiv enthüllt notfalls die fremde Wurzel.

Lehen ist leihen, ein Dar-Lehen ist etwas, was man geborgt bekommt. Einst war es ein Stück Grund oder eine Grafschaft, heute ist es ein Kredit oder ein Auto, dann spricht man von *Leasing*.

Leasing ist der gleiche Stamm in der englischen Ausführung, aber Auto-Lehen würde vermutlich zu altmodisch klingen.

Wir müssen ja den Rechtsvorgang nicht allzu (lehens)wörtlich nehmen: die ausgeborgten Wörter gehören uns, wir müssen weder Zinsen zahlen, noch haben die Lehensgeber einen Rückforderungsanspruch.

Die Lehnwörter sind völlig gleichgestellt, und wir haben längst vergessen, daß sie fremde Eltern haben. Oder haben Sie ein ausländisches Gefühl, wenn Sie ein Fenster öffnen?

Fenster reimt sich zwar nur auf Gespenster, aber es ist doch sicher ein ur-deutsches Wort.

Oder?

Zugegeben: das Wort gibt's schon im Althochdeutschen, aber bei den Goten hieß die Licht- und Luftöffnung in einem Bauwerk noch *augadauro,* also Augen-Tor. Das englische *window* war ein Wind-Auge und ist es geblieben. Die gelehrigen

Germanen aber ließen sich von den Römern den Stein- und Mauerbau beibringen und waren viel zu bequem, die durch die neuen Patente und Lizenzen anfallenden Bezeichnungen durch deutsche Wörter zu ersetzen, sie machten sich die lateinischen zu eigen, und deshalb haben wir gerade bei der Bauwirtschaft eine Menge von Römerwörtern zu registrieren: Kalk, Mauer, Mörtel, Pforte, Ziegel, Kammer; alles Lehnwörter.

Fenster ist das lateinische *fenestra*, französisch *fenêtre*, wurde bis vor einigen Jahren vom griechischen *phaneros* abgeleitet; *phan* heißt so viel wie Schein, Licht, und das ist doch eine phänomenale Erscheinung, weil auch Phänomen (bitte auf der letzten Silbe betonen!), Emphase, Phosphor und sogar die Photographie zum Wort *phainein* = leuchten, scheinen gehört. Höchstens mit sehr viel Phantasie kann man da draufkommen, und auch sie (die Phantasie) hängt mit unserem Fenster zusammen. Die heutige Forschung glaubt an eine etruskische Wurzel.

Wort-Entlehnung folgt der Sach-Entlehnung: zuerst borgt man sich den Gegenstand aus, der Leihgeber sagt, wie der Gegenstand heißt, und schon ist das Lehnwort da.

Zuerst natürlich als Fremdwort.

Aber das Fremdwort avanciert zum Lehnwort, wenn auch der ungebildete Sprecher mit dem Wort so wie mit einem Erbwort umgeht. Spätestens zu dem Zeitpunkt, da der erste Bauernbursch sein Dirndl gefragt hat, ob er fensterln kommen darf, war Fenster ein Lehnwort geworden.

Fensterln kommt also aus dem Altgriechischen oder Etruskischen!

Nehmen wir einmal das Wort Fuge. Ist das ein Erbwort oder ein Lehnwort?

Wenn es Verbindungsstelle bedeutet, kann und muß man es vom mittelhochdeutschen *vuoge* ableiten, und dann ist es »füglich« ein Erbstück. In Bachs Wohltemperiertem Klavier finden sich auch Fugen, die aber gehen auf das lateinische *fuga* = Flucht zurück, und dieses Wort wurde zum musikalischen Fachausdruck für aufeinanderfolgenden Stimmeintritt der gleichen Melodie, weil man sich vorstellte, daß eine Stimme gleichsam von der anderen vertrieben wurde und die Flucht ergriff. Diese Fuge ist natürlich ein Lehnwort.

Die Unterscheidung ist fast nur noch für Tüftler von Interesse, der normale Sprecher will den Unterschied zwischen Lehn- und Erbwörtern gar nicht wissen, für ihn gibt's nur die Einteilung in halb verständliche Fremdwörter und problemlose Lehn- und Erbwörter.

Für uns aber, die wir uns um Fremdwörter kümmern und den Duft der großen, weiten Welt schnuppern wollen, fallen wieder die Erbwörter weg; wir beschäftigen uns mit fremden Wurzeln, egal, ob sie einem Fremdwort oder einem Lehnwort den inneren Halt geben.

Daher werden wir die Lehnwörter in vielen Fällen mit Fremdwörtern in Verbindung bringen und spaßeshalber die Folgen der Lehntätigkeit untersuchen. Sehen Sie, bitte, im Wörterverzeichnis beim Stichwort Conférence nach!

Lehnübersetzungen:
Davon haben wir eine Menge: Lautsprecher, Gehirnwäsche, Flutlicht sind nicht auf deutschem Mist gewachsen, sondern wörtliche Übersetzungen aus dem Englischen: *loudspeaker, brainwashing, floodlight* waren im Westen üblich, sind von uns in reines Erbdeutsch verwandelt worden, bleiben aber vom Gedanklichen her Ausländer.

Voltaire prägte den Begriff »*meurtre juridique*«, den konnten wir lehenswörtlich transportieren, und seither kennen wir alle den Justizmord.

Kein Mediziner, auch kein politisch linksstehender Kosmetiker käme heute auf die Idee, die dunklen Gesichtspunkte, die den Teint verschandeln, ausgerechnet »Mitesser« zu nennen; aber vor rund drei Jahrhunderten bezeichneten sie die Ärzte als Zehrwürmer, weil sie glaubten, daß es sich dabei um eine

Art Maden handelte, die den Kindern unter der Gesichtshaut die Nahrung wegfressen.

Sie erfanden als Fachausdruck ein pseudolateinisches *comedo*, von *cum* = mit und *edere* = essen, irgendwer wollte zeigen, daß er Latein gelernt hatte, und drum heißen diese Pickel noch heute Mitesser, obwohl der Gedanke sinnlos wurde.

Lehnprägungen:
Das fremde Wort, der fremde Begriff wird nicht wörtlich übersetzt, aber er ist der Anstoß, die Motivation, sich in der eigenen Sprache eine neue Bezeichnung zu schaffen.
Paeninsula ist das lateinische Wort für Halbinsel. Die Franzosen haben sich das übersetzt: *paene* heißt fast, beinahe, sie bildeten also das Wort *presque-île*. Bei den Holländern heißt es *Schiereiland*, und das Wort schier für fast kennen wir noch, benützen es aber nicht mehr. In diesen beiden Sprachen gibt es also Lehnübersetzungen. Englisch heißt die Halbinsel *peninsula*, dort blieb es ein Fremdwort. Im Deutschen hätte eine Fast-Insel zu sehr nach einer Insel, wo man fasten muß, geklungen, daher prägte man das Wort Halbinsel.
Nebenbei: unser Wort Insel könnte von einem lateinischen »in salo« kommen (*salum* = Salzwasser, Meer). Dies ist aber anzuzweifeln. Solche nicht bewiesenen Ableitungen nennt der humorvolle Philologe (die gibt es, aber eher selten!) »Klingklang-Etymologie«.

Lehnschöpfungen:
Man hat einen Begriff, ein Fremdwort, das nur von einer kleinen Gruppe verstanden wird. Das Volk aber kennt weder Wort noch Begriff. So wird z. B. aus dem lateinischen *conscientia* ein Ge-wissen. Vor den ersten Bibelübersetzungen gab es das bei den lieben alten Germanen nicht. Zumindest nicht als Wort.
Solche Lehnschöpfungen bleiben oft Möchtegern-Verdeutscher, und in vielen Fällen hält sich das Original neben der künstlichen Bildung.

Lehnwörter:
Werden in Einzelfällen auch Beutewörter genannt, z. B. bei
Seebold (s. S. 295), was uns hoffentlich nicht gefällt. Darüber
könnte man streiten und sprachphilosophieren, aber wegen
der gebotenen Kürze und der wohl gemeinsamen Abneigung
gegen sinnlose Debatten scheint nur eines wichtig: wir entleh-
nen nicht wahllos, sondern aus einem halbwegs abgegrenzten,
durch nachbarliche und kulturelle Verbindungen bedingten
Sprachreservoir, wir haben daher keine karibischen, malai-
ischen und indianischen Lehnwörter, obwohl wir einige
Fremdwörter aus solchen Sprachen mit Freude und Genuß
benützen; wir bleiben mit unseren Lehnwörtern im wesentlichen bei der indogermanischen Sprachgruppe (Ausnahme
s. S. 97 f.).
Lehnwörter, Lehnprägungen, Lehnübersetzungen, Lehnbil-
dungen, Lehnbedeutungen und Lehnwendungen – das alles
sind anerkannte Fachwörter. Der Autor erfindet noch was
Neues: den Lehn-Mißbrauch.
In den letzten Jahren hat sich der Mißbrauch eingenistet, statt
ja oder jawohl »genau« zu sagen.
Verwundert stellt man bei Reisen durch Norditalien fest, daß
sich diese Unsitte auch in die italienische Sprache geschlichen
hat. Hören Sie einmal in einer Trattoria den italienischen Gesprächen am Nebentisch zu: jedes zweite Wort ist ein zustim-
mendes *esatto*. Sie hören es womöglich noch öfter als in
Deutschland das »genau«, und es muß wohl von dort kommen, weil es diesen Mißbrauch im Italienischen früher nicht
gab und in Süditalien auch heute noch nicht gibt.
Ob man diese neue Feststellung in die Fachbücher aufnehmen
und Untersuchungen über den Lehn-Mißbrauch anstellen
wird?
Der Autor zeigt sich selbst die gelbe Karte!
Ein frei erfundener Ausdruck gehört doch nicht hierher!

Die Urmutter

Voll heißt englisch *full* und bedeutet eigentlich angefüllt, ist also ein Partizip, ein Mittelwort. Eng damit verwandt das lateinische Wort *plenus: plenus venter non studet libenter* = ein voller Bauch studiert nicht gern. Im Parlament ist Plenum die Vollversammlung.

Vom lateinischen *plenus* haben sich die Franzosen ihr *plein* gebildet. Für Vollmacht sagte man einst auch *plein pouvoir*, was heute noch verkalauerisiert als *plein pissoir* zu hören ist.

In Italien sagt man *pieno*, spanisch heißt es *lleno*, auf der Reise über die Pyrenäen ist das p verlorengegangen; slawisch gibt's bei den Jugos *puno*, tschechisch *plny*, russisch *poljny*, altgriechisch plä-ōs (Privat-Orthographie), neugriechisch *pliris*, und so könnte es noch über albanisch und armenisch weitergehen; in keiner Sprache ist das Wort gleich, in allen erwähnten ist es ähnlich.

Aber es sind nicht nur die vielen ähnlichen Wörter, fast alle europäischen Sprachen haben auch die gleiche Struktur: sie gehören zu den flektierenden, zu den biegenden, beugenden Sprachen.

»Wir sind« heißt lateinisch *sumus*, griechisch *esmen*, französisch *nous sommes*, italienisch *siamo*. Der langen Rede kurzer Sinn: wenn wir ein Zeitwort konjugieren (biegen), kommt bei der 1. Person Mehrzahl immer ein *m* vor, auch im Slawischen: tschechisch *sme*, jugoslawisch *jesmo*, nur im Deutschen scheint das nicht zu stimmen, denn bei »wir sind« ist weit und breit nicht das kleinste »Emmchen« zu hören oder zu sehen. Wenn wir aber um ein rundes Dutzend Jahrhunderte zurückblättern, finden wir die althochdeutsche Form, und die lautet: *wî birum-es* – und da ist das später verkümmerte *m* noch vorhanden. Ähnliche Parallelen scheinen bei der Deklination, bei der Steigerung und vielen anderen Scherzen in den meisten europäischen Sprachen auf.

Tja – das Wort »europäisch« würde ich von Herzen gern

weiterverwenden, weil ich als unverbesserlicher Optimist alles tun möchte, was den Europa-Gedanken fördert.

Warum haben wir, die Erfinder der abendländischen Kultur, denn noch immer nicht die VSE, die Vereinigten Staaten von Europa oder meinetwegen auch die USoGOE, die United States of Good Old Europe, wenn es doch schon so lange die USA und die UdSSR gibt? Wenn die Amerikaner und die Russen das geschafft haben ... Ja, kruziwuzidracula, sind wir denn wirklich um so viel verkalkter und ungeschickter nur wegen unserer Tradition der Eigenstaaterei und Kleinbrödelei?

Oh, wie gerne würde ich Europa, die liebliche Tochter des Phönikerkönigs Agenor und seiner Gemahlin Telephassa zur Ahnfrau all unserer Sprachen ernennen, erklären und verehren, aber es geht nicht.

Dabei denke ich jetzt gar nicht an den Europarat, obwohl ich meinen Lesern Gelegenheit zum Schmunzeln versprochen habe. Es ist noch trauriger.

Wir haben nämlich einige europäische Sprachen, in denen sich bei der 1. Person Mehrzahl auch durch Zurückblättern kein *m* entdecken läßt, z. B. die finnische, die ungarische, die baskische, die eskimoische und noch ein, zwei andere, die ich anti-tüftlerisch verdränge.

Die gehören zu den agglutinierenden, zu den Silben-Anklebe-Sprachen und sind ausgesprochene Außenseiter.

Dann könnte man aber immer noch, mit sehr viel großzügiger Schlamperei, die vorhin zitierten, offensichtlich verwandten Sprachen als europäische Sprachen bezeichnen!

Nein, geht leider auch nicht.

Denn diese Sprachenfamilie reicht weit über Europa hinaus und hat schon einen Namen.

Das heißt, es geht schon wieder wie im Europarat zu: Die Herren Sprachwissenschaftler können sich nicht auf einen Einheitsnamen für unsere Sprachen einigen. Einige Herren haben vorgeschlagen, unsere Ursprache als indogermanisch zu bezeichnen, was für uns logisch ist, weil ihr Gebiet von den Indern bis zu den Germanen reicht. Eine Zeitlang war auch die Bezeichnung »indo-keltisch« üblich, konnte sich aber nicht halten. Es bleibt bei indogermanisch.

Das paßt wieder den Romanen nicht, die möchten sie indoeuropäisch nennen, und in England hat man den Ausdruck *indo-aryan,* also indoarisch ins Ohr gefaßt. Die Arier sind aber weder eine englische noch eine nazistische Erfindung, diese Stammbezeichnung haben sich die Inder und die Iraner ganz allein ausgesucht und zugelegt.

Am ehesten nehmen wir, wie die meisten Sprachwissenschaftler, indogermanisch, weil es in den meisten Fachbüchern und Buchfächern schon so steht.

Wo steht die Wiege dieser Ursprache?
Wie hat sie sich ausgebreitet?
Was bedeutet sie für unsere Fremdwörterkunde?
Wörter haben keine Bänder, keine Abstammungsurkunden, man kann nur vergleichen, kombinieren, raten und streiten.

Man rekonstruiert sogenannte Grundformen, stellt fest, welche Bäume die »Ursprecher« kannten, welche Haustiere sie züchteten, und kommt verblüffenderweise zu ganz verschiedenen, aber genau begründeten Entstehungsgegenden, z. B. die Steppen Innerasiens (also vielleicht doch die Inder!), man tippt auf Süd-Rußland oder ist ganz sicher, daß die Länder um die Ostsee die alte Heimat unserer diversen Zungen darstellen (also doch die Germanen!), aber bis heute gilt die Maxime: nix Gewisses weiß man nicht.

Ein Herr August Schleicher stellte die Stammbaumtheorie auf, wonach die ach so divergierenden Einzelsprachen durch Verästelungen von einem Grundstamm entstanden sind, dagegen stellte ein Herr Johannes Schmidt seine Wellentheorie. Derzufolge hat die alte Grundsprache neue Dialektformen entwickelt, die sich nach allen Seiten ausbreiteten, anglichen und auch wieder verebbten wie die Wellenkreise, die durch

Steinwürfe im Wasser entstehen. Die beiden Theorievereine schießen einander immer wieder Tore, das Match steht bis heute unentschieden. Ausgesprochen schwaches Publikumsinteresse.

Das erste schriftliche Dokument haben wir von den Indern, die man nicht nur in diesem Fall streng von den Indianern unterscheiden muß. *Sanskrit* oder *sam-skrta* heißt korrekt, für den sakralen Gebrauch geeignet, und wurde zur Bezeichnung für das Altindische. Seit der Hymnensammlung des Rig-Veda wissen wir ein wenig von der uralten Sprache; die Veden hängen bezeichnenderweise mit unserem Wort Wissen zusammen.

Wir können schon schüchterne Vergleiche anstellen, können Entwicklungen einzelner Sprachstämme von damals (über den Daumen: 1000 vor Christus) bis heute (schauen Sie, bitte, in Ihren Taschenkalender!) verfolgen, und besonders kluge Linguisten fingen an, rückwärts zu konstruieren. Es soll vorgekommen sein, daß man solche erfundene, nach Lautgesetzen erschlossene Gebilde tatsächlich auf Keilschrifttafeln gefunden hat. Große Freude in der Gelehrtenwelt, den Zeitungen ist die Tagespolitik wichtiger.

Aber so dumm und sinnlos, wie sich der Laie denken könnte, ist die vergleichende Sprachwissenschaft wirklich nicht, und die Gedankengänge, die zu verblüffenden Schlüssen führen, lesen sich für den Fachmann oft wie ein Kriminalroman. Leider wird der Täter nur sehr selten entlarvt. In der Indogermanistik wimmelt es nur so von »großen Unbekannten«.

Seit wann gibt es denn diese aufregende Wissenschaft, diese Indogermanistik? – Daß das Wort »voll« in so vielen Sprachen auf eine Wurzel »pln« zurückgeführt werden kann, weil b, p, f und w (v) mit den Lippen erzeugt werden, deshalb Labiale (lateinisch *labium* = Lippe) heißen und eine eigene Gruppe bilden; daß die 1. Person Mehrzahl überall ein *m* aufweist, daß der Bruder in Europa *brother, fratello, bratj,* sogar im Albanischen und Armenischen ähnlich heißt, ja – das muß doch schon den schreib- und sprachkundigen Mönchen im Mittelalter, wenn nicht gar den römischen Grammatikern, dem Ennius, dem Vitruvius und wie sie alle hießen, aufgefallen sein.

Sollte man glauben!

Aber erst ein Herr Franz Bopp hat 1816 ein Buch über die Verwandtschaft der indogermanischen Sprachen geschrieben.

Noch nicht einmal zweihundert Jahre denken die Philologen über dieses aufregende Thema nach, und der Autor freut sich schon darauf, den Lesern skurrile Verbindungen zwischen Wortexemplaren verschiedener Sprachen vorzuführen, mit Konsonantenketten sinnvoll zu rasseln und den Ost-West-Politikern aufzuzeigen, wie erfreulich Familienzusammenkünfte sein können.

Wenn also vor einer anscheinend sinnlosen Buchstabengruppe ein kleines Sternchen steht (*), dann handelt es sich um eine sogenannte »erschlossene Wurzel«; die hat es vielleicht nie gegeben, aber sie hilft den Philologen bei ihren verschlungenen Gedankengängen.

Wie kommt der Baron zum Bordell?

Es gibt ein uraltes Wienerlied, das geht so:

> Schneider, Winter, Firmung,
> wie reimt sich das zusamm'?
> Der Schneider tuat gern brodeln,
> im Winter geht man rodln,
> zur Firmung braucht man Godln,
> so reimt sich das zusamm'!

Hier stellt der Reim die Verbindungen zwischen Begriffen her, bei uns soll die Sprachverwandtschaft diese Funktion erfüllen.

Wir fragen uns beispielsweise, ob es einen Konnex, einen Weg vom Katarrh der Katharina zu ihrem Rheumatismus gibt.

Dieses Problem soll natürlich nicht medizinisch, sondern nur linguistisch untersucht werden.

Die Antwort ist leicht zu finden, wenn man ein etymologisches Wörterbuch zu Rate zieht: das griechische Vorwort *katá* heißt hinunter, hinab und das griechische Zeitwort *rheo* heißt: ich fließe, ich ströme. Der Katarrh, den sehr viele, sogar gebildete Leute gerne, aber fälschlich, Katharr schreiben, ist also ein »Hinunterfluß«.

»Alles fließt« ist ein gedankenreicher Satz, der dem guten alten Heraklit zugeschrieben wird, im Original: *panta rhei*. Da man sich im Altertum vorstellte, daß das Gliederreißen, der »Reißmatismus, Reiß-Matthias« von Giftstoffen, die im Körper »herumflossen«, verursacht wird, kam der Name Rheumatismus auf, und ein gebildeter Rheumatiker wird dann vielleicht bei Heraklit Trost suchen, ihn aber kaum finden, denn der hat nur über den Strom des Lebens nachgedacht.

Übrigens: unser Wort Strom gehört, wie das Rheuma, zum altindischen Stamm *sra* = fließen, und wenn Sie ein Schlafmittel brauchen, lesen Sie ein Buch darüber, wie das *t* in den

Strom gekommen ist. Der Autor schenkt sich daher den Erklärungsversuch.

Die bairische Katl hat ihren Namen von einem griechischen *kátharos*, und das heißt rein, ungehindert. Katharina bedeutet also die Reine, und man darf sie nicht »Katarhina« schreiben, weil das wäre ein Mädchen, das *kata rhina* (*rhis* heißt die Nase, also: durch die Nase) spricht, und da wäre die Katharina sicher gekränkt.

Fragen wir uns weiter, ob daraus nicht ein Spiel werden könnte, mit dem sich eine sprachlich interessante Variante von Pausenfüllern auf faden Partys (besser: parties) ergibt: Der Spielleiter stellt die Aufgabe, einen Baron, der noch nie frivol war, in einen etymo-logischen Zusammenhang mit einem Bordell zu bringen.

Zu ihrem Erstaunen erfahren die Teilnehmer, daß der Baron mit unserem Wort »bohren« verwandt ist, denn beide stammen von der erschlossenen Wurzel *bher, und die bedeutet: mit scharfem oder spitzem Werkzeug bearbeiten.

Ein streitbarer Mann, der mit spitzen Gegenständen seine Feinde schreckte, war der altfränkische *baro*, der über das Französische zu uns kam und so vornehm war, daß er seinen Platz im Gotha'schen Kalender fand.

Auch das Bordell wurde durch holländische Vermittlung aus dem Altfranzösischen entlehnt. Bei den Provençalen und den ganz alten Iberern war *borda* eine Bretterhütte.

Ein Mitspieler will erzählen, daß auch das »Brett« und das Bücher»bord« zur gleichen Wortsippe gehören, wird aber wegen Zeitnot nicht angehört.

Aus *borda* wurde *bordello*, ist bei uns zum erstenmal 1575 als »bordäl« verzeichnet, schwamm den Rhein hinauf und hinab und verdrängte rücksichtslos das mittelhochdeutsche *vrouwenhus*.

Heute ist ein Frauenhaus die Zuflucht für mißhandelte solche. Sachen gibt's!

Man überlegt, was der Baron beim Verlassen des Bordells gesungen haben könnte, und findet das Lied »Oh, frivol ist mir am Abend« überaus passend.

Passend zur vermutlichen Stimmung, passend aber auch zur indogermanischen Wurzel: lateinisch *frivolus* kommt von *fricare* = zerreiben, also schon wieder der erwähnte scharfe Gegenstand, dazu die Bedeutungsentwicklung von »zerrieben« zu »schlüpfrig«:

Was zerrieben ist, wird zerbrechlich und daher unbedeutend. Was unbedeutend ist, wird gleichgültig; wem alles egal ist, wer sich um nichts kümmert, der gilt als leichtfertig, und von da an ist es nur noch ein Schritt zur Bedeutung »schamlos, frivol«.

Am Rande vermerkt: Das Wort »frivol« kannten die Juristen des späten Mittelalters in der Bedeutung »unerheblich, rechtlich nicht sehr relevant«. Eine frivole Klage wurde meist abgewiesen, also von den Mühlen der Gerechtigkeit »zerrieben«.

Wenn der Spielleiter einen Etymologie-Duden bei der Hand hat und die Teilnehmer Freude an sprachlichen Zusammenhängen zeigen, vergeht bei diesem Spiel, das wir vielleicht »Wurzelsalat« nennen könnten, die Zeit viel angenehmer und sinnreicher als bei einer faden Pyjamaparty oder einem Bridgeturnier.

Deshalb noch einige Anregungen, um sich in die Materie einzuarbeiten:

Der Leutnant dehnte die Tennispartie mit dem Tenor zeitlich aus, um der Dame seines Herzens zu imponieren.

Vier Wörter mit der Wurzel *ten* = spannen, anziehen: Leutnant von *locum tenens,* Tennis von französisch *tenez* = halten Sie; Tenor, das ist der Sänger, der die Melodie hält, *tenet* und unser damit verwandtes Wort: dehnen.

Oder: ein lästiges In*sekt* sekkierte den *Sekt*ionschef solange, bis er es aus Wut zer*sägte*. Lateinisch *secare* = schneiden, dazu noch Sektor und sezieren, nicht aber sekkieren; das kommt von lateinisch *siccare* (*secco* = trocken), bedeutet austrocknen, zum Verwelken bringen, also belästigen.

26

Der in*teg*re *Taxi*fahrer fand keinen Kon*tak*t zu den Treibstoffkon*tingen*ten. Alles kursiv Gesetzte gehört zu lateinisch *tangere* = berühren.

Taxi von *taxare* (Intensivform des Verbs) = prüfend betasten, in-teger = unberührt, Kontakt zu *con-tangere, contactum*, Kontingent von lateinisch *contingentum* = das Zustehende, Zugewiesene, quasi: das Berührbare.

Weitere Beispiele in jeder Menge, aber vielleicht sagt der liebe Leser jetzt: »*noli me tangere*«, er wird zum Blümchen Rührmichnichtan, und darum sei es vorläufig genug des grausamen Spiels.

Wir wollen den Bogen schließen und dichten noch eine Strophe zu unserem Couplet:

> Scheiße, Schi und schizophren,
> wie reimt sich das zusamm'?
> Die Scheiße kommt von hint',
> wer Schi läuft, spürt den Wind,
> der Schizophrene spinnt.
> So reimt sich das zusamm'!

Ja – es reimt sich zur Not, aber sehr krampfig, es reicht kaum für solche Kata-Strophen. Die Zeilen werden bestenfalls durch die erschlossene Wurzel **skei* in losen Zusammenhang untereinander gebracht.

Trotzdem scheint ein Stück Metaphysik in der Tatsache zu liegen, daß das vom Körper Abgeschiedene, das abgetrennte Holzscheit, das über den Schnee gleitet und der tragisch gespaltene Geist von dem gleichen Urwort stammt.

Mit dieser **skei*-Wurzel können wir auch jedes Schiff, den Schiefer und sogar das Schienbein erklären, und wir finden zahlreiche Exemplare ihrer Weiterentwicklung in den anderen verwandten Sprachen.

Zugegeben: es sind schon sehr, sehr entfernte Verwandte, die durch unzählige Generationen von der gemeinsamen Ahnfrau ge*skeit, getrennt sind, aber eine gewisse Familienähnlichkeit bleibt bestehen – und wenn wir Heutigen, die wir ohnedies so kontaktschwach und interesselos durch die Gegend rasen, wenn wir manchmal bei den Tankstellen den erzwungenen Aufenthalt dazu benützten, fremdsprachliche Auf-, In- oder Reklameschriften auf Gleichklänge zu untersuchen, wir bekämen vielleicht doch das Gefühl, nicht gar so allein zu sein, wie wir uns in depressiven Phasen einreden.

Man müßte eine riesige Pressekampagne ins Leben rufen, die in unseren Erdteilen immer wieder die Familienbeziehungen der Sprachen betont und begrüßt. Das wäre einer der vielen Wege, die irgendwann zu den Vereinigten Staaten von Europa führen sollten.

Allerdings werden die zuständigen Stellen einen berechtigten, alle diese Wege wieder zerstörenden Einwand erheben: Wer soll das finanzieren?

Gebet einer Ahnfrau

Man sieht jetzt so viele Science-Fiction-Filme. Warum nicht einmal einen Streifen drehen, in dem die indogermanische Ahnfrau in ferner Zukunft dem inzwischen gegründeten Europaparlament erscheint, um es zum gemeinsamen Gebet für eine europäische Einheitssprache aufzufordern?

Sie will dann bestimmt kein neues Esperanto, sondern nur eine langsame, vernünftige Entwicklung der Sprachen aufeinander zu.

Den Anfang könnten die Zahlwörter und die Verwandtschaftsbezeichnungen machen, besonders letztere sind ja schon jetzt untereinander recht ähnlich!

Unser Bruder ist der lateinische *frater*, auch wenn er bei den Italienern seine zweite Silbe verloren hat: Fra Diavolo ist eine Oper, Fra Angelico und Fra Bartolomeo sind berühmte Maler, *fratello* ist ein Brüderchen, vielleicht könnte man sich auf »fruda« einigen. – Die Spanier tanzen aus der Reihe, bei denen heißt der Bruder *hermano*, aber der englische *brother* klingt fast wie bei uns, der französische *frère* hat auch das *t* verloren, aber das *fr* und *br* am Anfang, ist das vielleicht nichts?

Der slawische *frater* bringt keine Probleme: da heißt es *brat, bratr*, kirchenslawisch (die älteste Schriftform der slawischen Sprachen) *bratru*.

Es gibt auch noch eine kindliche Koseform, aber der König von Thule, der bekanntlich eine Buhle hatte, war entweder abwegig veranlagt, oder der Dichter wußte nicht, daß es »der« Buhle heißen muß und daß Buhle eine Lallform von Bruder ist.

Später gab es dann auch Buhldirnen, das waren wörtlich genommen Brudermädchen, aber damit kommen wir einigermaßen vom Europa-Gedanken ab.

Auch der Neffe, die Nichte, die Schwester, vor allem aber Mutter und Vater haben jetzt schon so viel Ähnlichkeit, daß der Sprachenausschuß des Europaparlaments gar nicht viel Arbeit damit haben wird, ein einheitliches Papa-Wort zu beschließen.

Denn der Vater, *father, padre, père* (ohne die Slawen) wird durch die expressive Abnützung (s. S. 38) sowohl bei uns als auch bei den Franzosen durch Papa ersetzt, bei den Engländern durch Daddy, und vielleicht ist das schon ein vorweggenommener Prozeß in unserem Sinn.

Bei den Zahlwörtern ist es – allerdings nur für den Kundigen – beinahe ein faszinierendes Spiel, die altindischen Formen oder gar die erschlossenen Bildungen herzunehmen und staunend zu verfolgen, wie sich die Zahlen in den verschiedenen Sprachen verkleiden und verändern, und dann den Film wieder zurücklaufen zu lassen.

Nur ein Beispiel: für unsere Vier nimmt man eine Urform *ketvores* an. Draus wurde alt- und neugriechisch *tessares*, lateinisch *quattuor* (die Töchter: *cuatro, quatro, quatre*), slawisch *tschtyre* (die Töchter: *čtiři, tschetiri* und ähnlich), gotisch altgermanisch *fidwor*, daraus englisch *four* und unser vier.

Man kennt sogar die Lautgesetze, die diese Entwicklungen bedingen, und schreibt dicke Bücher darüber, obwohl die nur selten die Druckkosten rechtfertigen.

Tschetiri, cuatro und *four:* wie reimt man das zusamm'?

Es gibt leider nur eine Antwort auf die Frage: ein paar Jahre allgemeine Sprachwissenschaft und Indogermanistik studieren, dann ist das gar keine Kunst!

Man teilt die Sippschaft der Ahnfrau in zwei große Gruppen ein, in die Kentum- und die Satemsprachen. Klingt nach indianischen Zauberwörtern, ist aber logisch begründbar und für Leute, die ein bisserl tiefer schürfen wollen, ganz interessant. Für alle anderen ein wohlgemeinter Rat: diesen Absatz erst einmal überschlagen, er wird ein bisserl ernsthaft theoretisch und zum Verständnis des Nachfolgenden gar nicht so wichtig.

Die Sprachforscher haben sich als Vorläufer der Zahl hundert

eine Lautung ausgerechnet, die man nur mit einigen Ringe-
lein, querliegenden Achtern, Tilden und anderen Geheimzei-
chen schreiben kann, und das wollen wir doch unseren bra-
ven Setzern in der Druckerei nicht zumuten. Außerdem wüß-
ten wir dann immer noch nicht genau, wie das Morphem (ein
Philologenspitzname für »Wort«) wirklich geklungen hat,
denn die Tonbänder der Ahnfrau sind alle verlorengegangen
– aber vielleicht wird man sie wiederfinden, wenn man die
Fundamente des Turms zu Babel ausgräbt oder Erich von
Däniken ernsthaft befragt.

Zur Zeit erregt es fast immer Heiterkeit bei den Studenten,
wenn sich ein würdiger Bekenner (kommt von lateinisch *pro-
fiteri* = bekennen), wenn sich also der Professor vor sein Po-
dium stellt und den Sehnsuchtsruf eines Älplers nach seinem
Dirndl ausstößt. Es klingt wie ein tiefes, heiseres »kumm!«.
Anschließend imitiert der kindische Mensch den Klang einer
polynesischen Urwaldtrommel, das klingt dann wie »tomm!«.
Dann behauptet er allen Ernstes, daß dieses Phantasiegebilde,
das etwa wie »kmtm« klingt, die erschlossene Urform für das
Zahlwort hundert war: Es habe sich in zwei grundverschie-
dene Richtungen entwickelt, die Inder machten daraus ein
schatam, und diese Form wucherte im Osten weiter, während
im Westen, bei den Griechen, ein *hekatón* aus dem »kmtm«
entstand, das die Römer zu *kentum* wandelten (da glaubt man
das »kmtm« wieder eher), und bei uns wurde ganz folgerich-
tig »hundert« draus. (An *hekatón* erinnert noch hektographie-
ren, Hektoliter, Hektar u. a.)

Unser Wort zerfällt übrigens in zwei Bestandteile: »hund(e)«
ist der überlieferte Alpentrommelruf, das »rt« kommt von
einem gotischen Wort für zählen *(rathjan)* und findet sich
auch beim englischen *hund-*»red«. Der Bogen des spannenden
und spinnenden Professors vom »kmtm« zum Hunderter ist
geschlossen!

In den slawischen Sprachen heißt hundert *sto* oder *schto,* und
das hängt ganz klar mit den uralten Persern zusammen: *scha-*

tam – satem – sotu – sto. Jetzt begreift der liebe, hoffentlich nicht allzusehr strapazierte Leser die Einteilung in Kentum- und Satemsprachen und sei devot, aber eindringlich aufmerksam gemacht:

Wenn er diese zwei Fachausdrücke in einer Gesellschaft von Sprachwissenschaftlern lässig fallen läßt, gibt er nicht nur dem Gespräch eine interessante Wendung, er schafft sich auch den Ruf eines außerordentlich gebildeten Laien, vielleicht sagen sogar einzelne Herren dann: »Herr Kollege« oder: »Gnädigste sind Philologin?« zu ihm (ihr), und dann wird er (sie) sicher nicht mehr bereuen, dieses an sich eher langweilige Kapitel trotz Warnung gelesen zu haben.

Groß ist für mich noch die Versuchung, meinen Lesern auch noch den Weg zu zeigen, den das »km« gehen mußte, um zu einem Zischlaut, einem sogenannten Sibilanten, zu werden, aber ich beherrsche mich. Sie, meine Leser, wollen ja interessante Fremdwörter kennenlernen und unter interessante Leut' kommen, und Indogermanisten sind da nicht sehr zu empfehlen, weil die reden dann am End' wirklich nur über Sibilanten, Dissimilation, Paradigmata und ähnliches.

Dabei kann Philologie sehr lustig sein, und in diesem Sinne geht es weiter.

Wie sich die Wörter gleichen ...

So schön wie bei den Verwandtschafts- und Zahlwörtern geht's natürlich nicht immer, das Ziel des Gebetes der Ahnfrau bleibt eine Fiktion, eine wissenschaftliche, eben eine *science fiction.*

Aber wenn wir Fremdwörter leichter erlernen und besser verstehen wollen, dann scheint es schon sinnvoll, sich mit dem Begriff der Isoglossen anzufreunden.

Die griechische Vorsilbe *iso-* kommt von *isos,* und das heißt gleich oder ähnlich; damit hängt unsere Idee (von griechisch *eidos* = Bild) und die Idylle (Verkleinerungsform: Bildelein) oder das Idyll zusammen. Die Wurzeln *-is* und *-id* sind identisch, aber bitte nicht »ident«! Man hört dieses Wort, das es gar nicht gibt, in neuester Zeit sehr oft, aber es bleibt trotz Häufigkeit eine böse Sprachunart!

Isothermen verbinden Orte mit gleicher Durchschnittstemperatur; die Thermosflasche und unsere wohlige Wärme geht auf eine ehschonwissen-Wurzel **uer* = verbrennen zurück.

Isobaren tun das gleiche in puncto Luftdruck, der mit den »Baro«meter gemessen wird; griechisch *barýs* heißt schwer, hängt mit lateinisch *gravis* zusammen, und der Bariton müßte sich eigentlich »Baryton« schreiben, weil er »schwergewichtig« singt. Aber was will man schon von einem Sänger? Griechisch muß er nicht können, nur singen!

Glossen sind kurze Zeitungsartikel; von einem Menschen, der mehrere Sprachen zu beherrschen vorgibt, sagt man so lange, er sei polyglott, bis sich herausstellt, daß er nicht einmal seine Muttersprache kennt und ein mehrfach gesuchter internationaler Hochstapler ist. Alles von griechisch *glōssa* = die Zunge, die Sprache, und jetzt verstehen wir, was Isoglössen (reimt sich auf Saucen, mit langem o!) sind, nämlich nicht nur Linien, die Gebiete gleicher Wörter begrenzen, sondern auch gleich oder sehr ähnlich klingende Wörter aus verschiedenen Sprachen.

Nun stellen wir mit Erstaunen fest, daß einzelne Sprachgruppen Isoglossen (Gleichklangwörter) aufweisen, die anderen, großen Gruppen völlig fehlen. Es scheint, als hätte die Ahnfrau einzelne Völker enterbt, andere wieder reicher bedacht. Die Stämme »geben« und »trinken« gibt es nur bei uns Germanen. Nichts Ähnliches (von Lehnwörtern abgesehen) bei den Slawen, nichts bei den römischen Töchtern. Die haben dafür die Stämme »po« für trinken und »do« für geben.

Auch wir kennen natürlich Wörter mit dem Stamm »do«, aber nur als Fremdwörter: eine Donation ist eine Schenkung, eine Dosis ist eine vom Arzt vorgegebene Menge, also eine Gabe, und stammt vom griechischen Verb *didonai* = geben. Diese Dosis kann man in einer Dose einnehmen.

Aus der gleichen Gegend kommt die Anekdote, die knappe, pointierte Geschichte, die eigentlich soviel wie »noch nicht Herausgegebenes« (*an* = noch nicht, *ek* = aus, heraus) bedeutet, und dieses Wort wurde von einem byzantinischen Geschichtsschreiber namens Prokop unter die Leut' gebracht. Komisch für mich, weil mein aus Böhmen stammender Freund auch Prokop heißt.

Apropos Böhmen: In den slawischen Sprachen heißt geben auch nur *dati* oder *davati*, es gibt zahllose Ableitungen und Zusammensetzungen, aber der Stamm »do« bildet nur slawisch-romanische Isoglossen. Nix deutsch!

Ganz ähnlich »po« für trinken: *bibere* ist das lateinische Wort, und die Studenten sagen: *ergo bibamus*, weil: *post multa saecula pocula nulla*, also: nach vielen Jahrhunderten wird es keine Saufereien mehr geben; *po-culum* = das Gelage.

Das entsprechende griechische Wort ist Symposion, wörtlich: gemeinsames Trinken. Dieses Wort haben die Wissenschaftler annektiert, bedeutungsmäßig entschlackt und benützen es als Vorwand, um Vergnügungsreisen von der Steuer abzusetzen, latinisiert: *symposium*.

Auch in den slawischen Sprachen heißt trinken fast immer *piti* oder ähnlich. Aber keine germanische Parallele.

34

Eine wissenschaftliche Erklärung für dieses Phänomen gibt es nicht. Wahrscheinlich hat die Ahnfrau einst ihre Sprachschätze vor den Urenkeln ausgebreitet, jeder nahm sich, was ihm gefiel – schließlich war ja genug da –, und ein kleiner, eigensinniger Bub, der gar nicht wußte, daß er einmal der Stammvater der germanischen Dialekte werden würde, sagte: »Nein, danke, Uroma, ›po‹ und ›do‹ mag ich nicht.« Die Uroma sagte: »Dann such dir halt was anderes aus, ich kann mich um deine Trotzphase nicht kümmern.«

Da nahm sich der Dickschädel die indogermanische Wurzel *dhreg* mit der Bedeutung ziehen, tat einen tiefen Zug aus dem Wasserschlauch und vererbte seinen Nachkommen nur das »drenkan«, das dann englisch *drink* und deutsch trinken wurde.

Später ging er noch einmal zur Uroma und sagte ihr, daß er für »do« den Stamm »ghabh« verwenden werde.

»Aber *ghabh* bedeutet doch soviel wie nehmen, besitzen, davon wird auch einmal das lateinische *habere* kommen, Burschi«, meinte die Uroma.

»Na und?« meinte der kleine Urgermane bockig. »Wer geben will, der muß erst nehmen.« Fort war er.

Der Autor bittet um Vergebung wegen der Abschweifung. Ver-geben heißt lateinisch wörtlich *per-donare,* französisch *pardon!*

Der noch zu gründende Ausschuß für eine europäische Einheitssprache wird es mit solchen Isoglossen schwer haben. Vermutlich wird er sich anfangs, wenn er einmal die Verwandtschafts- und die Zahlwörterfrage gelöst hat, mit Wortstämmen beschäftigen, die in möglichst vielen Sprachen Isoglossen aufweisen.

Ein Beispiel dafür wäre unser Gast. Oder voll. Wir hatten schon einige Beispiele.

Im alten Rußland war der Mann, der Macht über die Gäste hatte, der *gospodin,* er war also potent in bezug auf Gäste.

Der Laut *g* am Wortanfang kann mit *h* abwechseln: das kroatische Gasthaus, die *gostionica* heißt tschechisch *hostinec*, der Gast heißt russisch *gostj* und lateinisch *hostis*.

Moment! – sagt jetzt vielleicht ein lieber, aufmerksamer Leser. In der Lateinstunde hab ich gelernt, daß *hostis* der Feind ist! Im Fremdwörter-Duden steht auch noch Hostilität (veraltet) für Feindseligkeit. Was ist denn da los?

Gar nichts ist los. In uralten Zeiten war *hostis* der Fremde, der Feind. Auch der germanische (gotische) *gasts* war zuerst der feindliche Krieger, und erst als am Ende des Mittelalters das Bürgertum bewußt Gastfreundschaft zu üben begann, wurde die Bedeutung freundlich.

In Rom war offenbar der Mann, der die Fremden beherrschte, zuerst ein *hostipotis*, und daraus wurde der *hospes*, Genitiv *hospitis* (das *t* gehört also zum Stamm!), der Gastfreund mit der hübschen Tochter, mit der *filia hospitalis*. Im späteren Latein wird dieses Wort umgestaltet oder einfacher: man hat ein anderes Hauptwort draus gemacht: *hospitium*.

Daher kommt dann das Hospiz und das Spital, in dem ein junger Gastarzt hospitieren kann, die Franzosen machten daraus das *hôtel*; dies ist fast eine gesamteuropäische Form geworden.

Mit solchen Wörtern könnte man anfangen; nur wie der Europarat dazu gebracht werden kann, eine Kommission zur Einführung von europäischen Einheitswörtern ins Leben zu rufen, das kann sich vermutlich nicht einmal ein hochdotierter (schon wieder der Stamm »do«) Science-Fiction-Drehbuchautor ausdenken.

Das waren also Wörter, die in verschiedenen Sprachen ähnlich klingen, es gibt aber auch einen Gegenstück-Gedanken dazu.

Darum sehen wir uns jetzt die Heteroglossen an.

Dieses Wort gibt es gar nicht, aber ein Humanist würde es vermutlich bilden, wenn er Wörter bezeichnen will, die aus verschiedenen Sprachen kommen. Denn griechisch heißt *iso-* und *homoio-* als Vorsilbe ungefähr das gleiche, nämlich gleich, ähnlich.

Das gegensätzliche Bestimmungswort ist *hetero(s)*, griechisch der andere. Also homosexuell = gleichgeschlechtlich, heterosexuell = verschiedengeschlechtlich, homogen = aus dem gleichen Stoff, einheitlich, heterogen = aus verschiedenen Materialien, daher wird Heteroglosse schon richtig sein. Oder doch nicht? Es gibt nämlich keine Heteropathie! Zwar gibt es eine Allopathie, aber das würde zu kompliziert!

So steht etwa als Übersetzung für unser Wort »schön« in jedem Wörterbuch was ganz anderes. Englisch *beautiful*, französisch *beau*, *belle*, niederländisch *mooi*, spanisch *hermoso*, tschechisch *pěkny*, jugoslawisch *lepo*, russisch *prekrasny*, lauter ganz eigene Stämme, nichts zum Vergleichen, nichts für den zu gründenden Ausschuß, es ist geradezu ein Jammer!

Das kommt wahrscheinlich daher, daß jedes Volk etwas anderes schön findet. *De gustibus non est disputandum*, sagten die alten Römer, und in Wien heißt es noch heute: Gusto und Watschen sind verschieden.

Was ist denn wirklich schön?

Mein Deutschprofessor pflegte zu sagen: Schön ist ein nackter Damenpopo. Ich teile seine Ansicht nicht.

Das lateinische Wort für schön ist *pulcher*, und das hat überhaupt keine Spuren in unseren Sprachen hinterlassen, das ist verschwunden wie das Würstel vom Kraut!

Das griechische *kalós* lebt nur im Neugriechischen munter weiter, wir aber kennen höchstens, wenn wir sehr gebildet tun, die Kalligraphie, die Schönschreibekunst, und das Kaleidoskop, den Schön-Bild-Seher (*eidos* hatten wir als Idylle, von *skop* werden wir noch lesen), aber sonst wissen nur Griechischprofessoren und Touristen auf Rhodos und Kreta – wenn der Wanderhändler bei einem zu verkaufenden Souvenir fragt: *kaló?* –, daß *kalos* schön heißt.

Völlig antieuropäisch verhält sich auch das Wort »klein«. Es heißt englisch *little,* italienisch *piccolo* (das war einst ein Kellnerlehrling, jetzt ist es ein Viertelliter Sekt), spanisch *pequeño,* slawisch *maly* und *malenky,* griechisch *mikrós* (darauf kommen wir noch), und daß es lateinisch *parvus* heißt, haben normale Schüler längst vergessen.

Natürlich gibt es für dieses Phänomen eine wissenschaftliche Erklärung: Empfindungswörter nützen sich schneller ab. Wenn der eine etwas schön findet, bezeichnet es der andere als gigantisch, der dritte sagt prima, und der vierte steigert auf »Spitze!«.

Im Lauf der Jahre werden solche Wörter unsicher, ob sie überhaupt noch etwas bedeuten, und ziehen sich verlegen aus dem Sprachschatz zurück. Die Fachleute nennen so einen Vorgang expressive Abnützung.

Aber der Grund dafür, daß lateinisch *parvus,* klein, verschwunden ist, wogegen *magnus,* groß, also das Gegenteil noch heute in einer Menge von Fremdwörtern weiterlebt, von Magnifizenz bis Magna Charta, warum sich also das Wort für groß nicht expressiv abgenützt hat, den Grund müssen uns die Herrn Sprachpsychologen erst vorhupfen!

Wir sehen also: Isoglossen helfen uns, die Fremdwörter untereinander in Zusammenhang zu bringen und den Wunschtraum einer europäischen Einheitssprache weiterzuträumen, obwohl er nie Wahrheit werden kann; dagegen machen Heteroglossen unsere Materie nur noch komplizierter und werden daher von uns mit Verachtung gestraft und kaum noch behandelt. Sollen sie sich nur darüber kränken – wer hat ihnen geschafft, Einzelgänger zu werden!

Wie schreibt man ein Fremdwort, wenn überhaupt?

Auf keinen Fall so, wie man es irgendwo gehört hat, und nur selten nach den Regeln der deutschen Orthographie.
Wer ein Fremdwort beim Schreiben verwenden will, sollte entweder das Wort samt Schreibung gelernt haben oder im Wörterbuch nachschlagen. Er kann auch die Auskunft anrufen, gebildete Freunde fragen oder nach längerem Nachdenken zu dem Schluß kommen: is ja eh wurscht!
Danke, das hätte ich alleine auch gewußt, denkt der Leser, der sich eine klügere Antwort erwartet hat, und ist leicht verärgert.
Aber wie ist denn das, wenn wer in einem Inserat von einem Fotohändler liest und in einem Prospekt von einer neuen Technik in der Photographie?
Was stimmt: Photo oder Foto?
Oder wenn in einem Zeitungsartikel von neuen Hobbys die Rede ist, wo doch am Vortag in der gleichen Zeitung zu lesen war, daß man sich keine gefährlichen Hobbies zulegen sollte?
Was stimmt: Hobbys oder Hobbies?
Auf dem Plakat steht, daß eine Bruckner-Sinfonie aufgeführt wird, im Programmheft wird eine Symphonie besprochen.
Laut Duden dürfen wir Frisör schreiben, wir gehen aber lieber zum Friseur. Weil sonst müßten wir ja auch Massör schreiben oder gar Montör.
Herr Duden wollte beim »Eindeutschen« helfen und hatte im großen und ganzen recht – im »Kleinen« wird aber die Tendenz komisch.
Macht aber auch nicht viel.
Als Faustregel darf gelten: Wo es leicht geht und einigermaßen dem eigenen Stilgefühl entspricht, ist von zwei orthographischen oder ortografischen Möglichkeiten die heimische zu wählen, das heißt die, die heimischer aussieht.
Lieber Schampon statt Shampoo, lieber Schal statt Shawl.

Aber gleich die Ausnahme: Wenn man weiß, aus welcher Gegend das Fremdwort kommt, und wenn man ihm gefühlsmäßig wenig Chancen (daher nicht: Schanzen) zur Einbürgerung zubilligt, dann sollte man beim Schreiben zum Ausländer werden.

In Zweifelsfällen wird die persönliche Federhaltung des Schreibers maßgebend sein.

Photo ist also »gebildeter«, Foto ist einfacher. Was nicht heißt, daß einfach mit ungebildet gleichzusetzen ist.

Wer für die gemäßigte Kleinschreibung ist, wird hobbys schreiben – daß der englische Plural hobb*ies* heißen muß, ist im Deutschen nicht so wichtig.

Der Autor ist für Hobbies, weil er weiß, daß uns viele Ausländer um die Großschreibung beneiden. Sie macht alles leichter verständlich.

Bei der Symphonie dürfte es keine »heimische« Schreibung geben. Die ist und bleibt »klassisch«!

Bitte nicht »Frisör«! Dann schon eher Haarkünstler oder nach schweizerischem Vorbild Coiffeur; für Opernkenner Figaro. Wenn sich eine ausländische Schreibung eingebürgert hat, dann behalten wir sie bei. Friseur ist längst eingedeutscht!

Im Sinn dieser Faustregel wird auch der gebildete Kosmopolit die Mehrzahl seines Büros nicht *bureaux* schreiben. Diesbezüglichen inneren Konflikten entgeht er durch Verwendung eines besser passenden Wortes.

Originalschreibung: man zeigt sich gebildet und glaubt nicht, daß aus dem Fremdwort ein Lehnwort wird.

Heimische Schreibung: man empfindet das Fremdwort als Lehnwort.

Großer oder kleiner Anfangsbuchstabe? Je ausländischer, desto kleiner.

Aber wie schreibt man Fremdwörter, die aus einer Sprache stammen, welche ihre eigene Schrift hat?

Wie schreibt man russische, griechische, jüdische Fremdwörter?

Am ehesten so, wie man sie hört, wenn sie richtig ausgesprochen werden.

Das sagt sich leicht, aber die Praxis bringt Probleme.

Die Stadt Orel schreibt sich auch mit cyrillischen Buchstaben Orel, aber die Russen sagen »Arjol«, endbetont. Wer nun wirklich »Arjol« schriebe, würde nicht verstanden.

Mit Recht redet man von Potemkinschen Dörfern, obwohl es eigentlich »Patjomkinsch« heißen müßte.

Wer trotzdem »Arjol« und »Patjomkin« schreibt, erweckt den Eindruck, mit seinen Sprachkenntnissen protzen zu wollen.

Beim Altgriechischen gibt's kaum Probleme, denn die althellenischen Fremdwörter sind zum größten Teil schon so zahlreich und eifrig durch das deutsche Schrifttum gewandert, daß sich eine Gewohnheits-Orthographie gebildet hat.

Bitte – der Buchstabe phi wird in letzter Zeit immer mehr mit f wiedergegeben, man schreibt Telefon, Grafiker usw., darüber wurde bei Photo schon geschrieben. Die alten Römer sagten wirklich P-hilipp – mit p und h!

Statt oi schreiben wir meistens oe, statt (griechisch geschriebenem) ai liest man oft ä, aber damit kommen wir in die Bereiche des sogenannten »Jotazismus«, und den kann sich auch ein Fremdwortexperte schenken.

Nur so viel: unsere griechischen Zeitgenossen schreiben y, oi, ei, haben die Buchstaben iota und ita (alt: ēta) und sprechen das alles als längeres oder kürzeres i aus.

Sie reden sich darauf aus, daß ihre Vorfahren Unterschiede gemacht haben. Tatsächlich ist der Jotazismus für unsere Altphilologen wichtig und interessant. Für uns aber ein mit Recht vernachlässigtes Minderheitenproblem.

Machen Sie sich trotzdem auf alt- und neugriechische Lesepflichten gefaßt!

Bei jüdischen Wörtern darf man sich überhaupt keine ernsthaften Gedanken über Rechtschreibung machen. Je mehr man auf diesem Gebiet Fragen stellt, desto mehr Haare stellen sich auf, die man dann einzeln ausreißen und spalten müßte.

Die Schrift kennt nämlich überhaupt keine Vokale, sondern nur sogenannte diakritische Zeichen, die unter, über oder neben den Buchstaben stehen; die heißen Chiräk, Patach, Cholam und anders, sie ersetzen die Vokale nur dürftig, weil die auswechselbar sind.

Als die Deutschen im letzten Krieg die kleinen, jüdischen »Schtejtln« in Polen besetzten, ging ein Schammes früh am Morgen aus seinem Haus. Sein Nachbar sieht, daß er ein unbeschriebenes Stück Papier in der Hand hat und fragt: »Wus willste mit dem Zettele?« – Sagt der Schammes: »Der Rebbe schickt mich, ich soll es im Schtejtl arumzejgn.« – Der Nachbar: »Aber es schtejt doch nischt ka Schrieb drauf?« – Der Schammes, ohne zu zögern: »Die Jidden werdn scho wissen.«

Die Geschichte paßt eigentlich nicht her, sie hat nur eine gewisse Beziehung zum »Erratenmüssen« bei der jüdischen Schrift. Wenn wir im Deutschen ein jüdisches Fremdwort verwenden, dann schreiben wir es entweder so, wie es sich eingebürgert hat, oder so, wie wir es hören oder hören wollen. Feste Regeln gibt es nicht.

Und wie spricht man es aus?

Ob man ein Fremdwort schlecht oder gut ausspricht, ist schwer zu entscheiden.

Die meisten Fremdwörter haben wir unserem Lautstand angepaßt. Wenn wir sie so, wie sie in ihren Heimatländern klingen, aussprechen wollen, wenn wir sie knödeln, näseln oder zuzeln, werden wir uns nur lächerlich machen.

Anderseits wollen wir sie nicht so darbieten, als wären sie unserem Heimatdialekt entsprungen.

Sicher ist, daß man nicht die ausländische Schreibung auf die gewohnte Art aussprechen darf. Um bei Fremdwörtern nicht zur Witzfigur zu werden, muß man leider Schriftbild und Klang zugleich lernen. Allgemeingültige Regeln lassen sich nicht aufstellen, aber wir versuchen wieder einmal, mit einigen Beispielen einen recht zerrupften Überblick zu schaffen.

Daß man das griechische y »Ypsilon« (wörtlich: kurzes i) benennt und wie ü ausspricht, kann manchmal sehr wichtig sein: ein Satyr ist ein boshafter, ziegenbärtiger Waldgott, aber die Satire ist nicht sein weibliches Gegenstück, sondern war zuerst eine *satura*, eine dramatische Farce aus dem Stegreif, wurde später zu einer Gedichtsammlung vermischten Inhalts und ist heute mit Spottgedicht zu übersetzen. Ein boshafter Autor ist also niemals ein Satüriker, der aus der griechischen Mythologie kommt, sondern ein zeitkritischer Satiriker, der eigentlich Saturiker heißen müßte, weil der Herr Lucilius die *satira* zur *satura* gemacht hat.

Der Psychologe wünscht schon deshalb nicht als Psichologe angesprochen zu werden, weil der Buchstabe Psi immer mehr zum Symbol (Sümbol) für das Modern-Übersinnliche wird, aber auch deshalb, weil er kein Brotkrumen-Wissenschaftler sein will, wo doch die neugriechische selbige (nämlich die Brotkrume) *psicha* heißt.

Der Pyromane, der krankhafte Zündler, leitet sich vom altgriechischen *pyr*, dem Wort für Feuer, ab und wünscht sicher nicht, mit einem nach Bier verrückten Bayern, also einem Bie-romanen, verwechselt zu werden. Oder gar mit einem doppelten Rom-Abkömmling, einem Bi-Romanen!

Ob man Schizophrenie mit getrenntem S und ch oder lieber mit Sch wie Schule spricht – man kann für beide Formen Gründe finden und es sich daher aussuchen. S-ch ist die feinere Art, gleicht sich dem Englischen an, wo man sk sagt, anderseits kann man sch damit begründen, daß auch die Schule von griechisch *s-cholé* kommt, was eigentlich soviel wie Muße, Ruhe heißt. Später bedeutet es immer noch wissenschaftliche Beschäftigung während der Mußestunden, und erwachsene Leser werden daher gebeten, diesen Passus ihren schulpflichtigen Kindern nicht vorzulesen.

Aus dem Lateinischen stammende Fremdwörter haben den großen Vorteil, daß ihre Aussprache durch den Unterricht und die Kirchensprache festgelegt ist.

Streiten kann man nur darüber, ob das c vor e und i wie z oder wie k auszusprechen ist. Soll man Cäsar und Cicero oder Käsar und Kikero sagen? Oder gar: Ka-ehsaar?

Die Neuerer unter den Lateinern begründen die K-Aussprache so: Griechische Inschriften auf Rhodos verwenden für den Namen zwei Kappa, also zwei k. Hätte man ihn »Tsi-tsero« gerufen, so wäre der Name Zizero, also mit zwei Zeta geschrieben worden.

Auch aus anderen Belegen ergibt sich, daß man bis ins 4. und 5. Jahrhundert wirklich c als k sprach. Dazu kommt noch, daß es bis heute einen italienischen Dialekt, das Logudoresische gibt, in dem man für hundert *kento* sagt.

Dagegenzuhalten ist, daß sich – sicher seit den berühmten Humanisten – im deutschen Sprachraum die Aussprache »tse« durchgesetzt hat, und das Argument, daß die römischen Dichter viel authentischer und poetischer klingen, scheint den Konservativen doch eher abstrus, weil man annehmen muß, daß die Sprache sich damals ganz anders anhörte, als wir es uns vorstellen.

Zum Stichwort Latein paßt Konservativismus vermutlich besser als Neutönerei. Aber bitte, was weiß man, vielleicht müssen wir alle in Zukunft sagen:

Der Käsar und der Kikero, die gingen zum Konkil,
der Käsar mit Kylinder und der andre in Kiwil!

Zwei für das Französische (und fast noch mehr für die slawischen Sprachen) wichtige Künste muß der liebe Leser erlernen:

a) das richtige Brummen unter den Sibilanten, also unter dem s und dem sch.

b) das charmante Näseln, wenn Sie *sortiment, mannequin* und *la grande nation* richtig pariserisch servieren wollen.

Zu a): Sagen Sie bitte nicht »Schurnal« und »Schanerbild«, sondern lieber – ja, wie schreiben wir den Laut, das Phonem? – sagen Sie »Dschurnal« ohne d, aber mit dem Brumm, der das sch zum stimmhaften ž macht. Beim s ist es leichter, da hilft ihnen eine Rose mit Brumm unter dem s schon sehr schnell auf die Zunge.

Außerdem müssen Sie ja nicht Journal und Genrebild sagen, Sie können sich mit Zeitung und Stilleben behelfen!

Sie wissen es ja ohnedies, aber Sie passen so selten auf, stimmt's? Und wenn Sie es »deutsch« schreiben wollen: entweder (wie oben) ž oder ~~sch~~. (Kein Druckfehler: sch mit Querstrich!)

Zu b): Erzählen Sie gerne Bobby-Witze? Dann können Sie auch fast allen französischen Fremdwörtern furchtlos ins Aussprachen-Auge schauen und fehlerfrei Ensemble, Rendezvous, Embonpoint und Sortiment sagen.

Bei den -ent-Endungen können Sie auch die deutsche Form wählen und auf schwyzerdütsch posieren; die Schweizer können fast alle perfekt Französisch und sagen doch »Departemänt«, »reglemäntieren« und »Sortimänt«.

Aber nicht in allen Fällen: »Enn~~gasch~~emännt« sollten Sie doch lieber näseln und in Zweifelsfällen einen befreundeten

Franzosen oder einen verbilligten Wochenendflug nach Paris in Erwägung ziehen.

Wenn Sie bei einer Werbekampagne mitmachen wollen, sagen Sie bitte »Kampánj« – denn Sie trinken ja dann, wenn sie erfolgreich war, auch keinen »Schambaner«, sondern Champagner, und ähnliche Regeln gelten auch für Italien: Die herrliche Teigware, die man *lasagne* schreibt, soll nach »lasanje« klingen, und der Badeort Lignano an der Adria heißt »Linjano« und nicht »Lick-naano«, auch wenn ihn gewisse Touristengruppen so mißhandeln.

Noch einen Fehler sollte man vermeiden: statt der zu näselnden Vokalendungen das allzu preußische -ang, -äng und -ong zu gebrauchen. »Sortimang, Mannekäng und Balkong« gehört eigentlich zum »Zille-Milljöh«, und diese Aussprache ist glücklicherweise fast vergessen, aber wie sehr sie gebräuchlich war, zeigt die Tatsache, daß manch »Bealina« noch heute das Wort »mang« für inmitten verwendet, weil man zur Zeit des großen Preußen-Friedrichs nach dem Muster der französischen Adverbialendung -ment (*vivement, doucement* usw.) ein komisches Zwitterwort mitten-ment erfand; »mittenmang« wurde beliebt, die Mitte wurde vergessen, aber das heute fast unverständliche »mang« blieb.

Awa nu jehnwa mang de annern Sprachens!

Über die Schwierigkeiten, die sich ergeben, wenn man das englische Schriftbild mit der Lautung in Verbindung bringen will, regen sich die Anglosachsen selbst genügend auf; das bedarf gar keiner ausländischen Kommentare.

Ein berühmter irischer Schriftsteller soll seinen Freunden in irgendeinem Club ein Stück Papier mit der anscheinend sinnlosen Buchstabenfolge

gh – o – ti

überreicht haben und bat sie, unter Berücksichtigung der heimischen Ausspracheregeln ein sinnvolles englisches Wort herauszulesen.

Verblüffung – Ratlosigkeit.

Der berühmte Mann schmunzelte: »Also das gh sprechen wir aus wie das Phonem f in *enough* (gesprochen »inaff« = genug), das folgende geschriebene o ist ein klingendes i wie in *women* (gesprochen »uimin«, das ist die Mehrzahl von *woman*, also = die Frauen), und das ti wird doch bei *nation* oder *position* wie ein sch (»nääschn«, »posischn«) ausgesprochen. Damit haben wir f, i, sch, also Fisch oder englisch *fish*, aber – seien Sie ehrlich! – von allein wären Sie nicht draufgekommen. You see – in unserer Muttersprache kennt sich nicht einmal ein Brite mit der Aussprache aus.«

Woher aber wirklich dieser Riesenunterschied zwischen Schreibung und Redung in dieser Weltsprache?

Ganz einfach: weil die stolzen, konservativen Briten viel zu stur – pardon: viel zu traditionell sind, um irgendwas, was einmal britisch ist, zu ändern.

Nehmen wir doch spaßeshalber an, ein junger verliebter Angelsachse sagt vor rund tausend Jahren zu seinem (angel-) sexy girl: »I find, life is wonderful.«

Das klang vermutlich so, wie Sie es jetzt nach deutscher Lesart aussprechen.

Zur gleichen Zeit sagte ein Alemanne in ähnlicher Situation zu seinem blonden Mädchen zwischen zwei Sehnsuchtsseufzern: »mīn schaetzlīn!«

Im Lauf der Jahrhunderte trat eine sogenannte Diphthongierung ein, und heute sagt der Brite: »Ai faind laif is wonderful«, und der Deutsche haucht: »Mein Schätzlein.«

Also: eine ähnliche Entwicklung in beiden Sprachen, nur daß man bei uns die Lautänderung zur Kenntnis nahm, die Schreibung änderte und anpaßte, dagegen bei den Englisch-Sprechern mit der Rechtschreibung im Mittelalter verblieb.

Für uns gibt es demgemäß nur einen Weg zur korrekten Aussprache von englischen Fremdwörtern: man muß Klang und Schriftbild zugleich lernen. Streß und Standard sollten nicht zu »Schträß« und »Schtandard« werden!

Aber seit bei uns schon die Bauernmusiker ihre neuen Lieder nur noch englisch singen, seit schlechter amerikanischer Slang durch Platten, Kassetten und Imitatoren überallhin getragen wird, was eigentlich eher positiv zu bewerten ist, können wir die Frage nach richtiger englischer Aussprache als beantwortet gelten lassen.

Glücklicherweise gibt es nur wenig slawische Fremdwörter, die meisten haben wir integriert und unserem Lautstand angeglichen.

Schwierig ist die Aussprache von Lauten, die wir gar nicht haben: das russische schtsch kann man noch zur Not auch in unserer Schrift wiedergeben, aber was machen wir mit dem polnischen Laut, der mit einem quer durchgestrichenen ł geschrieben wird?

Das Geld heißt dort Złoti, und das ist ein Wort für Gold; gesprochen wird ein Laut, der zwischen l und w liegt, aber ganz anders klingt.

Russisch heißt das Gold *soloto*, aber die drei o klingen ganz verschieden, mehr nach unserem a zu, und wir stehen wieder einmal vor geschlossenen Ausspracheschranken.

Die stimmhaften, unterbrummten S und Sch, die wir schon bei der französischen Zeitung und beim Stilleben behandelt haben, müssen bei slawischen Beispielen noch viel strenger beachtet werden, wenn man die Heimat des Fremdworts erkennen soll.

Im Tschechischen gibt es das r mit dem Hatschek, geschrieben ř, ausgesprochen nur von den echten Tschechen. Fachleute wie die ehemaligen »Randelböhmen« – so nannte man in Zeiten, da es noch einen gewissen Sprachaustausch gab, die Sudetendeutschen, weil sie »am Rand« des tschechischen Gebietes wohnten – Fachleute schmunzeln, wenn sie daran denken, daß das gleiche Zeichen, um 180 Grad gedreht, französisch »accent circonflexe« genannt wird.

Dieser Laut klingt nur dann richtig, wenn jemand ein Zungen-R und ein stimmloses Sch zugleich hervorbringt. Das schottische gerollte R hat eine gewisse Ähnlichkeit, aber damit sind die Vergleichsmöglichkeiten auch schon restlos erschöpft.

Der Komponist Antonin Dvořák wird bei uns nie richtig ausgesprochen werden können. Wenn seine Symphonien und Kammermusikwerke in unseren Fünken (oder wissen Sie einen besseren Plural von Funk?), wenn sein Name angesagt werden muß, kommt entweder ein »Dworschak« oder gar ein »Dwoschrak« heraus.

Man müßte den Namen übersetzen, und das wäre nicht schwer: *dvůr* heißt Hof, und Pan Dvořák ist ganz einfach der Herr Hofer.

Wir können ihn und seine Musik lieben, verstehen und immer wieder spielen. Aussprechen können wir ihn nicht.

Noch eine Schwierigkeit müssen wir bei slawischen Eigennamen zur Kenntnis nehmen: sie haben außer den uns geläufigen Vokalen noch zwei andere, nämlich das R und das L.

Das Wort für den Tod lautet russisch zwar *smjert* und wird allen Feinden des Sozialismus gewünscht, aber tschechisch und jugoslawisch heißt es *smrt.* Wir kennen schwermütige Lieder, da liegt dieses r auf einem langen, traurigen Melodie-Ton, und wenn es ein wohltönender Bariton singt, klingt es organisch und wunderschön. Gar nicht wie ein Gurgeln, wie wir uns vorstellen müßten.

Auch das L wird im Osten zum Vokal: *plny* (s. S. 19) heißt voll und kann in jedem Gedicht als betonte Silbe stehen, *vlk* heißt der Wolf, und wenn sich seine Verkleinerungsform, *vlček,* als Familienname zu uns verirrt, dann heißen seine Nachkommen Wildschek, weil wir uns nicht recht vorstellen können, daß das l ein Vokal sein kann.

Diese Vokale heißen wissenschaftlich Liquide: *liquidus* heißt flüssig. Gemeint ist damit, daß sie den Redefluß nicht hemmen.

Man könnte sie als Vokal-Pfuscher bezeichnen, weil sie die Arbeit der Vokale übernehmen, ohne dazu befugt zu sein.

Von Standpunkt der Moral also abzulehnen!

Das Beispiel *smrt* haben wir gewählt, weil es prominente Verwandte im Westen hat: so ist unser Wort Mord dazuzustellen und auch das lateinische *mors*.

Der *vlk*, der Wolf, hat eine erschlossene Wurzel **wlquos*, aus der sich mühelos das lateinische *lupus* in oder außer der *fabula* ableiten läßt. Bei den romanischen Töchtern nahezu unverändert.

Fast noch indogermanischer wäre das Wort für Herz. Sicher haben schon einige das wunderschöne russische Lied gehört: *Srdce, tebje nje chotschetsja pokoja* – Herz, dir will sich nicht die Ruhe (hier zeigen sich wieder einmal die Probleme jedes Übersetzers: wörtlich oder dem Sinn entsprechend?). *Srdce* – dazu die Balalaika!

Slawisch *srdce*, deutsch Herz, englisch *heart*, griechischer Stamm *kard* oder *kērd*, daher der Kardiologe, der das Rauchen verbietet, italienisch *cuore*, französisch *cœur;* einmal a, einmal i, dann wieder o oder ö, bei uns e – eine fürchterliche Unsicherheit, weil wir keine Halbvokale haben, weil wir uns nicht entscheiden können, was wir statt einem klingenden R oder L sagen wollen.

Es war klar, daß feste Regeln für die Aussprache von Fremdwörtern nur sehr allgemein und oberflächlich gegeben werden konnten. Dieses Kapitel war kein Lehrstück, sondern – bestenfalls – eine Plauderei.

Aber vielleicht baut es doch ein kleines bißchen Scheu vor den weitschichtigen Verwandten ab und läßt die Achsel des Gesprächspartners in Ruhestellung, die er gezuckt hätte, wenn wir eines der behandelten Fremdwörter falsch ausgesprochen hätten.

Kabarettistisches Intermezzo: Fehlleistungen

Viele der ständigen Witzfiguren, über die unsere Großeltern gelacht haben, sind heute nicht mehr denkbar. Sie waren Produkte einer vergangenen Zeit, in der ein Bauer noch nicht lesen konnte, in der ein Ausländer immer komisch war, wo der Graf Bobby alles falsch verstand und die Frau Pollak prinzipiell jedes Fremdwort verwechselte.

Wir wissen nicht, ob sie wirklich gelebt hat oder ob es ein berühmtes Vorbild gab, aber das ist ja nicht wichtig.

Die Nachrichten über sie sind samt und sonders wie eine gesunde Zunge, nämlich unbelegt. In Wien hieß sie Pollak, in Süddeutschland war es die Frau Neureich und in Berlin war sie mit einem Herrn Raffke verheiratet.

Nach dem Ersten Weltkrieg wollte der Volksmund seinen Groll über die schnell reich gewordenen Schieberschicksen abreagieren, und so mußten diese Damen einfach erfunden werden.

Man schadenfreute sich darüber, daß sich diese Damen immer wieder durch ihren Bildungsmangel bloßstellten, und wir erinnern uns unter anderem auch deshalb an sie, weil wir einzelnen Fremdworterklärungen ein heiteres Mäntelchen umhängen können, das sogar eine gewisse Gedächtnisstütze bieten wird.

Schieberschickse: aus der Gaunersprache kommt um 1900 das Wort Schieber für einen Menschen auf, der mit horrendem Gewinn Waren verschiebt. Schickse – auch ein früheres Rotwelschwort – sollte eigentlich »Schigse« lauten, denn es ist die weibliche Form von Schegez, und ein Schegez war ursprünglich ein christlicher (!) Bursche in abwertendem Sinn; später wurde das Wort zu einem Schimpfwort für einen nicht astreinen Juden, heute übersetzt man ungefähr mit »Kerl«. Schickse ist also die ständige Begleiterin einer zwielichtigen Figur.

Frau Pollak bewundert ein einzelnes Schmuckstück und erfährt von der Trägerin, daß es mit einem Pendant viermal so wertvoll wäre. Tags darauf geht sie zum Juwelier und verlangt ein Pendant.

»Bei mir bekommen Sie alles, liebe Frau Pollak«, sagt der Goldwarentandler, »aber wenn ›pendant‹ – dann wozu?«

»Das geht Sie einen großen Tinnef an«, sagt die Frau Pollak und entrauscht zu einem anderen Juwelier, der hoffentlich Pendants lagernd hat und keine blöden Fragen stellt.

Pendant ist, wie wir wissen, ein Gegenstück, eine Ergänzung. Es kommt vom französischen *pendre* = hängen und wurde für stilgleiche Bilder erfunden, die nebeneinander oder gegenüber aufgehängt waren. Damit verwandt ist nicht nur das Pendel, das von der Uhr herabhängt, sondern auch das Pensum, das eigentlich die Warenmenge, die man zur Gewichtsbestimmung an die Waage hängte, bedeutet. Pension ist das Zugewogene, dazu gehört auch noch die Kompensation, die Expensen-Note des Anwalts und die Ehe-Dispens. Bevor wir uns aber jetzt noch an die Lehnwörter heranmachen, die mit lateinisch *pendēre* = hängen zusammenhängen, z. B. Spind, Speise, Spesen, seid's gewesen – nein, da pendeln wir lieber wieder zur Frau Pollak.

Das Stubenmädchen meldet: »Gnädige Frau, draußen im Vorzimmer steht ein Herr, der reflektiert auf den schönen Teppich!«

»Erzählen Sie keine Geschichten, putzen Sie's weg und lassen Sie mich in Ruh. Der Teppich is eh kein echter Perverser!«

Wenn Sie nicht wissen, was reflektieren heißt, finden Sie das Wort im Verzeichnis, außerdem scheint mir die Verwechslung eines Persers (Teppich aus Persien) und eines Perversen selbst für die Frau Pollak zu blöd.

Beim Deutschprofessor ihres Sohnes erfährt sie, daß der Moritzl nicht einmal weiß, was Syntax ist. »Komisch«, meint Frau Pollak, »das weiß sogar ich: sünntags ist schulfrei!«

Vergessen Sie, bitte, alles bis auf die Erläuterungen und was Sie eventuell im Wörterverzeichnis nachgelesen haben.

Mit dem tausendjährigen Reich kam für die jüdischen Witze eine grausame Pause, die besten Erzähler kamen um oder mußten emigrieren, und für die Emigranten gab es von heute auf morgen kein Fremdwortproblem mehr, sondern die Aufgabe, mit den fremden Wörtern einer neuen Heimat fertig zu werden.

Aber der jüdische Witz schöpft auch aus bitterer Tragik ätzende Pointen: Für die neue Sprache, die man sich schaffen mußte, die ein Mischwort aus Esperanto, Emigration und Semitentum war, erfand man sich die Bezeichnung »Semigranto« und kompensierte die täglichen Sprachschwierigkeiten dadurch, daß man sich über sie lustig machte.

Ein Emigrant trifft irgendwo in Amerika einen alten Freund: »Servus – wie tust du dich tun?« – »Danke, ich tu mich schwer mit der Sprach'.« – »Verstehst du schon Englisch?« – »Ja, aber nur wenn ich selber red!«

Zwischen dem seinerzeitigen, heimatlichen Schulenglisch und dem lokalen amerikanischen Dialekt bestanden kaum Ähnlichkeiten. Das Wiener Ehepaar Silberzwilling hatte in Chicago eine Wohnung gemietet. Es erscheint der Gasmann und will vom Gasometer den Verbrauch ablesen. Die englische Kurzform für Gasometer ist *meter*, und das klingt in unseren Ohren wie »miter«. Er fragt: »Where's the meter?« – Frau Silberzwilling ist erleichtert, weil sie zu verstehen glaubt: »Wer der Mieter ist? No selbstverständlich mein Mann, der Max.« Der Gaskassier schüttelt verständnislos den Kopf und will wissen, wo der Gashahn ist: »Where's the tap?« (*tap* ist das Wort für Hahn.) – »Sie wollen wissen, wo der Tepp ist? Hören Sie zu: Mein Mann ist ausgegangen, aber er tät' uns nix nützen, weil er spricht wesentlich schlechter Englisch wie ich!« Wenn wir schon dabei sind, dem Fremdwörterproblem heitere Seiten abzugewinnen, will der Autor eine Passage aus einer der in vielen Kabarettprogrammen vorkommenden »Fremdwort-Conférencen« zitieren, die vielleicht mehr über das Imponiergehabe und die Schwellenfunktion beim Fremdwörtergebrauch aussagt als ein ganzes theoretisches Kapitel.

Herr Klug: Schauen Sie, Herr Simpl, heutzutag nützt echte Bildung kaum was. Am besten legt man sich eine Art Schaumgummi-Bildung zu.

Simpl: Was ist das?

Klug: Das ist genau das, was man heutzutag mit Intelligenz verwechselt. Man legt sich einen Fundus von klangvollen Fremdwörtern zu, von denen kein Mensch weiß, was sie bedeuten.

Simpl: Zum Beispiel?

Klug: Na ja – Transzendenz, Hypertrophie, Präambel, Metapher, Sensibilisation, et cetera, et ceterissima ...

Simpl: Moment! Was heißt et ceterissima?

Klug: War das das einzige Wort, das Sie nicht verstanden haben?

Simpl: Nein, aber das einzige, das ich kontrollieren kann.

Klug: Schrecklich, diese Halbgebildeten!

Simpl: Was heißt halbgebildet? – Wollen Sie mir einreden, daß Sie diese Wörter verstehen und erklären können?

Klug: Nehmen Sie, bitte, zur Kenntnis: Ich will nicht einmal den Verdacht erwecken, daß ich ein Intellektueller bin. Diese paar Ausdrücke genügen ja nur für bescheidenste Ansprüche. Wer in der pluralistischen Gesellschaft eine Rolle spielen will, muß auch noch einige lateinische Zitate auf Lager haben.

Simpl: Schaumgummi-Zitate?

Klug: Man muß sehr vorsichtig sein, weil Binsenweisheiten wie »hic Rhodus, hic Salzamt« oder »ubi Benzin, ibi patria« kennt heute schon jeder.

Simpl: Was macht man da?

Klug: Man erfindet die Zitate.

Simpl: Aber dazu muß man doch Latein können!

Klug: Im Gegenteil – das würde den Gedankenflug nur hemmen. Aber jeder Mensch kann ohne viel nachzudenken etwas sagen, was lateinisch klingt. Wie gefällt Ihnen »caligulare nubiusque polyandrendum est«?

Simpl: Was heißt das?

Klug: Das kommt darauf an, was man grad sagen will. Bei sehr dummen deutschen Sätzen muß man so tun, als wären sie eine Übersetzung aus dem Lateinischen. Durch so ein Verhalten wird jeder Schnorrer kreditwürdig.

Simpl: Aber was machen Sie, wenn Sie in eine Gesellschaft von Lateinprofessoren geraten?

Klug: Ganz einfach: in so einem Fall zitiere ich altchinesische Philosophen.

Simpl: Das können Sie auch?

Klug: Leicht. Pjöng – lao – ming – laotao.

Simpl: Klingt eindrucksvoll. Was ist das?

Klug: Das sind die letzten Erkenntnisse des altchinesischen Philosophen Shu-tsu-äng.

Simpl: Wer – ich bitte Sie – wer war Shu-tsu-äng?

Klug: Der Erfinder des Schuhlöffels.

Simpl: Ich verstehe. Was aber machen Sie, wenn Sie in Gesellschaft von Leuten kommen, die Ihre Methode kennen oder – was noch viel schlimmer wäre – die das Buch »Sprechen Sie Ausländisch« gelesen haben?

Klug: Das ist das Einfachste: Da hülle ich mich in schöngeistiges Schweigen und nicke von Zeit zu Zeit einen bedeutungsvollen Kopf. Dann steht nach einigen Minuten mein Gesprächspartner auf und verkündet lauthals, daß er sich noch nie mit einem so gebildeten Menschen unterhalten hat wie mit mir.

Simpl: Aber das muß doch ein Vollidiot sein. Wollen Sie sich denn wirklich mit solchen Typen unterhalten?

Klug: Natürlich nicht. Ich habe Ihnen doch gesagt, daß ich kein Intellektueller sein will.

Gerhard Bronner hat diese Conférence zusammen mit dem
Autor verfaßt und gebracht; das Vergnügen des Publikums
darüber, daß der eine so überheblich und der andere so ah-
nungslos war, also die Tatsache, daß Hilflosigkeit gegenüber
Fremdwörtern immer Heiterkeit erregt, sind Indizien dafür,
daß der Leser dieses kabarettistische Kapitel nicht übelneh-
men wird.

Fast alle der von Frau Pollak mißverstandenen Wörter kamen
aus dem Lateinischen. Herr Klug imponiert mit lateinischen
Zitaten, und ein großer, sehr großer Anteil unseres Wortschatzes mit fremden Wurzeln entstammt der Sprache der
Römer.

Wir kommen also nolens-volens (na bitte!), besser: nolentes-
volentes (weil hier nur die Mehrzahl am Platz ist) nicht
darum herum, uns ein wenig mit dieser Sprache anzufreunden.

Angeblich ist Latein eine tote Sprache. Wir wollen doch sehen, wieweit das stimmt!

Fast alle Fremdwörter kommen aus Rom

Wer sich entschließt, eine fremde Sprache zu seiner bekannten zu machen, hat meist einen höchstpersönlichen Beweggrund, der nur ihn angeht. Aber vielleicht bedenkt er gar nicht, was ihm bei einem so löblichen Studium gleichsam als Zuwag' in den geistigen Schoß fällt:

Er erweitert seinen Horizont, er kommt in seinem Beruf weiter als vorher, er lernt einen neuen Kulturkreis kennen und darf gratis an dem Gedankenvorrat mitknabbern, den sich ein anderes Volk in mühsamer Hamster-Kleinarbeit angelegt hat.

Wer jetzt an moderne Sprachen denkt, hat natürlich recht. Aber er hat auch recht, wenn er denkt, daß unsere gesamte Kultur – und in vielen Belangen auch die Technik – auf den Erkenntnisfeldern der alten Römer gewachsen ist, die ihrerseits den gleichalten Griechen viel zu verdanken haben, was sie ja auch fröhlich bekennen.

Anderseits fällt ihm beim Stichwort Latein sofort schweißtreibendes Vokabel-Büffeln, mittelmäßige Mittelschullehrer und vergebliches Suchen von Subjekt und Prädikat in einem Ovid-Gedicht ein, vor allem, wenn er ein ehemaliger Realschüler ist und den Lateinunterricht entweder ersatzlos streichen oder durch Taschencomputer mit Schachschaltung ersetzen lassen will.

Des Herrgotts Tiergarten ist groß, und vielleicht braucht die Atomphysik wirklich Anti-Lateiner, aber Leute, die dieses Buch lesen, werden sicher gerne darangehen, ein kleines Feld in ihrem Seelengarten zu bebauen, zu pflegen und zu begießen, denn Feuchtigkeit fördert auch geistige Agrarprodukte.

Feuchtigkeit heißt auf lateinisch *humor*.

Moment: wie heißt denn »pflegen«? Wir erinnern uns: *colo, colis, colere, colui* – und das Perfektpartizip?

Ah ja: *cultus, culta, cultum.*

Richtig – setzen! Was ist also Kultur? Weiß das einer?

Erstens: ein Feld so bearbeiten, daß es auch Früchte trägt, damit also die Menschen etwas zum Essen haben, und zweitens ... zweitens ... Ach ja: *colere* heißt pflegen! Zweitens die Pflege der geistigen Güter, damit die Menschen nicht total verblöden.

Ganz gut! Wo hast du diese Definition her?

Selber ausgedacht, Herr Professor.

Recht brav – selber ausdenken ist für die Kultur sehr wichtig. Setzen!

Colo, colis, colit – dieses sture Konjugieren und Deklinieren hat mir schon damals ...

Mir auch, lieber Leser. Aber man kann auch so was von einer heiteren Seite sehen. Mich hat in der Schule ein Freund gefragt: »Weißt du, was das ist: ogel, sigel, tigel?«

»Nein. Geht das noch weiter?«

»Ja: sumigel, sitigel, tnugel.«

»Hör auf mit dem Blödsinn. Was ist denn das?«

»Ganz einfach: die Konjugation vom Verbum *legere*, lesen, allerdings verkehrt herum: *lego, legis, legit, legimus, legitis, legunt.*«

»Waaaas?«

»Wenn du *legunt* umdrehst, hast du den ›tnugel‹!«

Wie man sieht, kann man dem eigenen Hirn auch durch Blödeln beim Speichern helfen.

Jeder meiner verehrten Leser hat lateinische Grundkenntnisse, jeder weiß, daß *amor* die Liebe, *panis* das Brot und *ars* nichts Unanständiges bedeutet.

Aber wenn ich jetzt frage: Was heißt Auspuff auf lateinisch, dann wird er sagen: Auf so was fall ich nicht hinein, das gab es ja damals noch nicht.

Ist denn das ein Grund?

Vernehmt, Freunde: Auspuff heißt »tubus emissarius« (wörtlich: Rohr, das etwas hinausschickt), Sicherheitsgurt heißt »cingulum securitatis« (*cingulum* ist nicht nur eine Berg-

festung in Picenum, sondern auch etwas, womit man sich um-
gürtet, und *securitas* ist Sicherheit), und Zündkerze heißt
»candela accensiva«.

Wo steht das, fragt der liebe Leser.

Mit Recht!

Nun – es stellt sich immer mehr heraus, daß Latein heute, im
Zeitalter der Massenmedien, eine überaus lebendige »tote«
Sprache ist.

Es gibt mehr als ein Dutzend Zeitschriften, die um die Aktua-
lisierung und Weiterentwicklung der *»lingua Latina«* besorgt
sind, es gibt ein Consilium beim Vatikan, das Vorschläge für
lateinische Bezeichnungen moderner Begriffe ausarbeitet, und
es gibt eine Reihe hochinteressanter Bücher.

Neuesten Erscheinungsdatums. Alle über Latein.

Die Autobestandteile sind *exempli gratia* (z. B.) aus dem Buch
von Carl Vossen: Latein – Muttersprache Europas (Düsseldorf 1978), aus dem wir noch einiges erfahren werden.

Als die ersten Wagen mit Benzinmotor durch die Gegend
schnauften, wollte man einen lateinischen Ausdruck dafür
schaffen, aber das war gar nicht leicht. Hei, da gab es Streitig-
keiten unter den gelehrten Herrn, daß die Fetzen flogen, *ut
panni volarent!*

Nebenbei: *pannus,* der Fetzen, das ärmliche Kleid, ist unpas-
senderweise der etymologische Vorläufer unserer so sehr verehrten Fahne.

Man einigte sich schließlich auf »autoraeda«, abgeleitet von
raeda, einem keltischen Lehnwort für Reisewagen, und *autós,*
griechisch für selbst. Was soll ein »Selbstreisewagen«?

Wenn schon Zwitterwort, dann gleich »auto-mobile«.

Latein ist also wahrhaftig keine »tote« Sprache, wohl aber
verändern sich die Wortformen und Strukturen nicht mehr,
und das macht diese Sprache zu einem geschätzten ruhenden
Pol in des Sprachwandels Fluß.

Viele Gründe sprechen für mehr Beschäftigung mit Latein:
Lateinische Fachausdrücke ermöglichen erst internationale

Arbeiten auf dem Gebiet der Botanik, Zoologie, Pharmazeutik und Medizin.

Viele moderne Entwicklungen werden lateinisch benannt, das reicht vom Computer bis zum Mikroprozessor, vom Astronauten bis zum Penicillin.

Nur Latein kann uns auf den Weg (für Optimisten: auf dem Weg) in ein vereintes Europa helfen, und ein echter Humanismus ohne Latein ist undenkbar.

Aber da gibt es Leute, die den Lateinunterricht in Mittel- und Einheitsschulen ersatzlos streichen wollen.

Sie glauben, daß die Menschheit mit Suppenkonserven, Umweltverschmutzung und Soziologie ihr Auslangen finden wird.

Wir glauben, auch noch Latein zur Lebensqualität zählen zu müssen.

Vielleicht noch einige Kulturnachrichten über Latein-Verwendung aus dem schon erwähnten Vossen-Buch:

In Ungarn war Latein bis 1840 die Sprache des Parlaments. Man überlege: Würde man heute noch jedem Redner vorschreiben, wenigstens die Leitsätze und Hauptpunkte seiner Ausführungen lateinisch vorzutragen – viele Nationalratsbeschlüsse wären bei weitem gründlicher durchdacht und klarer formuliert.

Englisch wird als inoffizielle Weltsprache angesehen. Weit mehr als die Hälfte des englischen Wortschatzes sind lateinische und französische – und das sind auch nur leicht veränderte lateinische Wurzeln – Wörter.

1970 fand in Prag ein Kongreß der Lungenfachärzte statt, der sich »congressus pneumologicus cechoslovacus« nannte, und auf dem Briefkopf stand das Wort für Telegrammadresse weder tschechisch noch russisch, sondern lateinisch: *inscriptio telegraphica.*

Im gleichen Jahr sagte in Bukarest der damalige Ministerpräsident Maurer bei einem Staatsempfang sinngemäß: Die Güter der Humanität, die in der lateinischen Kultur am klarsten definiert sind, bleiben für unsere Länder weiterhin von Bedeutung. – Da dieses Buch unpolitisch sein will, knebelt der Autor seine Schreibmaschine.

Zwischen dem Vatikan und der Sowjetunion gibt es noch immer diplomatischen Schriftverkehr. Er wird in beiden Richtungen lateinisch geführt.

Der internationale Arzneihandel bedient sich nur der lateinischen Sprache; z. B. heißt die Weinsäure sowohl im deutschen wie im Schweizer, im sowjetischen wie im französischen Arzneibuch *acidum tataricum.*

Im ersten Fremdwörterbuch mit dem Titel »Teutscher Dictionarius«, das 1571 in Augsburg erschien, führt der Verfasser über 2 000 lateinische Fremdwörter an. Da man heute über 10 000 kennt, scheint eine steigende Tendenz zur Latinitas bewiesen.

In Dakar, der Hauptstadt von Senegal in Afrika, wird Latein wie eine Gegenwartssprache gelehrt. Der moderne Wortschatz wird aus internationalen Fachzeitschriften geschöpft und immer wieder angepaßt.

Das Gandhi-Denkmal in New Delhi hat eine lateinische Inschrift.

Japanische Küchenspezialitäten sind weder zahlreich noch in Europa bekannt. Am ehesten noch Tempura (in Öl gebackene Krabben), und die wenigsten Söhne Nippons werden wissen, daß dieses nationale Lieblingsgericht von katholischen Missionaren *quattuor tempora* nach den Quatembertagen des Kirchenjahres, also mit lateinischen Wörtern bezeichnet wurde.

Zum Schluß noch: Auf den Eindollarnoten der USA steht: novus ordo seclorum (eine neue Ordnung der Jahrhunderte). Latein auf der wichtigsten Währung der Welt – und das wollen ein paar Leute beim Unterricht ersatzlos streichen lassen!

Wenn wir uns über Fremdwörter unterhalten wollen, dann

muß Latein die Basis sein, gleich danach kommt Altgriechisch, und so wollen wir's auch halten.

Einer, der Latein gelernt hat oder durch das Vorhergehende Gusto bekam, sich damit zu befassen, hat den großen Vorteil, daß er sich mit einem der einst gestuckten und gepaukten Vokabeln eine große Zahl von Fremdwörtern erklären kann.

Umgekehrt kann einer, wenn er ein paar Bücher und Zeitungen liest, an den gebräuchlichen Fremdwörtern gar nicht vorbeidenken und wäre erstaunt, wie leicht er diese überaus vitale, gut klingende und unglaublich nützliche Sprache erlernen könnte; schon nach einigen Lektionen ist er soweit, daß er den einen oder anderen römischen Autor – ruhig mit deutscher Übersetzung daneben – lesen und verstehen kann.

Dann wird er darüber staunen, wie modern die alten Römer geschrieben und gedichtet haben.

Mancher heutige Literat, der um alles in der Welt als progressiv angesehen werden will, könnte von den PEN-Club-Mitgliedern des alten Roms lernen, wie man auf überaus delikate Art die Intimsphäre dichterisch so erleuchten kann, daß nicht einmal die spießigsten, moralinsauren Tugendwächter etwas dagegen haben können. Das einzige, was unsere Theaterkritiker gegen lateinische Stücke einzuwenden hätten, wäre der Umstand, daß kaum einer der römischen Autoren auch nur einmal in seinen Komödien das Wort *merda*, zu deutsch Scheiße, verwendet.

Der Ordnung halber sei bemerkt, daß dieses Wort, das heute zur Schutzmarke der Avantgardisten geworden ist, doch ab und zu bei Horaz vorkommt. So steht es im Latein-Wörterbuch von Stowasser.

Horaz gilt als Begründer der lateinischen Lyrik.

Ein alter Römer – und sooo modern!

Jetzt aber vielleicht ein Beispiel für den erwähnten Vorteil, daß ein gelerntes Vokabel zwanzig und mehr Fremdwörter erklären kann.

Das lateinische Zeitwort *agere* bedeutet in Bewegung setzen, mit geschwungenen Armen treiben, tätig sein, handeln.

Gehandelt = *actus*, die Handlung (im römischen Recht: die Klage) heißt *actio*.

Wenn wir nun versuchen, eine möglichst große Menge von Wörtern, die von diesem Zeitwort abstammen, in einem Satz unterzubringen, dann wird dieser Satz natürlich blöd – aber der Zweck heiligt bekanntlich die dümmsten Mittel.

Ein einst *agi*ler *Agro*nom sprach mit einem Dem*ag*ogen, der ihm von körperlicher *Akt*ivität abriet. Ein Börsen*agent* überredete ihn dazu, seine *Äcker* nicht mehr zu bestellen, sich um einen ex*akt*en Preis ohne *Agio* vorteilhafte *Akt*ien zu kaufen. Dies tat der Mann und setzte so achselzuckend einen *Akt* der Selbstzerstörung.

Nun kann der liebe Leser noch weiter suchen und wird sogar noch Aktionist, Aktivist, Agentur, Stratege und andere finden, dazu kommen die Bildungen mit Präfixen, mit Vorsilben, etwa Reaktion, Redaktion und exakt, aber es reicht das bisher Aufgezählte sicher: er merkt schon, daß mit einem Lateinwort und einem Lexikon mindestens – bitte nachzuzählen, in unserem Fall waren es 18 – sagen wir ruhig: in Einzelfällen bis zu 30 Fremdwörter erklärt werden können.

Dieser Gedankengang gehört doch in ein Buch über Fremdwörter, deshalb muß der liebe Leser noch lange nicht wirklich lateinische Vokabel nachlernen.

Erklärungen stehen im Wörterverzeichnis, aber die braucht man ja kaum, kennt ja eh jeder die Ausdrücke.

Nur ein ganz besonders aufmerksamer und interessierter Nachschläger wird vielleicht fragen: gehört am Ende auch das Wort Acker zu den Beispielen?

Ja und nein.

Es ist kein Lehnwort aus dem Lateinischen, aber es gehört zur Wurzel, die bedeutet: mit geschwungenen Armen treiben.

Jetzt wollen wir aber schön langsam wissen, was dieser Zusatz »mit geschwungenen Armen« bei unserer Treiberei zu tun hat.

Da müssen wir den Nachschläger noch etwas fragen: Hat er auch das Wort »achselzuckend« in die Gruppe einbezogen? Nein? Hätte er aber tun müssen, denn die Achselgegend ist der Mittelpunkt, die »Achse« der geschwungenen Arme, mit denen die Ahnfrau das Vieh auf die Äcker trieb.

Man muß zugeben: manchmal haben sie viel Phantasie, die Herren Sprachforscher.

Das kleine Feld, das wir mit lateinischen Floskeln geschmückt haben, zeigt sich jetzt, da die Blümchen schüchtern erblühen, als recht unsystematisch, aber das Wort »Floskel« paßt sehr gut, weil das Diminutiv (Verkleinerungsform) von *flos* (Blume) *flosculum* lautet.

Dieses Beet sollte eine Art Weg sein, der uns in eine Vorratskammer von Fremdwörtern führt, in der sich der Leser nach Lust und Laune bedienen soll.

Wohlgemerkt, nach Lust und Laune, nicht aber nach einer Methode oder nach einem Plan. Nein – es wird drunter und drüber gehen.

Macht's was?

Wenn schon drunter und drüber, dann lieber sub und super. Kein Lehrer würde den Lateinunterricht mit den Vorwörtern beginnen, aber hier wird ja nicht unterrichtet; hier werden Fremdwörter verstreut. Sehr viele solche fangen mit pro-, in-, trans-, con-, ob-, ad- an; besonders interessieren sollen uns in diesem Kapitel die Präpositionen sub und super.

Wir wollen zeigen, daß sich die alten Römer (und natürlich auch die Griechen) ein herrliches Puzzlespiel erfunden haben, nämlich die Möglichkeit, aus einem beschränkten Grundvorrat an Wörtern durch das Vorstellen von Vorwörtern neue Bedeutungen und plastische, satte Sprachnuancen zu erzeugen.

Vorwörter heißen Präpositionen, davon haben wir sowohl im Deutschen als auch im Lateinischen genug. Aber welches Verbum wählen wir als Vorwurf? Wie wäre es – apropos Vorwurf – mit dem Verbum »werfen«, lateinisch *iacere*, Partizip *iactus* oder *iectus*?

Werfen hat den Vorteil, daß wir es später ins Griechische übersetzen und ähnliche Resultate erzielen können.

Alea iacta esto soll Cäsar, der Würfelspieler, gesagt haben, als er den Rubikon überschritt, der Würfel falle! Wörtlich: er sei geworfen oder laut Sueton: *alea iacta est* = er ist geworfen, ist gefallen.

Wir aber werfen unsern Blick auf diverse Möglichkeiten, die uns dieses Zeitwort zur heiteren Erweiterung unserer Fremdwörterkenntnisse bietet.

Was man vor sich hinwirft, um es zu ordnen und dann zu planen, ist ein Projekt, ein Ent-Wurf. Ein Projektil, ein Geschoß, wird leider mit viel mehr Kraft geworfen und nicht von Linguisten, sondern von Kriminalisten untersucht. Der Filmprojektor wirft ein helles Bild vom letzten Urlaub auf die glänzende Projektionsfläche, und daß es nicht Projaktor und Projakt heißt, hängt mit lateinischen Ablautregeln zusammen, die sich dieses Hirtenvolk aus Latium selber gebastelt hat, damit die Sprache noch schöner klingt.

Was uns der Herr Doktor in die Venen hineinwirft oder spritzt, ist eine Injektion.

Trans heißt soviel wie hinüber, darüber hinaus. Drum ist ein Trajekt ein Fährschiff, das sich der Lautgruppe »ns« entledigt hat, nicht um mehr Lasten befördern zu können, sondern des Wohlklangs wegen. Trajektorien sind mathematische Linien, aber um die kümmern wir uns nicht, weil wir zwar sprachinteressiert, aber mathematisch meist unbegabt sind.

Was kann denn noch alles aus so einem lateinischen Wurf werden?

Konjektur ist die mutmaßlich richtige Lesart eines unvollständigen oder unverständlichen Werkes. Gemeint ist, daß man alle möglichen Vermutungen in einen Topf wirft und sich dann die wahrscheinlichste aussucht. Hat aber nichts mit Konjunktur zu tun, eines der seltenen Hauptwörter, die es nur in einer Vergangenheit gibt, weil sie ein theoretischer Wirtschaftsbegriff ist, den wir nie erleben werden. Sie brauchen sich daher weder Konjunktur noch Konjektur zu merken.

Was ein Objekt ist, das glauben wir zu wissen, und daß wir alle ohne Ausnahme wirklich objektiv sind, das steht doch wohl unumstößlich fest. Die lateinische Präposition *ob*, auf griechisch *epi*, markiert meist einen Gegensatz, ein Dagegensein: obskur, obstinat, obszön – lauter unangenehme Begriffe. Beim Objekt muß man dagegen objektiv sein, es bedeutet das Entgegengesetzte, Entgegengeworfene, eben die Wahrheit zwischen zwei Standpunkten.

Objektiv als Adjektiv ist laut Lexikon: auf ein Objekt bezogen, tatsächlich, sachlich, unvoreingenommen.

Also das, was wir alle sind!

Adjektiv ist das Dazugeworfene, das Beiwort, der Zusatz. Bei uns der Name für das Eigenschaftswort.

So viel zu den römischen Würfen.

Die Wegwerfgesellschaft war den Römern noch nicht bekannt!

Höööda! wird jetzt der liebe Leser einwerfen (einwerfen, besser: dazwischenwerfen, heißt *intericere*, gesprochen: interjicere, darum heißt so ein Zwischenruf auch Interjektion), da fehlt doch etwas sehr Wichtiges, nämlich das Subjekt!

Richtig. Wäre beinahe vergessen worden.

Subjekt ist eigentlich das Daruntergeworfene, weil *sub* heißt unter. In der Philosophensprache ist Subjekt erstens das Bewußtsein, zweitens das »denkende Ich«, also die »daruntergeworfene« Grundlage überhaupt.

Descartes, der weltberühmte französische Philosoph, schrieb einmal, wenn ich mich richtig erinnere: *cogito, ergo Konsum,* und hat somit schon damals, vor mehr als dreihundert Jahren, unsere Konsumgesellschaft vorausgeahnt.

Tschuidigung, habe soeben bei Cartesius – das ist der Spitzname von dem Herrn – nachgeschlagen. In Wahrheit schrieb er natürlich: *cogito, ergo sum*, also: ich denke, daher bin ich. Das läßt den zwingenden Schluß zu, daß viele Menschen gar nicht wirklich sind.

Wer von einem heruntergekommenen Subjekt spricht, meint damit keinesfalls etwas Grammatisches, denn in der Satzlehre ist Subjekt der Satzgegenstand, der Diktator, dem sich das Prädikat willenlos zu fügen und anzupassen hat.

In England ist das Daruntergeworfene sogar der stolzeste Ausdruck für das Nationalbewußtsein geworden, denn wer auf der Insel von sich sagen kann: I'm a British subject, der maßt sich damit das subjektive Recht an, auf alle anderen Weltbürger herabzublicken.

Über Etymologie hat so ein Subjekt sicher noch nie nachgedacht.

Bevor wir aber nun die Auswirkungen der harmlosen Präpositionen sub und super auf die Weltpolitik untersuchen, rasch noch zwei Ableitungen neuerer Prägung, bei denen kein Mensch mehr an das römische Werfen denkt:

Die Vorfahren der heutigen Franzosen hatten eine eigenartige Rechenmethode: sie warfen Steine (*calculos* = Rechensteine, s. S. 134) auf den Boden und zählten dann zusammen. Das lateinische *iactare* wurde bei ihnen im Lauf der Jahrhunderte zu *jeter*, und die Rechensteine hießen Jetons. Bei den Engländern machte das Wort *jeter* eine lange Reise mit vielen Bedeutungswechseln und heißt in der Form *jet* nicht nur das, was die Flugzeugdüse auswirft, nämlich Gasstrahl, sondern auch bald düsengetriebenes Flugzeug.

Jet-set und Jetons: zugrunde liegt das lateinische *iacere*.

Wer Freude an solchen Zusammenhängen hat, muß das doch einfach »super« finden.

Super heißt drüber, sub heißt drunter.

Später wurde im Mittellateinischen das Wort sub durch ein etymologisch ungeklärtes Wort *bassus,* das mit tief, dick, niedrig übersetzt wird, teilweise verdrängt. Einer, der tief singt, ist ein Baß und nicht ein »Suber«. (Das Wort sub war nie musikalisch!)

Das Vorwort super aber ließ sich nicht verdrängen, es wuchert in den modernen Sprachen wie noch nie bei den Römern und erzeugt seltsame neue Begriffe; man kann es nicht mehr wie früher mit »darübergelegen« übersetzen, man kann es fast nur noch mimisch darstellen.

Sagten wir: in den modernen Sprachen?

Super hat schon viel früher zu wuchern angefangen: aus einer Nebenform *superanus* wurde unser Souverän, die »British subjects« benannten ein Zwanzig-Shilling-Stück danach, den *sovereign,* die höchste Stimmlage ist der Sopran, wir finden es in noch anderen Formen versteckt, wenn wir suchen, aber am häufigsten finden wir es in der Werbung, die ohne das Wort super vermutlich gar nicht existieren könnte.

Im Supermarkt werden nur noch Artikel verkauft, die das Beiwort »super« im Namen führen, super ist das Geld-Adelsprädikat geworden, Jesus Christus mußte – sicher gegen seinen Willen – zum Superstar degradiert werden, um ein Musical zugkräftig zu machen, und die zwei Hauptkräfte unserer Weltpolitik, Amerika und Rußland, lassen sich gerne als Supermächte ansprechen.

Das alles bewirkt ein lateinisches Fremdwort!

Ein Neureicher, geistiger Adoptivsohn der Frau Pollak, fragte den Lateinprofessor seines Sohnes, was ein »Lativ« sei. Der wußte es nicht und fragte zurück, woher er das Wort kenne.

»Schauen Sie, Herr Professor, ich kaufe mir prinzipiell alles, wo ›super‹ draufsteht, und neulich hab ich in der Lateingrammatik von meinem Sohn was von einem Super-Lativ gelesen. Den Lativ will ich natürlich auch haben, wenn er wirklich super ist.«

(Den »Lativ« gibt es wirklich: in nichtindogermanischen Sprachen ist es ein Fachausdruck für den »Wohin-Fall«.)
Das ist sicher kein Superkapitel geworden, weil es zu sehr sub und super, drunter und drüber ging. Aber vielleicht hat es die wirtschaftliche Wichtigkeit lateinischer Fremdwörter angedeutet und soll jetzt noch mit einem gereimten bevölkerungspolitischen Vorschlag beendet werden.

Ich wüßte auf Anhieb sofort ein Rezept,
das ganz ohne Zweifel die Landflucht behebt:
Man braucht für den ländlichen Raum mehr Latein,
und die Landwirtschaftskammer könnt' sorgenfrei sein:
(Der folgende eigenwillige »neu-grüne« Plan sollte von einer Feuerwehrkapelle diskret, aber überzeugend begleitet werden!)
Erst wenn der Super-Seppl seine Super-Zenzi
ganz besonders super-sauber find't,
sagt die Zenzi »kumm«, und auf die Berge gehn sie.
Dann gibt's auf der Super-Alm a Super-Sünd'!
Dort leg'n d' Super-Hendln lauter Super-Eier,
weg'n dem Super-Werbe-Argument.
Wenn den Super-Vorschlag jeder Super-Bauer kennt,
hat die Landflucht bald ein End'!

Latein ist vielseitig und geduldig

Bis vor ein-, zweihundert Jahren war nur Latein die Sprache der Wissenschaft, besonders die der Philosophie, der Lebensweisheit; in rund zweieinhalbtausend Jahren kommt so viel Kluges zusammen, daß wir eine ganze Menge kluger Sprüche haben, die auf lateinische Zitate zurückgehen.

Wir wollen versuchen, *viribus unitis* – mit vereinten Kräften – ein paar Beispiele herauszusuchen; ein Vorsatz, der künstlich begrenzt werden muß, denn man lernt ja nicht aus!

Der Satz steht schon in den Briefen des jüngeren Seneca, dort heißt es: *viventes discimus* – solange wir leben, lernen wir.

Wie der Herr, so 's Gscherr – das ist kein alter Bauernspruch, sondern das hat ein gewisser Petronius Arbiter schon knapp nach Christus erfunden: *qualis dominus, talis servus.* Fast wörtlich.

Geld stinkt nicht, sagen wir, und dieser Ausspruch stammt eigentlich vom Kaiser Vespasian, der angeblich eine Urinsteuer erfand und einführte. Als sein Sohn Titus sinngemäß sagte: »Papi, das ist aber doch wirklich eine Schweinerei!«, ließ sich der Papi von der Finanzprokuratur einige Goldstücke bringen und fragte seinen Sohn, ob die Denare übel röchen. Sohn Titus verneinte, und Vater Vespasian, vermutlich der Erfinder der Vespa, sagte triumphierend: *non olet!*

Geschehen ist geschehen. Dieser Spruch kommt nicht, wie man bisher annahm, aus Wien, wo er im Dialekt: »Gschegn is gschegn, Madl, wos waanst?« lautet, sondern er stammt von Plautus: *factum illud; fieri infectum non potest.* Geschehenes kann man nicht ungeschehen machen.

Aus nichts wird nichts – *de nihilo nihil* – steht schon bei Lucretius.

Das sind keine deutschen Fremdwörter, aber lateinische Fremdgedanken, und die sollen zumindest erwähnt werden. Lateinische Originalzitate dienen vor allem dazu, bei Festrednern eine meist gar nicht vorhandene Bildung an den Abend

70

zu legen. Diese Unsitte ist ja weitgehend im Abklingen, aber sie hatte zur Folge, daß oft die Entstellung, die »Studenten-Witzform« populärer ist als das Original. Man bedenke: Es gab eine Zeit, in der die Studenten nicht nur lateinisch lesen, sondern sogar scherzen konnten!

Das Zitat *in vino veritas* (im Wein ist Wahrheit) wird meist in der Form *in vino veneritas* mit vor den Mund gehaltener Hand weitergereicht. Ausgerechnet Venus mußte ihren Namen dazu hergeben; lange vorher aber wurde sie schon an die Germanen weitervermittelt, wo sie dann mit Recht die Form »Wonne« er- und behielt.

Venus und Wonne stammverwandt: Sprachgeschichte und Poesie!

Statt *per aspera ad astra* (durch Schwierigkeiten zu den Sternen) hört man: *per Aspirin ad Asthma,* und wer jüdische Witze kennt, wird nur *ponem* (das Gesicht) zu den *circenses,* den Zirkusvorstellungen, stellen.

Dabei steht bei Juvenal die Notwendigkeit, dem Volk *panem* (Brot) und *circenses* (Spiele) zu bieten, gleich neben der Forderung, daß sich ein gesunder Geist nur in einem gesunden Körper *(mens sana in corpore sano)* wohl fühlen möge.

Man staunt immer wieder über die Langfristigkeit der alten Römersprüche!

Mors certa, hora incerta heißt, ernsthaft übersetzt: der Tod ist sicher, die Stunde aber ungewiß. Populärer ist die Übersetzung: todsicher geht die Uhr falsch. Dies hat zur Folge, daß sich der Schüler merkt, daß der lateinische Tod weiblich ist und daß *hora* sowohl die Stunde als auch die Uhr bedeutet.

Praesente medico nihil nocet. Heißt?

Bei zugegen seiendem Arzt nichts schadet.

Was ist denn das für ein Deutsch? Besser, bitte!

In Anwesenheit des Arztes schadet nichts.

Gut – hoffentlich stimmt das auch. Wie geht die Juxübersetzung?

Präsente schaden dem Arzt nichts.

Das stimmt sogar sicher, sonst hätte der alte Medizinalrat keinen so hervorragend bestückten Weinkeller.

Detraxit virgam de arbore frondeo.

Das steht irgendwo bei Ovid, und die Juxübersetzung ist vor -zig Jahren in meiner Klasse passiert: Da verwechselte unser Toni das Vokabel *virga* (Zweig) mit *virgo,* der Jungfrau, und schrieb in sein Schularbeitsheft: Er zog eine belaubte Jungfrau vom Baum herunter.

Kommentar von unserem Professor Schupp: Wenn schon Jungfrau, dann doch eher entblättert als belaubt!

Es werden doch so viele neue Unterrichtsmethoden getestet. Warum nicht einmal ausprobieren, ob sich die Schüler bei solchen Juxzitaten die Vokabel nicht besser merken?

Latein ist geduldig: Wenn es eine Göttin dieser Sprache gäbe, sie würde nicht zürnen, sondern wohlwollend lächeln.

Eine ganz neue Funktion der lateinischen Wörter: sie dienen der Bezeichnung von Autotypen.

Volvo ist die 1. Person Einzahl von *volvere* = drehen, gedreht werden; davon die Revolution, die Umwälzung, dann das Volumen (gleiche Wurzel, über französisch *volume* = Rauminhalt) und der Revolver (Mr. Colt erfand eine Handfeuerwaffe mit einer sich drehenden – *revolving* – Kugeltrommel); wer einer Autotype den Namen: »ich wälze, drehe mich« gab, war sicher kein Philologe. Wenn er schon die Wurzel »volv« verwenden wollte, warum nannte er sie nicht »Walzer«? Das wäre doch ein origineller Autoname gewesen!

Mercedes könnte ein Plural von lateinisch *merces, mercedis* = Lohn, Gnade, sein, ist es aber nicht, sondern ist ein spanischer Vorname und bezieht sich auf das Fest »Maria von der Gnade der Gefangenen-Erlösung« *(Maria de mercede redemptionis captivorum).* Ein Ingenieur Jellinek suchte einen Namen für sein neukonstruiertes Auto und nahm ihn von seiner Tochter. Genausogut hätten diese Autos Eulalia heißen können.

Übrigens ist auch Vauxhall ein Familienname, eine Mrs. Jane Vauxhall hatte bei London einen Vergnügungspark, davon kommt auch der russische Ausdruck für Bahnhof, nämlich Woksall. Aber jetzt geht der lateinische Faden verloren ...

Nein – da ist er schon wieder: der Firmengründer Horch – ältere Herrschaften erinnern sich noch an die Horch-Autos –, der Herr Horch also schied im Streit aus seiner Firma und suchte einen neuen Typen-Namen. Sein Sohn hatte in der Schule als Spitzname die lateinische Übersetzung von »horch!«, nämlich »*audi*« erhalten. Mancher Audi-Fahrer könnte vor sich hin singen:

Horch, was klingt da nach Latein? Juppeidi, juppeidaa,
das muß wohl Befehlsform sein! Juppeidieidaa!

Audimax ist aber nicht die größere Ausgabe dieses Wagens, sondern eine Kurzform für Auditorium maximum = größter Hörsaal.

Auch der Opel-Kadett rollt auf römischen Rädern: das lateinische Wort *caput, capitis* (unschwer in unserem »Haupt« wiederzuerkennen) verkleinerte sich zu einem *capitellum,* einem »Köpfchen«. Diese Lautung veränderte sich in Frankreich, in der Gascogne, zur Form *capdel,* später *capdet,* und bedeutete soviel wie kleines Haupt, kleiner Hauptmann, Hauptmännchen, auch: jüngerer Sohn. Als das Wort zu uns kam, wurde es zur Bezeichnung für einen Offiziersanwärter, eben für einen Kadetten.

Hätten Sie gedacht, daß der Kadett mit dem Kapital unmittelbar zusammenhängt?

Apropos Kapital: Die alten Römer hatten die Gewohnheit, Zahlenreihen nicht so wie wir von oben nach unten, sondern von unten nach oben zu addieren (von *ad-dare* = dazugeben), daher war das Ergebnis als Kopf, *caput,* zu lesen, es war also das *capitale,* das ganz oben Stehende. Auch unser Wort Summe geht auf lateinisch *summa* zurück und bedeutet eigentlich die Zahl, die *supra,* die ganz oben steht. *Summa summarum* hat also bei den Römern der Kopf eine große Rolle gespielt, und der Kapitalismus ist eigentlich die Weltanschauung, in der das Köpfchen die Hauptrolle spielen sollte.

Auch die Alternative, der Kommunismus, hat sich einen lateinischen Namen gegeben: *communis* heißt gemeinsam.

Latein ist vielfältig und geduldig: es läßt sich herrlich mißbrauchen. Für Autonamen, für Color-Filme (*color* = Farbe), für Aquavit (*aqua* = Wasser, *vita* = Leben) für Tandem-Räder, Tandem-Klingen, Vademecum, Nivea, Lux, Intercontinental und für die zahllosen werbenden Produktnamen, die mit *multi-* (viel) beginnen.

Sogar die Wörter für Werbung waren früher lateinisch: Reklame und Propaganda. Das gleichbedeutende englische *advertising* ist noch immer lateinisch. Oder finden Sie *advertere* = (Aufmerksamkeit) zuwenden wesentlich verändert?

Woher kommt die Beliebtheit dieser »toten« Sprache in der »super«-modernen Werbung?

Viele Möglichkeiten.

Weil der Käufer mit der Aussprache keine Schwierigkeiten hat.

Lateinische Namen haben immer ein internationales *flair*, sie haben den akustischen Duft der großen weiten Welt.

Man liest die Namen und kommt sich gebildet vor.

Katholiken kennen viele Wörter aus der Kirche.

Überhaupt: die Wirkung des Kirchenlateins, ein noch viel längeres Kapitel, aber das würde den Rahmen dieses Buches sprengen.

Latein ist die Sprache der Ärzte, Latein erobert den Weltraum (*gemini, saturn, apollo, saljut, lunochod, luna et cetera*, und das *et cetera* ist ja schon wieder Latein!), jedes Fremdwortlexikon ist zu einem großen Teil ein Lateinlexikon.

Allerdings: wenn die alten Römer ihrerseits Fremdwörter akzeptierten, dann nahmen sie diese fast ausschließlich aus der Nachbarkultur, von den alten Griechen.

Damit ist das Thema für das nächste Kapitel gegeben und zugleich die prophylaktische Überschrift für jene Leser, die noch nie etwas mit der Sprache der alten Hellenen zu tun hatten:

Keine Angst vor alten Griechen!

Daß ökologische Probleme derzeit wichtiger sind als die ökonomischen, kann kaum mehr bezweifelt werden. Abgase verschmutzen bald schon den Kosmos, aber größer müßten die Sorgen wegen der Hypertrophien der strategischen Waffenarsenale und der katastrophalen Lage der Weltpolitik sein. Die Demokratie scheint in einer Sackgasse, die Jugend will nur ins Kino und in die Diskotheken gehen, und die neuesten Therapievorschläge der Psychiatrie bleiben Theorien. Dabei ist mit diesen Thesen nur ein mikroskopischer Teil der heutigen Problematik aufgezeigt.

Lauter altgriechische Wörter.
Und so fürchterlich aktuell!
Es nützt nichts, verehrter Leser – wenn wir uns mit der Erklärung von Fremdwörtern befassen wollen, kommen wir um die alten Hellenen nicht herum.
Wir wollen auch gar nicht.
Wenn wir den obigen Absatz im Plauderton analysieren, bekommen wir einen, wenn auch kleinen Fundus von Hellenismen, der uns bei der Erklärung anderer Fremdwörter, aber auch bei der nächsten Urlaubsreise nach Griechenland dienlich sein wird.
Daher fangen wir doch gleich an mit dem Analysieren.
Analyse hat mit der Anneliese ebensowenig zu tun wie der Gustav mit dem Gasthof oder die Infamie mit der Infanterie. Aber wer zur Kenntnis nimmt, daß *lyo* soviel wie »ich löse« heißt, der wird das Wort analytisch in manchen Beziehungen begreifen, wenn er dafür auflösend setzt: jedes Ding läßt sich in Bestandteile zerlegen, auflösen, und wenn man die dann systematisch zergliedert, analysiert, kommt man hoffentlich zu neuen, interessanten Ergebnissen.
Für Nierenkranke ist die Dialyse, für Chemiker die Katalyse wichtig, für uns aber der tiefere Sinn des obigen Absatzes.

Ökologisch – ökonomisch.

Das Haus heißt altgriechisch *oikos,* die Lateiner schrieben *oekos,* woraus wir schließen, daß die Vokale getrennt gesprochen wurden. Auch in Wien spricht man die Gattin als »Alte« an und schreibt, wie man spricht, »Oede«. Griechische Fremdwörter schreiben wir hier – stilwidrig, aber praktisch – mit Ö.

Also: altgriechisch oi, neugriechisch i, bei uns Umweg über Rom, daher sagen wir ö.

Logos heißt das Wort, davon kommt logischerweise unser Wort logisch und die Endung -logie.

Was mit -logie aufhört, bezeichnet die Wissenschaft von dem, was vorher gesagt wurde: Zoologie ist die Lehre von den Viechern, die bekanntlich im Zoo wohnen, die Anthropologie von solchen Viechern, die in Häusern wohnen, weil *anthropos* das Wort für den Menschen ist. Aristoteles hat den Menschen als *zóon politikón,* geselliges Tier, bezeichnet. Sämtliche Fachärzte sind -logen, es gibt auch Musikologen, Politologen, und die Leute, die die Wörter, die Sprachen lieben, heißen Philologen, weil *philos* der Freund, der Liebende ist.

Die Ökologie ist daher die Lehre von den Beziehungen des Hauses zur Umwelt.

Dagegen hat die Ökonomie als zweiten Bestandteil das Wort *nemo* = ich verteile, aber auch: ich verwalte, beherrsche.

Davon kommt ein sehr wichtiges Wort, nämlich *nomos,* und das heißt: das Zugeteilte, das Gesetz.

Was mit -nomie aufhört, hat mit Gesetzen zu tun.

Ökonomie ist die Lehre von den Haushaltsgesetzen; sie sollte uns befähigen, wirtschaftlich, sparsam hauszuhalten.

Damit nicht zu verwechseln die Ökuménē, die eigentlich nur eine Zeitwortform ist: *oikéo* = ich bewohne, *oikoúmenon* = das Bewohnte, die Erde heißt *gē* und ist fast überall weiblich, deshalb heißt die bewohnte Erde *oikouménē gē,* daher ist ein ökumenischer Gottesdienst für alle Bekenntnisse im Umkreis gedacht.

Zwischenruf: so genau wollen wir's gar nicht wissen!

Verzeihung! – Aber die Diözese gehört unbedingt noch her.

Wir sagten: *oikéo* = ich wohne. Mit Vorwort *dia*, das soviel wie durch, durcheinander bedeutet, heißt es *di-oikeo*, durcheinanderwohnen.

Davon also *Di-oikese*, latinisiert *dioecése*, unter Kaiser Diokletian ein Verwaltungsbegriff. Der wurde von der Kirche übernommen und ist heute der Bereich eines Bischofs.

Der Autor reibt sich die Hände: seine Leser werden in Zukunft nie mehr »Diezöse« sagen!

Bischof ist der, der dazuschauen muß, daß alles in Ordnung abläuft. Dazu (*epi*) schauen (*skope-in*), der Dazuschauer: *episkopos*.

In slawischen Sprachen heißt er noch heut *biskup*; auch bei uns hat man das Anfangs-e wegeskamotiert, und in der Form *biskof* scheint das Wort schon im Althochdeutschen auf. Erst viel später wird mit diesem Wort der Bürzel einer Ente oder Gans bezeichnet, weil das lustige Landvolk eine starke Ähnlichkeit mit der bischöflichen Kopfbedeckung, der Infel, zu bemerken glaubte.

Ich schaue heißt *skopeo* oder *skeptomai*, wer mißtrauisch über die Brillenränder schaut, ist ein Skeptiker. Oder ein Schotte, der seine Gläser schonen will.

Wer etwas ganz Kleines anschauen und vergrößern will, braucht ein Mikroskop dazu; was heißt *mikrós*? – Ganz richtig: klein.

Daher Mikroben, Mikrowellenherd, Mikrokosmos und der Ersatz für eine Gesangsstimme bei Schlagersängern, das Mikrophon, allgemein nur noch Mikro genannt. Oder Maik (S. 147).

Phonē ist das griechische Wort für Stimme, kommt vom Zeitwort *phánai* = sagen, sprechen und steckt auch in der Blasphemie, Phonetik und im Telephon.

Telos ist eigentlich das Ende, aber als überaus häufiger Fremdwortbestandteil bedeutet es »weit«: Telegraph, Telemeter, Telepathie, das Mitfühlen, Mitleiden in der Ferne.

Television (TV) ist als Tiewie oder Tevau schon in die Umgangssprache gedrungen; am schönsten fühlt sich ein Schauspieler, wenn ihn die Zeitung als telegen bezeichnet, und Telekinese ist kein entfernter Chinese, sondern gehört zum Stichwort Psi (s. S. 43).

Ganz interessant: das Wort *télos* hängt mit dem Wort *pélomai* zusammen, und das war die Stelle, an der man beim Pflügen umkehrte. Weiter wollte der griechische Bauer vermutlich nicht denken.

Von der Telekinése kämen wir ins Kino, wo wir den Ton in Stereophonie hören, *stéreos* heißt hart und fest, körperlich, also das räumliche Hören, und wenn ich jetzt hart und fest, also mit der Beharrlichkeit eines Kretins weiterhin nur Übersetzungen biete, dann schreibe ich praktisch nur aus meinem Lexikon ab – und das kann ja ein jeder.

Da stelle ich mir lieber die Aufgabe, linguistische Zusammenhänge zwischen dem Teufel, einem Ball, einer Armbrust und einem Emblem herzustellen. Diese Probleme sind für jemand, der innere Beziehungen zur Sprache Homers zu haben glaubt, gar nicht so schwer zu lösen.

Zugrunde liegt all diesen Wörtern das Wort *ballo* = ich werfe. Das hat schon im Latein-Kapitel als *iacere* viel hergegeben, drum wollen wir es nun auf seine griechischen Möglichkeiten untersuchen.

Das Vorwort *dia* bedeutet – wie eben geschrieben – durch oder durcheinander. Wer etwas durcheinanderwirft, erzeugt Verwirrung, verfeindet, verleumdet und ist ein *diabolos*, lateinisch *diabolus*, deutsch Teufel.

Das Wort kam durch die Kirchensprache zu uns, und wenn ein Teutobold, der dieses liest, ab sofort sagt: hol dich der Durcheinanderwerfer mit deinen Fremdwörtern, dann kann ihn kein Mensch daran hindern.

Wenn man mir jetzt einen bunten Gummiball zuwirft, kann ich ihm leider bei meinem Etymologie-Spiel nicht brauchen. Dieser Ball ist nämlich mit einem Bullen und mit dem Wort *phallus* verwandt, weil er auf eine erschlossene Wurzel mit der Bedeutung: schwellen, sich entwickeln zurückgeht. Der Ball, der zu meinen Problemen paßt, ist ein ganz anderer Ball, nämlich der, den Prominente eröffnen müssen, der Hausball, der Witwenball, der Opernball.

Weil nur dieser Ball kommt vom griechischen *ballize-in.*

Bitte, sagen Sie ballizein nicht so, daß es sich auf Sparverein reimt, sondern *ballize-in,* quasi ein Fast-Reim auf Glyzerin, ja?

Ballizein ist eine Nebenform von *ballo:* gemeint ist das temperamentvolle Schleudern einer kessen Sohle aufs Parkett, das Herumwirbeln einer schlanken Tänzerin. Tanzen heißt italienisch *ballare,* spanisch *bailar* – paßt auf unseren Griechenball: schleudern und tanzen gehört zusammen.

So weit, so gut und sogar logisch.

Aber wie paßt die Armbrust zu unserer Wortsippe?

War das ein Aufsitzer?

Nein – sie paßt wirklich, weil sie weder mit Arm noch mit Brust etwas zu tun hat, sondern sie ist durch volksetmymologische Umdeutung entstanden; so nennen die Philologen den Vorgang, daß das liebe Volk ein Fremdwort, das schwer zu verstehen ist, so lange verändert und in falsche Formen gießt, bis eine Lautung entsteht, die einen Sinn ergibt. Bitte merken und gebrauchen. Kling wahnsinnig gebildet!

Das lateinische Wort für den Bogenschützen war *arcubalista: arcus,* der Bogen, *balista,* der aus Hellas importierte Werfer.

Da es damals das vorliegende Werk noch nicht gab, sagte man etwas Ähnliches, was man verstand. Aus *arbalist* wurde Armbrust – und jetzt paßt sie *doch*!

Von dem *balista* hatte die Artillerie ihr wichtigstes Fachwort bezogen, nämlich die Ballistik. Ohne dieser Lehre von den Wurfbahnen und Schießkurven gäbe es keine Kanonen, und die Waffenhändler müßten um ihre Arbeitsplätze zittern.

Ein Emblem ist eine eingelegte, also quasi eingeworfene Metallarbeit, die irgendwas bedeutet, worauf irgendwer stolz ist, also etwas Gefährliches. Embleme sind fast wie Fahnen. Parteiabzeichen sind auch Embleme, und der Zusammenhang mit der Ballistik scheint verdächtig.

Der Gleichklang läßt uns vermuten, daß auch das Wort Problem in unser Spiel paßt. Griechisch-lateinisch *problēma* heißt die vorgestellte, vorgeworfene Aufgabe, und unser Problem scheint gelöst.

Gelöst, wenn auch nicht erschöpfend gelöst.

Denn das Wort, der Stamm *ballo* drängt sich auch weiterhin penetrant auf: man könnte noch Primaballerina, die Ballade, die so heißt, weil sie ursprünglich ein Tanzlied war, das Parlament, die Parabel, den Maurerpolier und das Negerpalaver anführen und ausführlich besprechen, aber ehe es so weit kommt, geben wir lieber den »Ball« ab.

Die meisten Fremdwörter griechischen Ursprungs lassen sich durch ihre Form als solche klassifizieren, aber es gibt auch viele, denen wir die hellenische Abstammung gar nicht gleich ansehen, weil sie – beinahe möchte man sagen – zu Wörtern der Umgangssprache geworden sind.

Demokratie – wer denkt da wirklich noch an die Grundbedeutung: Herrschaft des Volkes? Ist sie nicht in Wahrheit eine Utopie?

Topos heißt Platz, Ort, *u* ist die griechische Verneinung, utopisch ist also alles, was keinen Platz hat.

Abgase – das kann doch wirklich nicht altgriechisch sein!

Doch – auch wenn das Wort »Gas« vor knapp vierhundert Jahren von einem belgischen Chemiker vom griechischen Chaos abgeleitet wurde, neu gebildet wurde – es wäre ohne Griechen nicht vorhanden.

Politik, unser täglicher Gesprächsstoff, war in Athen die Stadtverwaltung, die Kunst, ein Gemeinwesen, eben eine griechische *polis*, zu regieren. Da aber bis heute kein Mensch diese Kunst fehlerfrei ausgeübt hat, nennen die Menschen die Politiker immer wieder Idioten. Allerdings erst seit etwa zweihundert Jahren, denn vorher war der *idiōtēs* ein humanistisches Fremdwort, das den Privatmann, den Laien, im Gegensatz zum Fachmann, kennzeichnete.

Wer denkt heute an Griechisch, wenn er von einem Symbol, wenn er von Musik und Technik spricht?

Oder bei den Namen Irene, Peter, Alexander usw.?

Wer merkt dem Gyuri, dem Giorgio, dem Jiři und dem Schorschl noch an, daß ihre Namen auf dem Wort für Erdarbeiter *(geōrgós)* beruhen? Die *gē*, die Erde, haben wir schon bei der Ökumene gelernt, und *Ϝorgos* oder *ergos,* richtiger *ergon,* ist das Werk, mit dem es lustigerweise sogar etymologisch zusammenhängt, damit ist der Georg, wie wir innerwerkisch, also en-erg-isch, betonen, unbedingt ein sehr anpassungsfähiger Grieche.

Das seltsame Zeichen Ϝ nennt der Humanist Digamma. Es steht für den Laut w.

Zugegeben: die ärztlichen Fremdwörter, soweit sie nicht lateinisch klingen, die empfinden wir als griechisch und wissen in den meisten Fällen auch ohne Sprachunterricht, was sie bedeuten.

Aber viele von ihnen werden paradoxerweise erst jetzt zu Modewörtern.

Der Psychotherapeut, der Psychiater löst den Grafen Bobby als Witzfigur ab. Er und seine Manien, seine psychosomatischen Krankheiten sollen in diesem Kapitel auch behandelt werden, aber nur linguistisch.

Psyche heißt Seele, das dazugehörige Zeitwort heißt *psyche-in,* zu deutsch blasen, atmen. Geheimnisvolle Ahnfrau-Zusammenhänge: lateinisch ist die Seele eine *anima,* die wieder mit dem griechischen *ánemos,* mit dem Wind, zusammenhängt.

Seele wieder ist zu einem See zu stellen, weil nach germanischer Legende die Seelen der Ungeborenen und der Toten im Wasser wohnen, aus dem die Ungeborenen vom Storch zu uns gebracht werden.

Therapeia ist Bedienung, Wartung, Pflege. Wenn wir also wollen, daß unsere Seele bedient ist, müssen wir zum Psychotherapeuten gehen. Der Psychiater ist der Seelenarzt, daher ist der *iatros* (endbetont) der Arzt, der spätlateinisch zum *archi-iatros*, zum Oberarzt, zum Erzarzt befördert und ins germanische Sprachgebiet verschleppt wurde; diese Form wurde zu einem begehrten Titel, einem Wort-Orden. Fast jeder Medikus eines Fürsten wollte ein *archi-iatros* werden.

Bald finden wir die Form *arzaat*, dann wurde den Leuten das zweite aa zu lang und zu fad, und heute sieht niemand mehr dem Arzt seine altgriechische Herkunft an.

Wenn so ein Arzt – was ab und zu vorkommen soll – einem Patienten eine Krankheit so lange einredet, bis der Arme sie wirklich hat, dann nennt man sie *iatrogēn*, sie ist sozusagen vom Arzt ge- und erzeugt.

Manchmal aber hat der Kranke diverse Beschwerden, die der Herr Doktor weder erklären noch heilen kann. Als letzten Ausweg bietet sich neuerdings die Möglichkeit an, die Krankheit als psychosomatisch zu bezeichnen, denn dann kommt sich der Patient wesentlich interessanter vor als vorher.

Sōma ist das griechische Wort für Körper.

Psychosomatisch heißt somit auf deutsch: ich kann nichts finden.

Der Psychologe hat mit dem Psychiater nur den Seelenvornamen gemeinsam und wird deshalb ungern immer wieder um Rat bei Geisteskrankheiten gefragt. Darunter leidet er sein ganzes Leben und warnt seine Bekannten vor dem Psychologiestudium.

Ein unbestrittenes Verdienst der Psychiatrie: sie hat eine Menge griechischer Wörter in unser Gedächtnis gerufen, neu belebt und uns als wirksame Ausreden für Lieblosigkeit und Arbeitsunlust geschenkt.

Jeder kennt jetzt das Wort für Furcht, nämlich *phóbos*. Wer sich vor Bazillen fürchtet und immer wieder alles Erreichbare abwäscht, der hat Bakteriophobie, wer in Athen nicht auf den

Marktplatz der Akropolis, auf die *agorā*, gehen will, der hat Agoraphobie, eine Dame, die sich in geschlossenen Räumen immer beengt fühlte, konnte von ihrer Klaustrophobie (würgendes Gefühl des Eingeschnürtseins) geheilt werden, als sie sich nach einem psychiatrischen Gutachten entschloß, vom Tragen hautenger Pullover Abstand zu nehmen.

Allerdings leidet sie jetzt, da ihr Busen nicht mehr so beachtet wird, an Frustrationen. Dieses Wort ist zu unserer Enttäuschung *nicht* griechisch, kommt vom lateinischen *frustra*, vergeblich, und hängt sinnigerweise mit *fraus* = Betrug zusammen. Wer bei Frustrationsfällen der Defraudant, der Betrüger, ist, der Arzt oder der Patient, ist oft nur schwer festzustellen.

Ein Kind, das nicht gut lesen lernt, bekommt eine schlechte Note. Sozial hochstehende Eltern verschaffen ihm dann eine Legasthenie und erzählen das genüßlich im Bekanntenkreis; *sthenos* ist die Kraft, *a-sthenie* die Un-Kraft, also Schwäche, *lego* heißt sowohl griechisch wie römisch »ich lese«. Legasthenie ist wörtlich Leseschwäche.

Trotz weitgehender Aufklärung wird noch immer – oder in letzter Zeit immer mehr – von »hysterischen Mannsbildern« gesprochen, sogar von Psychiatern, aber die haben dann nie Griechisch gelernt, denn das Wort *hysterikos* bedeutet: an der Gebärmutter leidend.

Griechisch *hystera* und lateinisch *uterus* sind einander ähnlich genug, daß wir das glauben können. Beide zu altindisch *udharam* = Bauch.

Eine Modekrankheit scheint auch die Nostalgie zu werden. Den alten Griechen war das Wort sowie der Begriff unbekannt, aber es gibt ja so viele Neubildungen, die man übersetzen muß. Nostalgie heißt wörtlich Heimkehrschmerz.

Bleiben vom Anfangsabsatz noch die Wörter Kosmos, Hypertrophie, Theorie und Thesen unerklärt. Bitte im Wörterverzeichnis nachschlagen!

Diskothek – sehen Sie, lieber Leser, das könnte man auch noch als griechisches Fremdwort ansehen und erklären. Wörtlich übersetzt ist sie ein Scheibenlager, und wenn mehr junge Leute Griechisch könnten, wäre das vielleicht ein Modewort geworden.

Jetzt schließt dieses Kapitel. Denn der Autor hat das Gefühl, daß er den Bogen fast schon überspannt hat, daß seine eigene Begeisterung von ungriechischen Lesern gar nicht geteilt werden kann. Aber vielleicht hat er dem einen oder anderen, der diese Zeilen abends im Bett liest, ein medizinisch harmloses Schlafmittel verordnet. Vielleicht sogar beiden: dem einen und der anderen.

Sich selbst gegenüber motiviert er den leicht abrupten Abbruch (welch Tautologie!) mit dem Satz: Wenn es am schönsten ist, soll man aufhören.

Vielleicht ist die Zahl und die Haltbarkeit, der Sinngehalt und die Neuwertigkeit unserer griechischen Fremdwörter sogar ein Glück für unser Abendland. Die phönizische Prinzessin Europa, die unserem Erdteil den Namen gab, war ja eine der Geliebten des Göttervaters Zeus, und wenn wir alle durch so ein Wort daran erinnert werden, daß das Know-how der Herren Plato, Sokrates, Aristoteles noch heute zum Grundstock einer lebensfreundlichen Denkungsart beiträgt, dann sollten wir dankbar eine Botschaft schicken, ein Telegramm (schon wieder griechisch!) an den Olymp oder ins Elysium:

> Freut euch, ihr Götter, mit uns, die energisch das Erbe
> bewahren; Wörter, die ihr einst gesät, blühn auf der
> Erde noch heut!
> Mag manchem Faulpelz vielleicht auch die Sprache der
> Griechen
> zu schwer sein – heut wird sie dringend gebraucht, wie
> uns die Praxis beweist!

Wir entlarven Zwitterbildungen durch Bildung

Den Begriff Zwitterwörter findet man in keinem Fachbuch, wohl aber wird von Hybrid-Bildungen gesprochen. *Hybris* heißt Frevel, Hybriden sind das Resultat von Eingriffen in natürliche Vorgänge. Künstliche Züchtungen.

Wenn sich zwei Wörter einer Sprache zu geselligem Zusammensein verbinden, eröffnen sich neue Ausdrucksmöglichkeiten, der Mensch und sogar der Philologe freut sich und nennt das ein Compositum, in der deutschen Grammatik steht vielleicht Kompositum, und wenn es noch deutscher sein muß: zusammengesetztes Hauptwort.

Aber daß man zwei Wörter aus verschiedenen Sprachen zusammenpappt, boshaft und dilettantisch, daß man Menschen mit Sprachgefühl ärgerlich zusammenzucken läßt, das ist ein Frevel, eine Hýbris.

> Schreib deinem Bücherfreund in sein Exlibris:
> Vergiß und tilg es, so ein Wort der Hybris.

Ein schönes Beispiel – nein: ein häßliches, aber treffendes Beispiel – sind die Theken-Wörter.

Die Theke war früher einmal eine stolze Griechin. Grieche suchte Griechin und fand sie. Apotheke ist die Ablage, die erst viel später ihren heutigen Sinn erhielt. Hypothek ist die Unterlage, das Unterpfand, eine Glyptothek zeigt ziselierte Steine, die dort hingesetzt wurden, und die Bibliothek braucht den Lesern dieses Buches nicht erklärt zu werden, denn daß *biblos* oder *biblíon* das Buch heißt, das weiß jeder, der das Buch der Bücher, die Bibel, einmal angeschaut hat.

Die Kartothek, in der man die Papiere aufbewahrt, kommt von griechisch *chartēs*, das ist das Blatt der Papyrusstaude.

Alles schön doppelgriechisch und altehrwürdig.

Das Wort Theke heißt im griechischen Gemoll-Lexikon Aufbewahrungsort. Daraus wurde der Aufbewahrungsort für die Getränke und das eindrucksvolle Lied: der schönste Platz ist immer an der Theke. Oder: ich steh an der Theke und habe kein Geld.

Damit war das Wort plötzlich entgriechifiziert und populär geworden, und die sprachgefühllosen Neubildungen stellten sich wie nicht mehr nüchterne Thekengäste vor die Griechin.

Plötzlich gab es die Vinothek, die Artothek, die schon erwähnte Diskothek und die Videothek; wahrscheinlich wird sich demnächst ein Heiratsvermittler eine Katzothek zulegen, in der die Katzen, denen er einen Mann verschaffen will, alphabetisch verzeichnet sind.

Zur Videothek paßt die Television in die Gruppe der griechisch-lateinischen Zwitter, und mit dem Teleobjektiv sehen wir bald nichts mehr klar: jetzt gibt es schon eine Tele-Tagesschau.

Klingt das nicht geradezu widerlich zwittrig?

Pfui Durcheinanderwerfer!

Daß man zur hellenischen »-kratie« (von *kratéo* = ich herrsche) eine Menge gleichsprachiger Wörter steckt, geht ja noch. Oligokratie, Aristokratie, Plutokratie (Pluto war der Gott des Goldes), das ist griechisch. Ochlokratie ist eher eine Schmokkerei, denn wer weiß schon, daß *ochlos* ein Wort für Pöbel ist?

Fragen Sie doch Ihren Hausgriechen! Der weiß es auch nicht!

Aber dann liest man von Mullahkratie (seinerzeit im Iran), von Filzokratie, Bonzokratie und fängt an, sich zu ärgern. Über Bürokratie sowieso.

Dann liest man im Verzeichnis, daß *démos* das Volk und *krateo* siehe oben ist. Wir haben uns schon gefragt, ob sie nicht eine Utopie ist.

Was – bitte – ist jetzt eine Volksdemokratie? Ist das eine Volks-Volksherrschaft! Herrschaft noch einmal, da gehn die Zwitterwochen wirklich zu weit! Da sieht man, was herauskommt, wenn Analphabeten mit Fremdwörtern hantieren!

Vor einigen Jahren gab es in Österreich nach dem Hinscheiden der Koalition zum erstenmal eine einfarbige Regierung. Das hätte man so schreiben können, jeder hätte es verstanden.

Aber ein Journalist fand das Wort zu farblos und/oder wollte Bildung zeigen. Denn er kannte das griechische *monos* für allein, vielleicht vom Wort monoton oder Monogamie her, und das wollte er anbringen. Das griechische Wort für Farbe war ihm aber unbekannt, dabei hätte er nur an die Chromosomen oder an eine chromatische Tonleiter denken müssen. Ihm fiel nur das lateinische *color* ein.

Er nannte die Regierung »monocolor«, und – man faßt es nicht – jahrelang wurde nur von dem monocoloren Kabinett berichtet.

Dabei wäre sowohl unicolor als auch monochrom wohlklingender, verständlicher und vor allem richtiger gewesen.

Seit einiger Zeit geistert der Ausdruck homophil als Hüllwort für einen Schwulen durch den Blätterwald der Blätterwelt. Haben wir es wirklich dringend gebraucht?

Homo ist die schon besprochene Vorsilbe aus der Homöopathie, die wir von den homogenen Heteroglossen her schon kennen. Aber normalerweise kennt man Latein besser als Griechisch. Man leitet also von *Homo sapiens*, vom Menschen, ab, der bei den Goten *gomo* hieß und den wir, wenn auch mühsam, in der Drittsilbe eines Bräutigams wiedererkennen. Dann wäre homophil ein Menschenfreund, aber den gibt es schon besser als Philantropen. Ein Homosexueller müßte dann Philandrist heißen, was gar kein Zwitter, sondern ein anständiger, gut gewachsener Doppelgrieche wäre.

Mit diesem abwegigen Paradigma sollte nur gezeigt werden, daß es Zwitterwörter gibt, die gar keine sind, denn homophil ist in Wahrheit nicht vom lateinischen *homo*, sondern vom griechischen *homoios* (schon auf S. 37 besprochen) abzuleiten.

Automobil – das ist wohl das häufigste lateinisch-griechische Zwitterwort bei uns. *Autós, autḗ, autón* ist uns vertraut: vom Autismus zum Automaten, vom Autogramm bis zum autogenen Schweißen finden wir es immer wieder, es heißt ganz einfach »selbst«.

Als man nun beschloß – niemand weiß, wer das war –, für das neue Gefährt, das sich ohne Pferde von selbst bewegte, einen ebenso neuen Namen zu erfinden, der in der ganzen Welt verstanden werden sollte, wäre Autokineton am Platz gewesen, weil das Verb *kinéo* = ich bewege durch das Kino mit seinen beweglichen Bildern und seinen Porno-Möglichkeiten schon ziemlich populär war.

Aber das lateinische Wort *mobile* lag dem Herrn Neuwortpräger näher; an der hybriden Mißbildung Automobil ist heute nicht mehr zu rütteln. (Wahrscheinlich wurde sie durch das damals viel diskutierte *perpetuum mobile* beeinflußt und gefestigt.)

Wesentlich harmloser sind heimische Wörter, denen man nur eine humanistische Endung anfügte, die fallen uns gar nicht mehr auf, und nur der Philologe merkt das Zwittrige und gibt es gerne weiter: burschikos – das kommt klarerweise von einem Burschen, und das war ein Student, der von einer Stiftung lebte, von einer Börse, lateinisch *bursa*, mit der Grundbedeutung (Geld-)Beutel, Kasse.

Woher aber das -íkōs?

Hat nichts mit Kosen zu tun, ist keine Aufforderung zum Schmusen, sondern eine griechische Adverbendung. Irgendein Studiosus hat sie an den Burschen geleimt und unbewußt eine Dauerbildung geschaffen.

Auf der Leipziger Uni gab es vor zwei-, dreihundert Jahren in der Mensa (von lateinisch *mensa* = Tisch) einen scheußlich schmeckenden Mischmasch von Surfleischabfällen, von den Studenten durch das Neuwort »Sammelsur« getadelt.

Mit Humor und einer lateinischen Endsilbe schien es besser zu schmecken: die Form Sammelsurium blieb haften.

Je moderner die Bezeichnungen, desto häufiger die Zwitterbildungen.

Wie gefällt Ihnen das Modewort »Imagekosmetik«?

Hoffentlich gar nicht.

Diese neuenglisch-altgriechische Sprach-Taktlosigkeit ist geschmacklos und überflüssig.

Geschmacklos, weil Kosmetik von Kosmos kommt – das war ursprünglich die Ordnung im allgemeinen, wurde dann zur göttlichen Ordnung im Weltall, und heute ist Kosmetik angebliche Schönheitserzeugung durch Nepp.

Am Rande vermerkt: Sowohl Amerika als auch Rußland haben sich zur Bezeichnung ihrer Weltraumbesetzer griechische Wörter annektiert, aber jede Supermacht nahm sich ein anderes Wort, damit die olympischen Götter die Vorbeifliegenden ja nicht verwechseln.

Der östliche hat seinen Namen vom eben besprochenen *kósmos* = Weltall: Kosmonaut.

Der westliche bekam ihn von den Sternen, denn Stern heißt griechisch *astēr* oder *ástron*. Davon kommt die Astronomie (Sie erinnern sich: Ökonomie, S. 77), die Astrologie (vom *astrologo* der frühen Italiener leitet man bedeutungsschwer das Wort Strolch ab), die Astrophysik, der Astralleib und natürlich der Astronaut.

Nauta ist lateinisch und heißt der Schiffer.

Astronaut ist demnach der Sternenschiffer, Kosmonaut der Allschiffer.

Beide sind Zwitterwörter.

Überflüssig ist die Imagekosmetik aber auch. Wer sie betreibt, möchte sich einen besseren Ruf verschaffen, einen besseren Eindruck machen.

Den macht er ganz bestimmt, wenn er das Wort Imagekosmetik nicht verwendet.

Es gibt eine ganze Menge von Hybridbildungen, an die wir uns gewöhnt haben, die wir mögen und mit Recht gebrauchen.

Oft läßt sich ein Bestandteil gar nicht übersetzen: Um das Wort »Schokoladebonbon« zu entzwittern, müßte man erforschen, wie die Mexikaner ihre Zuckerln benennen (darüber später), und um das schöne Neuwort Testversuch zu einer logischen Einheitsbildung umzugestalten, müßte man...

Ach, man müßte ja so vieles, was man nicht kann.

Nein, wir wissen ja alle, daß man die Sprache nicht lenken kann. Wir freuen uns sogar, wenn sie unlogische Kapriolen macht, wenn sie neue Wörter bringt und alte fallen läßt, wenn sie anklebt und abstößt und vor allem, wenn sie allzu nationalistische Tendenzen konfliktlos ad absurdum führt.

Aber vielleicht zählt es zu den Aufgaben dieses Büchleins, auch auf gewisse Auswüchse und Geschmacklosigkeiten aufmerksam zu machen.

Man kann sie dann vermeiden und braucht sie gar nicht zu suchen.

Wir haben manchmal Angst, daß wir zuviel verbrauchen und daß es bei gewissen Konsumgütern einmal Mangelerscheinungen geben wird.

Ein beruhigendes Gefühl: an unschönen Zwitterwörtern wird es nie Mangel geben!

Die große Raritäten- und Exoten-Schau

Dieweil er Geld in Menge hatte,
schwang er sich in die Hängematte.

Was denn? Wir wollen Raritäten und Exoten haben, aber
doch keine hängenden Matten! Und keine alten Schüttel-
reime!
Verzeihung, aber sowohl das Wort als auch der Gegenstand
kommt tatsächlich aus der Karibik! Dort hieß eine Art Schlaf-
sack *hamaca*, wurde von den spanischen Eroberern zu uns im-
portiert und heißt englisch *hammock*, französisch *hamac*, und
bei uns haben es unsere Leut' volketymologisch umgedeu-
tet.
Auch der Zucker klingt wie ein nervöses, aber deutsches Leiden, und doch kommt er aus Indien und hat einmal *sakchar*
geheißen. In Rußland heißt er noch heute so ähnlich. Daher
kommt auch unser Sacharin.
Der Mais heißt in den südlichen Sprachgebieten Kukuruz
und wurde angeblich von den Türken als Kokorosch erfunden. Nach Niederdeutschland kam er von der anderen Seite,
vom Westen, und war einst ein ganz seltenes Wort, das nur
kubanische Indianer verwendeten. Heute versteht und ver-
zehrt ihn alle Welt.
Woher kommen die Sandalen? Die müssen doch was mit
dem Sand zu tun haben – sind es vielleicht assimilierte Sand-
sohlen?
Nein – sie sind eine persische Erfindung. Von griechischen
Geschichtsschreibern wissen wir, daß ein lydischer Gott den
schönen Namen Sändäl trug. Dem Klang nach war der Gott
eher ein Ungar als ein Lyder, aber, du lyder Gott, darum wollen wir uns nicht kümmern. Dieser Sändäl muß ungeheuer
populär gewesen sein, die jungen Damen trugen Sändäl-
Schuhe, die Herodot-Kollegen beschrieben das sehr genau,
bildeten ein Diminutivum *sandalion*. In Wien wird 1706 von

»Sandalien« geschrieben. Irgendwo auf dem Weg nach Deutschland ging dann das i verloren.

Oder nehmen wir Rose: Altmeister Goethe wird doch seinem Knaben eine deutsche Blume gezeigt haben, wenn der ein Röslein stehen sah? Wenn Goethe das meinte, dann irrte er. Rose kommt auf sehr komplizierten Laut-Wandelgängen aus der Gegend von Armenien und hieß griechisch *rhodos*, ganz wie die Insel. Und die Morgenröte heißt bei Homer rosenfingrig, *rhodo-daktylos*. Haben Sie ein Rhododendron im Garten? Das ist – wörtlich übersetzt – ein Rosenbaum.

Bis zur Morgenröte wird in den karnevalistischen Krisengebieten gefeiert, aber der Name Rosenmontag hat nichts mit der Königin der Blumen, sondern mit dem Wort rasen zu tun. Mit dieser Tatsache muß jeder Leser je nach persönlicher Einstellung fertig werden.

Auch die Gurke klingt heimatlich, sie ist aber wahrscheinlich exotischer Sprachabstammung, sie wuchs irgendwo am Schwarzen Meer und wurde *angoura* genannt. Dann kroch sie in slawische Länder: in Polen nennt man sie *ogorek*, in der Tschechoslowakei *okurka*, aber einige Forscher wollen sie von einem ganz simplen *ágōros* = unreif ableiten. Nur weil sie üblicherweise unreif geerntet wird.

Eine gutgebaute Raritätenschau fährt natürlich nicht gleich mit den Zugnummern auf, und die unsere begann mit recht gemütlichen Exemplaren, die sich von heimischen Raritäten kaum unterschieden – wenn man nicht auf ihre Herkunft hinweist.

Aber jetzt wollen wir einmal einen japanischen Bonzen so lange reizen, bis er Amok läuft. Er ist ohnehin über die kürzlich erwähnte Bonzokratie schon zornig. Als buddhistischer Priester hieß er in Japan *ban-so*, darüber berichtete ein französischer Reiseschriftsteller in der Form *bonze*. Daraus wurde bei uns erst die Form *bonzier*, später Bonze, und schon vor der Jahrhundertwende wird die Form Parteibonze gebraucht. Sehen Sie seine Augen glühen? Wir lassen es nicht bis zum

Amok-Laufen kommen und schicken ihn wieder nach Japan. Uns interessiert ja auch nur das Wort. Amok ist ein Malaienwort und bedeutet wütend, rasend.

Das Wort Mumie kommt uns ägyptisch vor, aber es ist persisch und lautet eigentlich *mum*. *Mum* heißt das Wachs, mit dem Perser und Babylonier ihre Toten vor der Verwesung schützten. Im heutigen Türkisch heißt *mum* soviel wie Kerze; vielleicht gibt's da Zusammenhänge?

Wenn wir allerdings jemanden beschuldigen, er hätte keinen Mumm in den Knochen, dann ist das Studentenlatein: die letzte Silbe von *animum*. Was *animo* heißt, wissen Sie ja. Wem all diese Möglichkeiten nicht passen, der nehme die Übersetzung von Campe und sage: Dörrleiche.

Jetzt eine Tierschau!

Schimpanse aus einer Afrikanersprache, Gorilla ebenso (schon im alten Karthago erwähnt), Orang-Utan ist malaiisch und bedeutet Waldmensch, Känguruh soll bei den australischen Wilden »ich versteh nicht« geheißen haben; wenn Sie in Malaysia Ihren entflogenen Papagei, gleich, welche Rasse, suchen gehen, müssen Sie nach Ihrem Kakadu fragen. So heißt jeder Papagei dort.

Er wird aber sicher im Dschungel untergetaucht sein.

Dschungel ist lustig: erstens hat es alle drei Geschlechter, man kann der, die und das Dschungel sagen, und zweitens gibt es das Wort eigentlich gar nicht, denn so, wie wir es sagen, ist es falsch ausgesprochenes Englisch. In irgendeinem der zahllosen indischen Dialekte oder Stammessprachen gibt es ein Wort für »ödes, unbebautes Urwaldgebiet«, das die Engländer phonetisch mit *jungle* fixierten, was ungefähr »Dschangl« gelautet haben mag und von uns jetzt nach der englischen Schreibung ausgesprochen wird.

Es folgen Krokodile, Pumas, Elefanten, Tiger und was Sie wollen, aber die Herkunft der Namen gehört nicht zu der eindrucksvollen Dressurnummer.

Pause, während welcher darauf hingewiesen wird, daß man die Wörterbücher, soweit sie persische, singhalesische, australische und afrikanische Namen anführen, nicht allzu ernst nehmen sollte.

Weil: wenn so etwas so weit herkommt wie diese Viecher, kommt es uns auf ein paar verwechselte Buchstaben auch nicht an, da sind wir ja nicht kleinlich!

Weiter geht's! In der zweiten Abteilung führen wir dem *reverendissimo* (dem sehr zu verehrenden) *publico* nur noch einige wirklich exotische Genußmittel vor!

Pfeffer kommt von einem indischen Wort, das mit Beere, Pfefferkorn und Pfifferling übersetzt wird. Es gibt in alten Geschichten Dinge, für die man keinen Pfifferling gäbe, selbst wenn man einen hätte; dabei ist das ein eßbarer Pilz, der nur ein wenig nach Pfeffer schmeckt.

Venedig wurde durch Pfeffertransporte reich, griechisch hieß er schon *peperi*, und dazu mag ein Kuriosum berichtet werden:

Alarich, der König der Westgoten, war um etwa 410 nach Christus drauf und dran, die Stadt Rom total zu zerstören. Aber als Pfeffer-Fan gewährte er gegen Lieferung von 3000 Pfund Pfeffer Aufschub, scheint sich aber an dem Lösepfeffer über(p)fressen zu haben, weil er kurz nachher am Busento begraben wurde. (Nächtlich am Busento ... Sie kennen es doch, das berühmte Gedicht?)

Als exotisches Genußmittel erschien unseren Urgroßvätern der mit den Pfeffertransporten zufällig mitgelieferte Pyjama:

Den im indischen Kolonialdienst schwitzenden Engländern schien ein indisches Kleidungsstück, nämlich »lose Hosen, die um die Lenden geknüpft werden« (so die beglaubigte Übersetzung des hindustanischen Wortes *paejamah*) praktisch und elegant. Daher führten sie Form und Namen in ihre Muttersprache ein und teilten sich in zwei Gruppen, Yankees und Briten, von denen jede den Namen anders pronocierte. Die einen sagen »Püdschaamaa« mit Oxford-Akzent, die anderen »Pidschämä« à la Texas. Dies nur für musikalische Leute, die den diesbezüglichen Fred-Astaire-Evergreen kennen (s. a. Wörterverzeichnis, Stichwort Evergreen).

Der Punsch, mit dem wir uns an kalten Wintertagen aufheizen, bringt etymologische Fernwärme: auch er stammt aus Indien. Der Duden nennt ihn eine anglo-indische Phantasiebezeichnung, der das Hindi-Wort *pañc* = fünf zugrunde liegt. Fünf Ingredientien braucht er: Arrak, Zitronensaft, Tee, Gewürz und Zucker (übrigens: *Pandschab* = das Fünfstromland).

Ein indirektes Genußmittel: der Bungalow, von indisch *bangla.* Mit diesem Wort bezeichneten die Inder die von den Engländern bevorzugten einstöckigen Wohnhäuser, wie sie in Bengalen, in »Bangla« gebaut wurden.

Zum Finale zeigen wir Ihnen ein paar sehr wohlschmekkende, wenn auch angeblich teilweise schädliche Exoten, die trotzdem aus unserem Leben nur für Asketen und Fakire wegzudenken sind: Schokolade, Kaugummi, Tabak und Alkohol.

Ein Trank, gebrüht aus der aztekischen Frucht namens Kakauatl, wurde bei den benachbarten Mexikanern Tschokolatl benannt und kam durch die spanischen Eroberer zusammen mit der Frucht, die den Namen Tomatl trägt, aus dem Schatten des Popocatepetl unter dem Schutz des Gottes Quezalkoatl im 15. Jahrhundert nach Europa. Leider konnte ich keinen aztekischen Philologen auftreiben, der mir die sicher interessante Bedeutung der Endung -atl erklärt hätte. Eigentlich ein für einen Sprachforscher recht trauriges Resultatl.

Der Gummi kommt bei uns ungekaut schon 1485 in einem Buch vor, das sich »Garten der Gesuntheit« betitelt. Gummi wird als harzige Ausschwitzung definiert, was gar nicht stimmt, weil der Chicle-Gummi, der aus Amerika zu uns kam und später den Spitznamen Kau-Gummi erhielt, aus dem eingedickten Milchsaft des mittelamerikanischen Sapote-Baumes mit Zusatz von Zucker, Pfefferminzöl und Vanille besteht. Viele etymologische Unklarheiten vorhanden, daher führen wir nur das reine Wort ohne Kaubewegungen vor: Die Philologen sind sich einig, daß dem Gummi ein ägyptisches Wort zugrunde liegt. Welches, wissen sie nicht. Wieso können sie also einig sein?

Eine der Antilleninseln heißt Tobago; die einheimischen Tupi-Indianer umritten ihre Heimat, entdeckten so ihre langgestreckte, leicht geschwungene Form. Danach benannten sie ihre Pfeifen, ihre ähnlich geschwungenen Rauchrohre. Aber auch die sonst allwissenden Wörterbücher der Weltliteratur geben zu, daß dieser Wortabstammungsnachweis einer eingehenden Prüfung nicht standhält. Wir müssen uns also in diesem Fall mit der Adresse unseres Tabakladens zufrieden geben. Von dort kommt für uns der Tabak – mehr wissen wir nicht.

Nun erscheint noch je einer der erwähnten Asketen und Fakire: *faqir* (man kann es auch mit k schreiben, aber q sieht arabischer aus) heißt arabisch arm; somit erscheint er uns als indischer Schnorrer, der nur bei den Nägeln für sein Bettbrett nicht spart.

Seine Schlaftiefe wächst mit der Zahl der Nägel.

Asket kommt von griechisch *áskesis,* soviel wie sportliche Übung, Lebensart. Die spartanische Erziehung wird als »*epíponos* (mühselige) *áskesis*« bezeichnet. Der Asket ist also ein Mensch ohne Humor, ohne Gewichts- und Diätprobleme, hat sich fast alles abgewöhnt und denkt darüber nach, wozu das gut war.

Wir müssen unsere Exotenwörter-Schau beenden, draußen wartet schon neues Publikum auf die nächste Vorstellung.

Schnell behandeln wir noch den von den Asketen und Fakiren listig versteckten Alkohol: Sein Name gehört zu den vielen arabischen Wörtern, bei denen wir sinnloserweise den Artikel mitgelernt haben, und der heißt *al* oder *el.* Das Araberwort *kahal* oder *koh'l* bedeutet Antimon. Daraus haben die

Vorfahren der Apotheker, die Alchimisten (schon wieder der Artikel *al!*) eine Salbe zum Schwarzfärben der Augenlider fabriziert, später nannte man seltsamerweise auch den Weingeist so.

Zu diesen *al*-Wörtern gehört auch Alkoven, Alkali und Algebra, der Admiral in seiner Urform hieß arabisch *amir-al-ma* (Herr des Meeres), ein Wort, in dem Karl-May-Leser unschwer den Emir entdecken, der neuerdings durch die Gründung von ölreichen Emiraten wieder zur allgemeinen Beunruhigung in der Nahostpolitik beiträgt.

Wir kommen zu dem Schluß, daß Exoten gar keine so argen Raritäten darstellen, daß wir jede Scheu vor ihnen verloren haben, sie sind durch die moderne Touristik enttabuisiert worden.

Über das Wort tabu ist vielleicht noch zu berichten, daß es durch Sigmund Freud ungeahnte Popularität erhielt.

Es kann nur mit Schwierigkeiten übersetzt werden, schreibt der berühmteste aller Sigmunde in seinem Buch »Totem und Tabu«. Einerseits heißt es »heilig, geweiht«, anderseits »unheimlich, für Laien verboten«. Im Wörterbuch steht: tabu kommt aus einer polynesischen Sprache und bedeutet soviel wie »gekennzeichnet, dem Zugang der Profanen entzogen«. Quasi ein VIP-Empfangsraum, Presselegitimation, Dienstwagen.

Es ist – nach dem persönlichen Empfinden des Autors – das einzige Exotenwort, das zum Lehnwort geworden ist, was durch die Bildung »enttabuisiert« bewiesen scheint. Daher soll es auch dieses mit diplomatischer List eingeschleuste Kapitel beschließen, das als Verbindungsstück, als Puffer, als unmerklicher Übergang von der klassischen zur modernen Sprachwissenschaft dient.

Antrittsbesuche bei den Nachbarn

Wir wollen jetzt die Lieferfirmen, die mit uns Worthandel treiben, näher ansehen und die Fruchtbarkeit unserer Nachbarsprachen bis zur Gegenwart untersuchen.

Dabei wollen wir uns a priori – von vornherein – klarmachen, daß die Lieferanten ihrerseits genau wie wir nur den Ahnfrau-Wortschatz weiterentwickelt haben. Freilich hat jede Sprache andere Lautentwicklungsgesetze, ungeklärte Neuwörter und kann überraschende Fremdwortanregungen bieten, aber grundsätzlich wandeln wir auch weiter auf altindischen, griechischen und römischen Spuren.

Dank der vorhergehenden Kapitel werden wir alte Bekannte treffen, neue werden dazukommen, und wir werden uns hoffentlich wohl fühlen.

Was die Fruchtbarkeit, also die Lieferkapazität betrifft, steht natürlich die Sprache der Anglo-Amerikaner unbestritten an der Spitze. Deutsch und Englisch sind ja ganz nahe Verwandte, der Kulturaustausch wird immer größer, Englisch wird zur Allerweltssprache, dazu hat der Flugverkehr sehr viel beigetragen (in der Luft, als Flugzeug, darfst du ja überhaupt nur noch englisch reden!), und wer nicht Englisch – oder zumindest eine Menge englischer Fremdwörter – sein eigen nennt, versteht keine Gebrauchsanweisung für japanische Kameras und Transistorgeräte und kommt überhaupt nicht mehr weiter. Unsere Jugend könnte heute schon viel besser Englisch, wenn die Filme und die Fernsehprogramme nicht so stark synchronisiert wären. Aber die deutsche Synchronisation ist bekanntlich die späte Rache der Deutschen für den verlorenen Krieg.

Dabei haben unsere westlichen Nachbarn, die Franken, die später zu Franzosen wurden, mit der Lieferung von Fremdwörtern schon viel früher begonnen. Bis heute weiß man nicht so richtig, ob Karl der Große uns oder Charlemagne den Franzosen gehört.

Bald nach der Jahrtausendwende begannen die Minnesänger ihr gutgehendes Wortaustauschgeschäft. Sie erzählten bei bunten Ritterabenden ihre Abenteuer; aber wer glaubt, daß Abenteuer daher kommen, daß solche Abende teuer waren, der irrt und sollte Altfranzösisch oder besser Provençalisch lernen: Abenteuer kommt von *aventiure*, und das heißt schlicht: Ereignis.

Die Ritter und die Minnesänger brachten eine Reihe von Bezeichnungen, die Dame, die Karte, das Schach und den Prinzen zu uns, denen wir ihre Troubadour-Heimat gar nicht mehr ansehen, weil sie längst treudeutsche Lehnwörter geworden sind. Das war die erste, die »ritterliche« Frankeneinwanderung.

Die zweite Welle brandete im 17. Jahrhundert heran: aber da kamen nicht mehr einzelne Ritter zu Pferd (Pferd ist *cheval*, der reitende Ritter daher der Chevalier, davon der Kavalier, die Kavallerie und der Kaval beim Tarock), sondern ganze franzmännische Söldnerheere, die brachten uns die Bresche, die Front, die Garnison, den Korporal und den schon erwähnten Kadetten. Von ihnen haben wir auch den General, die Infanterie und den Invaliden sprachlich inhaliert.

Diese Rezeption französischer Wörter ging um so leichter vonstatten, als bei Hof in deutschen Landen fast nur noch französisch gespeist und gesprochen wurde; viele Speisen, viele Diplomatenwörter sind heute noch Gallizismen. Einiges davon später.

Dieses Wort kommt von den Kelten, die unter anderem im heutigen Frankreich wohnten und sich dort Gallier nannten. Nicht nur die Ländernamen Galicien (in Spanien) und Galizien (auf dem Balkan), sondern auch die Galaterbriefe der Bibel und viele im Französischen versteckte Ausdrücke verdanken ihre Existenz diesem Volk, das einst sehr mächtig war, aber schon bald nach Beendigung des Altertums aufgesogen wurde, dessen Spuren – nicht nur sprachliche – aber noch heute von den Kundigen allenthalben gefunden werden.

Italienisch: Da erhebt sich die große Frage, wann ein Fremdwort noch lateinisch und wann schon italienisch ist.

Roma locuta – Rom hat gesprochen. *Italia canta* – Italien
singt. Die Entwicklung der lateinischen Mutter in Richtung
Wohlklang, die Tendenz zur Vermeidung von Mitlaut-Häuf-
chen, die Privilegien der Vokale, all diese Vorgänge sind unverkennbar. Anderseits – und das unterstreicht die relativ
schlechten Aussichten für die erträumte indogermanische
Europa-Sprache – anderseits hat sich die Richtung zur Zerspragelung der römischen Mutter in Einzeldialekte fast noch
deutlicher profiliert als die Musikalisierung.

Der Neapolitaner spricht beinahe spanisch, der Triestiner hat
starke Akzente, die ans Englische gemahnen; ein Sizilianer
und ein Genuese können sich kaum verständigen.

Aber bitte: im Jahr 1612 kam das Wörterbuch der »*accademia
della crusca*« heraus, und seither kann man von einem einigermaßen einheitlichen Italienisch reden.

Hauptabnehmer italienischer Klangschönheiten waren im
deutschen Sprachraum die Musiker; allerdings kann man sehr
leicht darüber streiten, ob piano, Kantilene, Serenade und da
capo integrierte Fremdwörter oder unversehrt erhaltene
Fachwörter der Musikliebhaber sind.

Aber gleich nach den Musikern kommt der Handel, die Wirtschaft. Saldo, Bilanz, Storno, Prokura und das Konto mit
oder ohne S davor, das sind Ausdrücke, bei deren Gebrauch
wir weder an *mare* noch an *amare*, weder an *mangiare* noch
an *cantare* denken. Höchstens wenn wir von einem Bankrott
lesen, werden wir an *pagare* erinnert.

Dann sagen wir lieber: der ist pleite gegangen.

Pleite kommt von einem hebräischen Wort *plejtah*, das soviel
wie Flucht, geglücktes Entkommen, Rettung bedeutet.

Daß es bei uns an die Stelle von Bankrott getreten ist, daß
also ein jiddisches Wort ein italienisches (*banco rotto* = zu-
sammengebrochene Bank) ersetzt hat, hängt wahrscheinlich
damit zusammen, daß sich vor zwei-, dreihundert Jahren ein

jüdischer Schuldner nur durch die Flucht retten konnte. Dann war er ein Pleitegeher, eben ein Pleitegeier. Wer gab wohl dem Pfändungskuckuck diesen Namen? Wahrscheinlich ein Vorfahre der Frau Pollak.

Es gibt vielleicht mehr jiddische Fremdwörter im Deutschen, als der Laie schätzen würde, denn die kamen nicht nur von jüdischen Handelspartnern bei Gesprächen, nicht nur durch die Beliebtheit der jüdischen Witze, die ihre Wirkung den Fachausdrücken der Mammeloschn (Muttersprache; von *Mamme* = Mutter und *laschón* = Zunge, Sprache) verdanken, sondern viel mehr durch die Gauner und durch ihre Fachsprache, durch das Rotwelsch, in unsere Gegenden. Rotwelsch ist durch die Mischung von deutschen, jiddischen und polnischen Wörtern gekennzeichnet. Bei einigen slawischen Fremdwörtern wissen wir nicht, ob sie uns von den östlichen Nachbarn oder den Ganoven geliefert wurden, aber das ist ja im Grunde ganz egal. Bei Wörtern gibt's keinen Richter, der »bedenklichen Ankauf« verurteilt!

Die Zahl der slawischen Fremdwörter ist nicht groß, aber groß genug, daß wir ihnen ein eigenes Kapitel widmen wollen. Vor allem finden sich einige besonders interessante Exemplare wie der Schmetterling und die Pistole, denen man ihre slawische Wiege wirklich nicht ansieht oder anhört (s. S. 128 bis 133).

An den Fingern einer Hand kann man die Fremdwörter abzählen, die uns Spanien, Holland, die Tschechoslowakei und Jugoslawien geschenkt haben.

Aus Ungarn kommt überhaupt nur ein wirklich bekanntes Wort: das Gulasch mit viel Paprika.

Paprika ist nicht, wie man glauben könnte, das zweite Fremdwort, weil es ist serbisch, bittäschön.

Aus dem Neugriechischen haben wir überhaupt nichts übernommen, das hätte ich gar nicht erwähnen sollen.

Trotzdem folgen jetzt ganz kurze Auseinandersetzungen mit einigen europäischen Sprachen; nicht so sehr, weil sie uns

Fremdwörter geliefert haben, sondern weil sich kaum ein Mensch bisher darum gekümmert hat, daß auch Sprachen Persönlichkeiten sind und sich freuen, wenn man sich um sie kümmert, wenn man ihre Eigenheiten erforscht, wenn man sie beschreibt.

Kann man fremde Sprachen beschreiben?

Vielleicht eine skurrile Idee?
Man kann ein Bild beschreiben, eine Reise, einen Menschen.
Aber eine Sprache?
Beschreiben sicher nicht, aber man kann persönliche Eindrücke schildern. Notizen, die man in den betreffenden Ländern gemacht hat, mitteilen. Eigenheiten erwähnen, die man woanders nicht gefunden hat.
Ich möchte das jetzt gerne tun und verfalle ganz bewußt in die Ich-Form, denn ich habe eben vorhin über Sprachen geschrieben, die ich einigermaßen verstehe. Von denen ich was weiß.
Leider weiß ich nichts über das Polnische, Finnische, Schwedische, Norwegische, nichts Skandinavisches.
Loipe, Slalom, tak so myket – das ist auch schon alles.
Aber ich kann mich in den bisher behandelten Sprachen einigermaßen verständigen. Ich verschönere meinen Urlaub, weil ich mit den Einheimischen ein bisserl rede. Sie lachen mich aus, weil ich fürchterliche Fehler mache. Dann lache ich mit und denke mir, daß die bestimmt nicht so gut Deutsch können wie ich.
Meine Leser beginnen vielleicht zu murren: ich – ich – ich!
Sie sagen: Wir wollen über Fremdwörter was lesen, aber wir brauchen keinen Gefühlserguß von dem Herrn Autor!
Bitte – Sie können die folgenden Seiten ruhig überblättern. Sie enthalten wirklich nur meine persönlichen Ansichten, ich habe keine Belege, es wird sehr unwissenschaftlich und emotionell.
Aber es wird auch nicht lange dauern.
Bleibt noch die Frage der Reihung. – Nun, die geht aus dem Vorhergehenden relativ logisch hervor:
Gar kein Fremdwort: Neugriechisch.
Zwei Fremdwörter: Ungarisch.

Einige wenige, die hauptsächlich in österreichischen Dialekten wegen der geographischen Nachbarschaft ansässig sind: Tschechisch und Jugoslawisch.

Spanisch und Holländisch: Auch Stierkämpfer und Käsehändler können Fremdwortlieferanten sein.

Italienisch: Wurde eben erst flüchtig besprochen, kommt aber noch einmal.

Genug der Einleitung, es beginnt also mit:

Neugriechisch

Für einen, der in der Schule Altgriechisch gelernt hat, ist die Verständigung eine gemähte Wiese: Zeitung lesen gar nicht schwer, verstehen eher ziemlich fast Einiges, nur: einem Neugriechen Altgriechisch vorlesen ganz unmöglich, weil der keine Ahnung vom Griechischunterricht in Deutschland hat, der Ungebildete.

Trotzdem gemähte Wiese, weil man sehr viele Aufschriften lesen und verstehen kann, z. B. *téléphonon.*

Allerdings gibt es immer wieder Ärger über mangelnde Sprachtradition: *oikos,* das Haus, kennen wir von Seite 77. Dieses Wort muß es doch noch geben!

Gibt es auch: die Familie heißt *ikojenja,* wie uns ein griechischer Fremdenführer, der Deutsch kann, erklärt. Er soll es uns aufschreiben. – Er schreibt: *oikogéneia.* Das Wort *gen* erkennen wir, weil wir wissen, was Genealogie, was die Genesis und was telegen ist – irgendwas mit Abstammung, Gezeugt-Sein bedeutet es.

Also: die Sippschaft, die vom Haus stammt.

Nur daß der Grieche das alles so falsch ausspricht!

Was ist denn das für eine Sprachtradition?

Der Fremdenführer hat genug von uns lästigen Humanisten und sagt uns, daß er nach Haus geht: *sto spitti.*

Sto: abgekürzt *e-is to* = in das.

105

Also muß *spitti* Haus heißen.

Wieso nicht *oikos?*

Fragen Sie mich was Leichteres!

Spitti kommt von dem lateinischen Wort *hospitium* (das hatten wir schon als Hospiz auf S. 36), und somit ist der heutige Hellene praktisch im Spital zu Hause.

Es ist eine launenhafte Sprache, dieses Neugriechisch: Da hätte man alte, wunderschöne Wörter, aber man bedient sich ihrer nicht, man holt sich andere aus dem Lateinischen.

Nur weil sich die Römer so viel griechische geholt haben?

Späte Rache? Oder wie?

Nehmen Sie das Wort Wein. Altgriechisch *oinos,* und davon schmarotzt ganz Europa: lateinisch *vinum,* spanisch-italienisch *vino,* englisch *wine,* bei uns Wein, in allen slawischen Sprachen *vino*...

Daher doch sicher auch bei den neuen Griechen *oinos,* von mir aus »iinos« ausgesprochen, weil oi zu ii wird?

Nix. – Wein heißt jetzt *krasí,* endbetont, und kommt eh von einem altgriechischen Wort: *krãsis* heißt die Mischung. Bei den einstigen Symposien verkündete der Symposiarch (s. unter Archi im Wörterverzeichnis), also der Kellermeister, das Mischungsverhältnis zwischen Wein und Wasser, je nachdem, ob man ernsthaft debattieren oder lieber schnell lustig werden wollte, und richtete den gewünschten »Gspritzten« in einem Mischkrug zurecht. So ein Mischkrug hieß Krater und liegt unserem gleichlautenden Vulkan-Wort zugrunde.

Aber warum der Wechsel von *oinos* zu *krasí?*

Wie gesagt: immer wieder leichter Ärger.

Aber dann wird der Humanist wieder versöhnt: Auf den Toiletten steht – und da glaubt man sich nun wieder in die Zeiten Homers zurückversetzt –: der grammatisch völlig richtige 2. Fall Mehrzahl von *anḗr,* der Mann, *gynḗ* = die Frau, nämlich *ándrōn* und *gynaíkōn* – auf altgriechisch!

Kämen Odysseus und Penelope zurück ins heutige Athen, sie müßten nicht fragen!

Lustig erscheinen auch Parallelen, die sich zwischen dem Neugriechischen und zwei deutschen Dialekten finden lassen:

In der Schweiz fragt man bekanntlich den Bäcker nicht: »Gibt es frische Semmeln?«, sondern: »Äxküsi, hat es frische Brötli?«

Neugriechisch: er, sie, es hat = *echi*. Wenn Sie also das Wort für das, was Sie kaufen wollen, kennen, müssen Sie nur ins Geschäft gehen und fragen: *echi*... und dann das Wort.

Man wird Ihnen entweder *nä* sagen, und das heißt ja, oder man wird mit dem Kopf nicken und *ochi* sagen. Das heißt dann nämlich nein.

Wie gesagt: eine unlogische Sprache.

Die zweite Parallele: mir hat einmal auf Kreta ein Tourist meinen schönen neuen Strohhut mitgehen lassen. Ich fragte den Wirt, wer das gewesen sei, und er wies nach draußen: »O *kírios pu éfige!*« Zu deutsch: der Herr, der (eben) wegging.

Nun heißt aber *pu* wörtlich wo. Ein bayrischer Gastwirt hätte vermutlich in einer ähnlichen Situation gesagt: »Jo – dös woa der Bazi, wo grad weggagonga is.«

Diese beiden Parallelen waren völlig unwissenschaftlich, aber hoffentlich erheiternd.

Mein Hut aber war weg, der *kírios* (Herr) Dieb, der neugriechisch *kléptis* heißt und unsere Kleptomanie erklärt, war auch weg und hat sich nicht verabschiedet, er hat weder *adío sas* (vom französischen *adieu*) noch *chárete* gesagt.

Chárete ist ein besonders nettes Abschiedswort: freuen Sie sich!

Auf einer Humanistenvilla steht oft der Gruß: XAIPE!

Das ist, bitte, griechisch, wird nicht wie »ksaipe«, sondern entweder altgriechisch »chaire« oder neugriechisch »chäre« ausgesprochen und ist die Einzahl von »freuet Euch!«, nämlich »freu dich!«.

Jetzt könnte man von hier zum Wort Charisma kommen, und sogar über *chrisma* zur davon abgeleiteten Creme, aber ich sage: *Adio sas, chárete*, trinken Sie demnächst mit dem delphischen Orakel einen Ouzo oder ein Glas Retsina auf unser aller Wohl!

Bitte – *parakaló!* Danke – *efcharistó!*

Das Wort für danke ist also mit Creme gefüllt. Wirklich unlogisch!

Ungarisch

Der Deutsche hat zur ungarischen Sprache relativ wenig Beziehung, der Österreicher aber eine starke, auch wenn er kein Wort versteht. Da ist die gemeinsame Geschichte, die ebensolche Grenze, nicht zu vergessen die Wiener Operette.

Durch sie kennt auch der Westfale den Zigeunerprimás, den Csárdás, und wenn er sehr gebildet ist, die Debreziner Würstchen aus der Stadt Debreczin, die Debrecen heißt.

Wer Ungarisch lernen will, steht vor fast unlösbaren Problemen, weil es in puncto Satzbau und Grammatik nur verschwommene Parallelen zu den europäischen Sprachen gibt.

Weil man so wahnsinnig auf die Vokalharmonie aufpassen muß: *örülök* heißt: ich freue mich, *örület* – mit einem etwas veränderten, gerundeterem ő – heißt der Wahnsinn.

Es ist ein Wahnsinn!

In irgendeiner mit Ungarn verbandelten Operette sagt der Komiker im dritten Akt: Joj, wir Ungarn haben alles vornä, was ihr hintän habt.

Das klingt wie ein mittelguter Witz, kann aber zur echten Sprachschranke werden.

Denn es ist nicht nur beim Namen so, daß der Dichter Franz Molnar zu Hause Molnár Ferenc heißt, es ist bei den Vorwörtern viel ärger. Ich mute Ihnen ein Beispiel zu:

Szoba heißt Zimmer, »im« wird als *ban* hinten angehängt.

Der Komiker scheint recht zu haben.

Im Zimmer also: *szobaban.*

Glaubt der Laie.

Gibt es nämlich zwei a bei den Magyaren: Wenn hat a nix oben, man sagt o, wenn hat Akzent-Häkchen, dann es ist aa – ganz offen. Aha – dann heißt also *szobobon.*

Jó? (*Jó* heißt gut.)

Nem jó – nix gut.

Also dann: *a szobobaan.*

Auch *nem.* Richtig ist: *a szobaabon.*

Warum? *Miért?*

Nem tudom – weiß nicht. Wegen Vokalharmonie.

Also eine harmonische, eine abgestimmte Sprache. Sähr kompliziert!

Umgekehrt: man kennt dort kein grammatisches Geschlecht und hat nur einen Artikel, nämlich *a.*

A férfi ist der Mann, *a nő* ist die Frau. Auf den ersten Blick also eine unerotische Sprache. Mein Freund Fekete sagt dazu: »Für junge Magyaren es ist sinnlichstä Sprachä von Univärsum, joj istenem!«

Genug der Theorie – wir erlernen sie nie. Wir kennen, wie eingangs bemerkt, ein paar Operettenwörter, und nur der Wiener Dialekt enthält eine Menge von echt ungarischen Fremdwörtern wie »Maschekseitn« (die andere Seite, von *a másik* = der andere) oder »Schinakel« (von *csónak* = Boot) und natürlich viele Spezialitäten der »Wiener« Küche.

In den ungarischen Dörfern geht es folgendermaßen zu:

Zuerst kommt: »Teremtette!«, dann schreit man: *»Joj mamám!«*

Dann kommt: Komm Zigány! – und draus wird *mulatság,* dann kommt Pußtalied von Paul Abraham, und man glaubt: so lebt der Ungar Tag für Tag.

Doch wenn Sie wissän wollän, wo das echt zu hörän und zu sehn:

Nur in Wienär Opärätte – zweites Akt, Finale, bittäschön!

Teremtette und *joj mamám:* Ausrufsformen der patriotischen Begeisterung.

Das Verbum *mulatni* heißt ganz schlicht: sich unterhalten. Eine von den Operettendichtern erfundene Feier mit Tokaier, Cymbal und vielen Geigen wird *mulatság* genannt. In der k. u. k. Armee ging man als Leutnant mindestens einmal wöchentlich »mulattieren«, sich betrinken, und wußte oft gar nicht, daß das ungarisch war.

Pußtalied: Eine brauchbare Liebesszene spielt immer abends auf der Pußta. Wir schauen im ungarischen Lexikon nach: *pupilla* = die Pupille, *pupos* = bucklig, *puška* = Gewehr (das kennt man auch in Wien), *puszi* = Küßchen (vielleicht ein türkisches Wort) und – aha! – da ist es schon: *puszta.*

Als Übersetzung steht da: Einöde, Wüste; bei *pusztitás* steht sogar: Zerstörung, Verwüstung.

Eine Gemeinerei ist das! So was von Illusionszerstörung!

Nein heißt *nem*, das fängt wenigstens mit einem indogermanischen n-Laut der Negation an. Aber ja heißt *igen* (igän). Herrlicher Reim auf deutsch -iegen: kriegen, liegen, schmiegen, siegen (immer die Liebe!). Sonst hierzuland nicht zu brauchen.

Bleibt noch das Gulasch, in Wien Gollasch, richtig *gulyás.* Eigentlich bezeichnet das Wort den Hirten einer Rinderherde. Auch diese Erkenntnis macht traurig.

Und Paprika?

Da waren die Ungarn nur Spediteure: sie vermittelten uns das Wort *papar* aus Serbien. Aber in ungarischer Zubereitung!

Es ist eine temperamentvolle, harmonische, für Wiener manchmal komisch klingende Sprache, weil sehr leicht zu parodieren.

Da aber fast jeder Ungar außer der eigenen noch eine andere, europäische Sprache beherrscht oder zumindest zu zähmen versucht, wird er die von uns erträumte Europa-Sprache um sehr interessante Nuancen (und natürlich auch Akzente) bereichern!

Jugoslawisch kann man überraschenderweise übersetzen.
Jug, juch, južni ist der Süden. Die österreichische Nachmit-
tagsmahlzeit, die Jause, slowenisch *južina*, wird eingenom-
men, wenn die Sonne im Süden steht.
Slawen: Das Wort kommt von *slovo*, und *slovo* heißt das
Wort. Slowenen, Slawonen, Slowaken – diese Namen haben
sich die Slawen selbst gegeben: die Sprechenden.
Im Altertum kamen viele Slawen in römische Kriegsgefan-
genschaft. Weil sie kluge, wohlgestalte Menschen waren, er-
wiesen sie sich auf diversen Sklavenmärkten als Verkaufshit.
So wurden sie mit einer eingeschobenen K-Formante zu lateinischen *sclaven*.
Jugoslawen sind also Südslawen.
Für mich war es die slawische Sprache, die – nicht nur durch
den Satzbau, sondern auch durch die ungeheure Zahl deutscher Wörter – mir am leichtesten zu erlernen schien. Man
muß nur ein paar Wörter lernen und übersetzt in der Reihen-
folge, die einem in den Sinn kommt, und meist ist das dann
richtiges Jugoslawisch.
Sie liegt auch in puncto Aussprache dem Deutschen am nächsten, denn wir empfinden sie als eine uns naheliegende Sprache. Da ist nichts Abgehacktes, nichts bösartig Zischendes im
Klang, da hört man die Adria mitrauschen und mittanzen im
Sprachrhythmus.
Für uns Touristen klingt Serbisch, Dalmatinisch und Kroatisch sehr ähnlich, um nicht zu sagen: einheitlich. Aber da
muß man vorsichtig sein, denn sie sind sehr stolz auf ihre
Dialektunterschiede, und wenn sich ein Gast bemüht, auf
Sprachnuancen einzugehn, dann ist die Gastfreundschaft
noch größer als ohnedies.
Serbisch: Die Flüche sind plastisch, ordinär, aber sehr er-
leichternd. Lesen können wir Serbisch schlechter als Kroatisch, weil es mit cyrillischen Buchstaben geschrieben wird,

Kroatisch steht uns näher, weil es lateinische Buchstaben sind, die allerdings – wie auch im Tschechischen und Polnischen – die typisch slawischen Lautungen nur behelfsmäßig wiedergeben.

Übrigens: die slawischen Nationalheiligen Kyrill und Method werden als Erfinder der Kyrilliza, der kirchenslawischen Schrift gefeiert, aber das stimmt nicht ganz: Kyrill hat die glagolitische Schrift eingeführt, seine Nachfolger haben sie verbessert, verändert und angepaßt. So wurde es zum erstenmal im 9. Jahrhundert möglich, die Bibel zu übersetzen, und Kyrill wurde quasi zum Schrifterfinder h. c. gemacht.

Serbisch ist nüchtern, praktisch und geradlinig.

Kroatisch ist fröhlich, poetisch und geschwungen.

Dalmatinisch ist fast kroatisch.

Slowenisch hat einen kärntnerischen Einschlag.

Wer einen Urlaub im Südosten besonders genießen will, der lege sich ein paar Renommierwörter zu: *chvala* heißt danke, *molim* heißt bitte, *kako ste* heißt: wie geht es?, und wenn der Tourist plötzlich im Gespräch innehält, den Blick durch die Gegend schweifen läßt und – ohnehin meist ehrlich gemeint – begeistert sagt: »*Vaša dómovina je vrlo lepa*« (Ihr Heimatland ist sehr schön), dann wird er bestimmt zu irgendwas eingeladen, vielleicht zu einem golden glänzenden Sliwowitz.

Er wird sogar zwei bekommen, wenn er sich der Sprachlandschaft anpaßt: schön heißt *lepo*, in Serbien ist die Heimat *läpa*, in Kroatien *lijepa* (geschwungen), in Dalmatien *liipa*.

Dann muß er das Glas heben und »*živeli!*« (irgendwer soll leben!) sagen, und nach den nächsten Witzen (Sliwo- oder erzählt) spricht er perfekt jugoslawisch.

Einen ganzen lebhaften jugoslawischen Abend lang.

Tschechisch

Die Tschechen haben wenig Zeit, darum lassen sie möglichst viele Vokale aus. Dadurch wirkt die Sprache im ersten Ohrenhörer unmelodisch und trocken.

Steck den Finger durch den Hals heißt: *Strč prst skrs krk*.

Das muß einer erst einmal zu sagen versuchen!

Andere slawische Sprachen haben zweifellos mehr Vokale: Dem böhmischen *prst* entspricht ein russischer *pjerst*, jugoslawisch sagt man statt *skrs* (durch) *kroz*, und den *krk*, den Hals, sucht man in anderen Slawensprachen vergeblich. Ebenso wie das *ř* (s. S. 48).

Aber wenn die Tschechen Musik machen, wenn sie poetisch sein wollen, dann können sie ihre Sprache zum natürlichen Melodienträger umbauen: meine Liebe heißt *láska má*, ein symphonischer Zyklus von Smetana trägt den Titel *má vlast* – Mein Vaterland, und wenn man die berühmte Arie aus der »Verkauften Braut« in der Originalsprache hört, klingt die Musik durch die Sprache noch musikalischer!

Die Sprache packt zu: Da gibt es keinen Anlauf, keinen Jambus, keinen Anapäst, da wird die erste Silbe betont; wer nach Prag fährt, will *do prahy*, man hört fast nur das *do*, das »nach«.

Pozor na vlak heißt: Achtung auf den Zug, und der heißt wieder *vlak*. Es würde also eigentlich genügen, wenn man nur *vlak* hörte. Aber nein, man hört eigentlich nur »poooo« und »naaaa«, also »Aaach-!« und »auuuuf!«. Den Zug sollen sich die Leut' gefälligst denken, was nach den Vorwörtern kommt, ist den Tschechen *všecko jedno*, also alles eins, ganz egal.

Dem Wiener fallen die vielen tschechischen Familiennamen auf, die auf -el, -al, oder -il enden. Navrátil ist der Zurückgekehrte, der Heimkehrer, Nahodil der Aufwerfer. Sein Urahn war entweder Maurer oder Politiker, weil ob man Probleme oder Mörtel aufwirft, ist auch *všecko jedno*. Der Vorfahre vom Herrn Vybíral war vielleicht Finanzbeamter, denn *vy-brati* heißt herausnehmen, Steuern einnehmen. Der Herr Pospišil oder Pospichal ist einer, der sich beeilt hat: vielleicht war er ein Siebenmonatskind.

Die Form ist das aktive Mittelwort der Vergangenheit, die wir nur umschreiben können. Tschechisch: *ja sem se pospíšil* heißt wörtlich übersetzt: ich bin »ein sich beeilt Habender«.

Wer sich die Mühe machen wollte, aus dem Wiener Telephonbuch alle tschechischen Namen abzuschreiben, hätte Arbeit für Jahre.

Nur der Kundige enträtselt seltsame Namensgebilde, die schon völlig germanisiert sind, als echt tschechisch. Da heißt z. B. ein Handwerker Xaver-Schell, man tippt auf einen adeligen Doppelnamen, aber der Großvater hieß noch Zavřel, daraus wurde Sawerschel, und das war ein Schließer.

Oder wir finden einen Herrn Wildschek, der eigentlich *Vlček* (Wölfchen, von *vlk* = Wolf) heißen sollte und seinen Namen aussprechbar machen und deutsch klingen lassen wollte. Im tausendjährigen Reich kam das öfter vor.

Dabei kommt *vlk*, Wolf, wie auf Seite 50 erwähnt, von einer gemeinsamen indogermanischen erschlossenen Wurzel, was jeder bessere Indogermanist mit Genuß nachweisen kann.

Aber Wildschek klingt normal, *Vlček* klingt komisch.

Wir Wiener finden nun einmal das Böhmakeln, das Deutschreden mit tschechischem Akzent, fröhlich und komisch.

Das kommt wahrscheinlich von der unterschwelligen Erinnerung an die silberne und goldene Operettenzeit, in der die Komiker fast immer mit böhmischem und ungarischem Akzent ihre Wirkungen erzielten und von der falschen »Betonierung«, weil Tschechen oft auch im Deutschen die heißgeliebte erste Silbe »Fall auf a jeden« stark machen.

Wir aber wollen betonen, daß es sicher nicht an der Konsonantenhäufung und der Erstsilbenbetonung liegt, wenn uns die tschechische Sprache zur Zeit nicht so naheliegt, wie es rein sprachlich wünschenswert und interessant wäre.

Spanisch

Eine Sprache, die im romanischen Ballett ein wenig aus der Reihe tanzt. Keine der Schwestern kennt das postvelare (wenn man dieses Fachwort übersetzt, kommt was Schauerliches heraus: hintergaumenseglig), also dieses katzenpfauchende ch, für das man sowohl g als auch j schreiben kann, und das seltsame Doppel-l, das in Spanien wie lj, in Argentinien aber wie seh klingt, und wenn wir dann lj sagen, ist das ganz richtig, aber völlig falsch. Denn wirklich richtig sagt es nur ein »Geborener«!

Dafür wird das c wieder wie ein sehr scharfes s ausgesprochen, nur in der Gegend um Barcelona wird es gezuzelt wie ein englisches th. In dieser Gegend, in Katalanien, soll irgendein Felipe (wenn ich mich richtig erinnere, war es *Felipe cuatro,* Philipp der Vierte) einen Sprachfehler gehabt haben, und seither reden die Katalanen noch immer so wie einst ihr König.

So erzählte mir ein *camarero* (Oberkellner) bei einem Urlaub an der Costa Brava. Ob das wohl stimmt?

Ganz ähnlich klingt Portugiesisch. Nur noch nasaler. Wer Spanisch lernt und einen Schnupfen kriegt, kann sich dann schon in Portugal verständigen.

Im Wörterbuch finden sich einige *palabras,* einige Wörter, die verschiedene Formen haben, je nachdem, ob sie in Spanien oder in Südamerika verwendet werden: Spanisch klingt energisch, Südamerikanisch weich und ausgekuppelt. Irgendwo in Ekuador, es kann aber auch Venezuela gewesen sein, erzählte man mir, daß der Südamerikaner müde geboren wird und sein weiteres Leben dazu benützt, um sich von den Strapazen der Geburt zu erholen.

Der Unterschied ist etwa wie der zwischen Serbisch und Kroatisch oder zwischen Plattdeutsch und Wienerisch.

Aus der Reihe tanzt der Spanier auch dadurch, daß er zwei Formen für das Hilfszeitwort »sein« hat. Wenn man etwas nur kurze Zeit ist, dann sagt man *Yo soy* müde. Wenn man aber glaubt, daß man etwas auf Dauer ist, dann sagt man *Yo estoy un hombre,* ich bin ein Mensch, weil sich das ja nicht mehr ändern läßt.

Es gibt für uns natürlich eine Menge von spanischen Bekanntwörtern, die wir aber nur verwenden, wenn wir vom Urlaub in Spanien erzählen oder spanische Dörfer, Stierkämpfe und Zustände schildern wollen.

Por ejemplo (zum Beispiel): Señor (von lateinisch *senior* = der Ältere), Sombrero (lateinisch *umbra* = der Schatten), Matador (von spanisch *matar,* endbetont, heißt: töten, abstechen), Don Juan (von lateinisch *dominus* und von der spanischen Form von Johannes).

Diese und noch andere kennen wir von alten und neuen Musicals, von Carmen bis Don Quijote. Wenn Sie beim Herrn de la Mancha Ausspracheschwierigkeiten haben: Bitte, das Katzenpfauchen probieren und nicht »Donki-Schotte« sagen!

Fremdwörter, die uns gehören und aus Spanien kommen, sind nicht sehr häufig: mir fallen auf Anhieb Gusto, Junta (bitte: chchchunta!), palavern und Bodega ein.

Gusto könnte auch aus dem Italienischen kommen, weil es dort genauso lautet. Wahrscheinlicher ist aber die spanische Kinderstube, weil die Iberer, wenn sie gefällig sein wollen, üblicherweise »*con mucho gusto*« (mit viel Freude; oder blumiger übersetzt: das zu tun schmeckt mir) sagen, während man in Italien eher »*con piacēre*« (mit Vergnügen) hört. Gusto kommt vom lateinischen *gustare* = kosten, schmeckend prüfen, und wenn der Gusto, den Sie gerade auf irgendwas haben, stillbar ist, dann gönnen Sie sich eine kurze Pause und gustieren Sie. Sie werden merken, daß es überhaupt nicht drauf ankommt, ob das Wort aus dem Spanischen oder dem Italienischen stammt.

Junta kennen wir nur aus der Politik. Da bedeutet es soviel wie Regierungsausschuß, eine Vereinigung von Auserwählten, die sich selbst ausgewählt haben.

116

Wenn Sie in Madrid, Quito oder Caracas mit anderen Caballeros (von *caballo*, das Pferd) gemeinsam ein Arbeitsessen abhalten, kommt der *camarero* und fragt: *todo junto* (alles zusammen)?

In diesem Moment können Sie froh sein, daß es uns nur um spanische Sprachformen und nicht um südamerikanische Zahlungsmodalitäten geht; Sie registrieren, daß *junto, junta* soviel wie vereint heißt, denken mit Recht an ein Junktim, das ein lateinisches Adverb ist, ohne Pfauchen gesprochen werden darf und heute in den Parlamentsberichten immer mehr durch den Begriff »Paket« verdrängt wird.

Es bedeutet eine Auswahl von Gesetzen, die nur als Bündel behandelt werden kann, und kommt, wie auch die Junta, von dem lateinischen *jungere* = fest verbinden (wie mit einem Joch).

Das Wort Junta stammt wohl aus Spanien, kam aber nur aus Südamerika zu uns. Denn dort macht ein Staat, der etwas auf sich hält, mindestens einmal jährlich eine kleine Revolution, die mit der Diktatur einer Militär-Junta endet. Davon berichtet unsere Presse, und wir kommen zu einem neuen Fremdwort.

Die Frage »*Todo junto?*« werde ich nie vergessen. Ich wollte in Bogotá zwei Wiener Freunde einladen und bejahte die Ober-Frage, schon weil ich stolz war, sie verstanden zu haben. Der Ober addierte die Zechen dreier, an Nebentischen sitzenden, mit ihm befreundeten Familien zu meiner Rechnung. »*Todo junto!*«

Palavern heißt soviel wie endlos herumquasseln, kam durch englische Vermittlung zu uns; zugrunde liegt die schon erwähnte *palabra*, die unter dem Stichwort Parabel erklärt werden wird.

Die Bodega erscheint uns als gemütliche Weinstube, klingt nach Flamenco, aber wirklich verwandt ist sie mit der Apotheke: Griechische Seefahrer legten in spanischen Häfen Ablagen, Warendepots an; bald wurde in solchen Kellern Wein serviert, aus der Apoteka wurde die Bodega, und spanische Gastarbeiter-Gastwirte brachten sie in unsere Gegenden.

Hat der Leser noch eine Frage?

Natürlich eine rein rhetorische Frage, aber wenn er sie in Spanien stellen will, braucht er eine andere Schreibmaschine, auf der es ein verkehrtes Fragezeichen gibt, denn der miß-trauische Spanier (und der vermutlich noch viel mißtrau-ischere Südamerikaner) begnügt sich nicht mit einem Frage-zeichen am Schluß des Fragesatzes, er will auch noch ein verkehrtes am Beginn.

¿Das kommt dem Leser spanisch vor?

Ist es ja auch!

Holländisch

Ob »Nederlands« eine Fremdsprache oder ein niederdeut-scher Dialekt ist, läßt sich schwer entscheiden. Für einen von der »Waterkant«, der begeistert plattdeutsch redet, gelten da ganz andere Maßstäbe als für einen bayrischen Holzknecht, auch wenn der auf Philologieprofessor umsatteln sollte.

Fest steht, daß die Zahl der deutsch-holländischen Isoglossen ins »Buch der Rekorde« kommen könnte.

Ebenso fest steht, daß sich ein Deutschsprachiger in Holland gar nicht leicht mit der Bevölkerung verständigen kann.

Gerade weil so vieles ähnlich mit unserer Sprache ist, können wir Holländisch kaum richtig erlernen. Es scheint eine Art Übergangszustand zwischen Englisch und Deutsch zu sein.

Nehmen wir doch nur das Wort für »danke schön«.

»Dank U wel.«

Dank wie deutsch danke. *U* – gesprochen ü – heißt »ihnen«. Das stößt beim Zurückverfolgen spätestens im Althochdeut-schen auf ganz ähnliche Form, ist aber eigenwillig holländisch geworden. *»wel«* – der Niederländer dankt fast mit einem englischen *well*. Er dankt »wohl«.

Vielleicht voreiliger Schluß:
Wer Englisch und Deutsch kann, muß bei einem holländischen Zeitungsartikel den Sinn entnehmen können.
Der sprachlich Interessierte kann es sicher. Außerdem findet er dann praktische Stützen für theoretisch Gelerntes.
Das Zeitwort kommen lautete angeblich früher *queman* und wird zum lateinischen *venire* gestellt. Das holländische *komen* hat die Vergangenheitsform er kam = *hei kwam.*
So wird der Linguist auf bequeme Art überzeugt, weil ihm »bequem« als Beweis nicht genügte.
Bei dem Wort »Klassenlotterie« steht im Lexikon in Klammer: holländische Lotterie. Tatsächlich haben die Rotterdamer dieses Glücksspiel wenn nicht erfunden, so doch interessant gemacht. Ob das Wort *loterij* vom französischen *lot* oder vom deutschen Los kommt, ist unwichtig. Beiden liegt ein deutsches *hliosan* = wahrsagen, zaubern zugrunde, und das wäre schon der Stoff für ironische Betrachtungen über das Wesen der Staatslotterien.
Aber wenn man nichts gewinnt, dann hat man eine Niete gezogen, und das ist einwandfrei ein holländisches Fremdwort, denn »nichts« heißt holländisch *niets.*
Die andere Niete, mit der metallene Werkstücke »vernietet« werden, kommt von einem althochdeutschen *pi-hniu-tan* = befestigen.
Was man nicht auf den ersten Anhieb vermuten würde: das Wort Droge, das zur Zeit bestürzend aktuell ist, klingt sehr französisch, und die Drogerie, die man noch vor fünfzig Jahren Droguerie schrieb (damit keine Droscherie herauskam), ist wirklich französischen Ursprungs. Aber Frankreich war nur Umweg. Die Droge hängt mit unserem Wort »trocken« zusammen; Fässer mit Trockenpackungen pflanzlicher Rohstoffe trugen die Aufschrift *»droge fate«,* also trockene Fässer, und wurden nach Frankreich exportiert und dort mißverstanden.
Mittelniederländisch, also uralt, ist auch das Grundwort für

Mannequin, nämlich *Mannekīn,* Männchen. Wenn unsere heutigen Modelle erst richtig emanzipiert sein werden, sollen sie sich wenigstens den richtigen Artikel holen, der ihrer Weiblichkeit gerecht wird. Zur Zeit steht noch im Duden: Mannequin, männlich oder sächlich!

Italienisch

Der Italiener kann mit seinen Nachsilben die Welt so gestalten, wie er sie braucht. Er kann mit Suffixen färben, erheitern, verkleinern, aber auch vergrößern:
Wenn der *padre,* der ganz gewöhnliche Vater, zum Chef eines Ristorante oder einer Mafia-Gruppe wird, dann hängen ihm seine Landsleute die Nachsilbe *-one* an, und er wird zum *padrone.*
Ein kleiner Saal, eine *sala,* wird zum *salone,* dann merkt man fast optisch, daß er größer wird, der aus Deutschland entlehnte Balken wird mit anderen Balken zum *balcone,* zum vorgebauten Gerüst, und kehrt über Frankreich als Balkon zu uns zurück.
Die Stadt Vera, die »Wahrhafte«, mag geahnt haben, daß sie dereinst durch ihre Opernfestspiele groß und berühmt wird, daß sie als Vera den Superchören und Elefanten nicht genug Platz bieten wird, also verschaffte sie sich ein Vergrößerungsschwanzerl und wurde Verona. – Wie eine vergrößerte Gemüsesuppe ausschaut, wissen auch die gewieftesten Romanisten nicht, aber da aus der *minestra* eine *minestrone* geworden ist, muß auch hier bei irgendeinem italienischen Chefkoch eine gewaltsame Vergrößerung stattgefunden haben.
Ebenso wurde aus *mille* = tausend der große Tausender, die Million.
Viel häufiger ist das Verkleinern. Da hat das Italienische so viele Möglichkeiten wie keine andere romanische Sprache, nicht nur, weil man vieles verharmlosen und beschönigen will,

sondern auch weil man manches gefälliger machen muß, um es zu verkaufen.

Die Auswahl ist groß: *-ino, -etto, -ucco, -ello,* und wenn keine der vorhandenen Nachsilben paßt, dann erfindet man eine.

Nehmen wir als Beispiel die Streichinstrumente:

Warum man für die Bratsche das Wort *viola,* Veilchen, wählte, weiß ich nicht genau, vielleicht weil die F-Löcher der Geige an dieses bescheidene Blümchen erinnern, vielleicht steckt ein altes etruskisches Wort dahinter; jedenfalls machte man die Bratsche handlicher, indem man ein *-ino* daran setzte, und da wurde sie die Violine, die bei uns weiblich, bei den Romanen aber männlich ist.

Dann baute ein Vorläufer der Herren Amati und Stradivari eine Großgeige, eine »*viola da gamba*«, die man zwischen die Knie nahm und im Sitzen spielte. Stolz wies er auf die Größe seiner Viola hin, hängte ohne Scheu die Endsilbe *-one* dran, und so gab es bald das Wort *violone.* Das aber klang den zartbesaiteten Künstlern zu voluminös und massiv, man verkleinerte durch den Ansatz *-cello* zu Violoncello. Aber dieser Wortkörper war silbenmäßig zu unhandlich, daher kürzte man auf Cello.

Dann kam der Kontrabaß auf. Eigentlich müßte der *violonone* heißen und zweimal die Vergrößerung enthalten, aber das machten die Italiener nicht mit, weil es zu phantasielos und unpraktisch geworden wäre. Man blieb beim *contrabasso,* wir schreiben ihn Kontrabaß.

Unser Wort Bratsche kommt von *viola da braccio,* also Armgeige. Ein Bratschist wäre demnach ein Armgeiger, ein Cellist ein Kniegeiger, und damit sei genug über die italienischen Suffixe und ihre Funktion im italienischen Außenhandel gesagt.

Italienisch als Sprache der Musik – eine Sprache, die selber Musik ist –, darüber gibt es schon zu viele Bücher.

Die Leser werden verstehen, daß hier nicht weitergeschrieben wird. Italienisch und Musik muß man hören, nicht lesen.

»Molto Beene – der Tausendfüßler«, sagte ein deutscher Tourist. Sein Freund berichtigte ihn: *molto* heißt viel, aber nicht tausend!

Laß nur – Italiener sind großzügig, die zählen nicht nach!

Sie sind wirklich großzügig: sie schenken uns fast die gesamte musikalische Terminologie!

Bekanntwörter mit biblischen Wurzeln

Genug der Sprachbeschreibungen: der Autor hat sich vielleicht damit eine in Wahrheit unlösbare Aufgabe zugemutet. Beim Durchblättern von Literatur über Fremdwörter fällt auch dem Laien auf, daß fast ausschließlich indogermanische Exemplare behandelt werden, so daß schon das Kapitel über die Exoten und über die Ungarn Ausflüge in eine andere Bücherwelt nötig machte. Über jüdische und jiddische Fremdwörter erfährt man nur, wenn man in eine ganz andere Bibliothek geht.

Dabei gibt es ohne Zweifel eine ganze Menge aus dem Hebräischen stammender Wörter, die wir als deutsche Fremdwörter, ja sogar als Lehnwörter, die vollkommen integriert sind, empfinden: Massel, Soff, Ponem, Schmus und Stuß – da muß einer schon Germanistik studiert haben, um zu wissen, daß uns diese Wörter über die Gaunersprache aus dem jüdischen Wortschatz vermittelt wurden.

Eine andere Gruppe hat den Kaftan (der seltsamerweise aus Persien stammt und durch türkische Vermittlung zu den Ostjuden kam) nie abgelegt, ist nie in unsere Dialekte eingedrungen, und jeder Leser muß für sich entscheiden, ob Chuzpe, Mischpoche, Schickse und Kischew für ihn ein Fremdwort oder ein fremdes Wort ist.

Wenn wir unseren Freunden bei einem Vorhaben Hals- und Beinbruch wünschen, dann denken wir nur selten daran, daß Broche ein jüdisches Wort für Segen ist: wir wünschen Segen über Hals und Beine. Also eigentlich: Hals- und Beinbroche! Der gute Rutsch zu Silvester kommt sicher nicht vom Wort rutschen, denn es gibt keinen noch so alten Neujahrsbrauch, bei dem gerutscht wird; viel logischer (und in alten Gaunersprachbüchern belegt) ist die Ableitung vom jüdischen Rosch = Kopf, Beginn (jidd. *Rosch-haschanah* = Kopf des Jahres, Neujahr).

Ein gemütliches, kleines Wirtshaus heißt bei uns im Norden

eine Beize, in der Schweiz eine Beiz, in Österreich ein Beisl. Das kommt von jüdisch-rotwelsch *ha-bajit* und ist das Wort für Haus. *Baal-habajit*, auch: *Balboss*, ist der Hausherr; er wanderte nach Amerika und kam als Boß wieder zu uns zurück – aber das ist eine recht umstrittene, wenn auch überaus wahrscheinliche Ableitung.

Wir sagen gerne, daß etwas in »rauhen Mengen« vorhanden ist. Aber warum sollte eine Menge »rauh« sein?

Weil es sich da um ein gaunersprachliches *raw* = viel, groß handelt und nicht um das deutsche rauh. Wer heute in Israel danken will, sagt »*todá rabá*« = danke »viel«. *Raw, rab* kommt also aus dem Hebräischen. Nicht beweisbar, aber sehr logisch.

Schmiere stehn: das hat mit unserem Schmieren überhaupt nichts zu tun, sondern kommt von einem hebräischen *schemiro*, und das ist der Wächter. In Wien heißt Schmier ein unbeliebter Polizist.

Sie brauchen nicht zu glauben, daß ich Ihnen Schmonzes (in Österreich oft: Schmonzetten) erzähle, ich habe nicht nur selbst einige Semester Iwrith und Judaistik studiert, sondern ich beziehe mich bei diesen Wörtern ausschließlich auf schriftliche Unterlagen. Schmonzes, Schmus und natürlich auch schmusen kommt von hebräisch *schemuoth* = Gerede, Gerücht.

Würden Sie glauben, daß das in Berlin so beliebte Wort »dufte« rein jüdisch ist?

Kennen Sie das »Daumenhalten« der Juden? Sie wünschen einander Maseltow, oft liest man auch Maseltoff.

Masol, der Glücksstern, das Glück, kann offenbar auch schlecht sein, sonst würde man sich nicht gutes Glück wünschen.

Gut heißt also *tow*. Daher das Berliner »dufte«!

Mies kommt von jüdisch *mius*, und das heißt Ekel. Ein Wort, das Hitler und Goebbels besonders gern verwendeten; sie hätten ja die nationaldeutsche Sprache von jüdischen Aus-

124

drücken reinigen lassen können, aber dann wäre sie wohl sehr ausdrucksschwach geworden.

Übrigens: jiddisch und jüdisch – die Grenzen verfließen. Jiddisch ist – das steht in der Literatur – eine »Nahsprache« des Deutschen, die im frühen Mittelalter am Rhein entstand. Die Grundsprache ist mittelhochdeutsch, vermischt mit hebräischen, spanischen und später mit polnischen Wörtern.

Jüdisch ist kaum zu definieren: es ist eher ein Dialekt, eine unterlegte Sprachmelodie mit kehliger Aussprache und wird um so jüdischer, je mehr wirklich fremdklingende Wörter verwendet werden.

Bei einem Wort, das mit ch beginnt, können wir sicher sein, daß es entweder griechisch oder hebräisch ist. Da Griechenwörter meist nach lateinischer Art mit c bzw. k beginnen, bleiben 90 Prozent Wahrscheinlichkeit für hebräisch.

Chuzpe für Frechheit ist weitgehend bei uns bekannt. Das Adjektiv *chuzpedig* schon weniger. Hebräisch gleichlautend und gleichbedeutend.

Chóchmezen wird durch tüfteln verdrängt. Kommt von dem Wort *chacham*, der weise, der kluge Mensch. Ein Rabbi ist meist ein »Chóchem«, der es versteht, nachzudenken, zu »klären«.

Aber eine Kläranlage ist noch kein Talent zur Philosophie.

Jüdische Denker haben oft das Talent, etwas so kompliziert zu beschreiben und ein Thema so zu »zerdenken«, daß es dann »überchochmezt« wirkt.

Aber ich fürchte, jetzt tüfteln wir auch schon.

Eine, die das älteste Gewerbe der Welt betreibt, ist eine Chonte, während eine Kalle die Sekretärin eines Gauners und die Schickse schon erklärt worden ist.

Chonte klingt irgendwie schonender als Nutte oder Strichmentsch und leitet sich tatsächlich von *chein* ab. *Chein* ist mit Humor, Geschmack, Talent zu übersetzen, wenn auch nur sehr behelfsmäßig.

Meschugge und mebulbel (mewulwe) sind jüdische Wörter

für unser »verrückt«. Die gibt es heute noch nahezu unverändert in der Sprache der Israelis.

Untam und Nebbich: beide bezeichnen ungeschickte Typen. Der Unterschied: der Untam läßt alles fallen, der Nebbich hebt alles auf.

In Wien ist ein unangenehmer Mensch ein mieser Baldower. In Deutschland kennt man das Wort ausbaldowern für erkunden, spionieren. Beides kommt über die Gaunersprache aus dem Hebräischen: *baal dowor* ist – wörtlich übersetzt – der Herr des Wortes, der Sache, also der Anführer, der den Plan macht, der die Voraussetzungen erkunden muß.

Tachles reden: von hebräisch *tachlit* = Zweck, zweckdienliche Handlung.

Breuges (zerstritten, verfeindet) von *be rojges* = im Zorn.

Ja – damit ich es nicht vergesse: Das Buch, aus dem ich die meisten dieser Übersetzungen und Erklärungen abschreibe, heißt »Die Reste des Jüdisch-Deutschen« und ist nicht nur sehr aufschlußreich und von profunder Sachkenntnis getragen, sondern oft auch lustig, weil die zur Erläuterung dienenden Redensarten häufig in Lozelach ausarten.

So steht z. B. beim Stichwort »meschugge« folgendes:

Der Melamed, der Lehrer, wird von einem Schüler befragt, was ein Wiedehopf sei.

»A Wiedehopf? Das is a meschuggener Fisch!«

Der Schüler schaut ins deutsche Lesebuch, wiegt den gelockten Kopf und fragt zweifelnd: »Aber da steht: er fliegt!«

»Er fliegt? No, da hast du doch scho sei Meschuggās (seine Verrücktheit)!«

Lozelach sind Witze. Das Wort bedeutet eigentlich Spott.

Jüdische Fremdwörter ließen sich am leichtesten durch Lozelach erklären. Aber das würde Jahre brauchen.

In der Diskothekensprache der Jugend grassiert zur Zeit ein neuer Ausdruck für hübsches Mädchen: Ische. In der Genesis steht bei der Erschaffung des Weibes das Wort Ische. Biblische Wurzeln.

Es gibt noch eine Menge solcher Bekanntwörter:
Knas heißt die Strafe. Davon unser Knast.
Zores und Machloikes – beides sind Mehrzahlformen. Einzahl Zore, weiblich, und Machloike, oft fälschlich Machiloiki.
Betucht kommt von jüdisch *betuach* = wohlhabend, reich; genauer: sicher.
Tinnef nennt man bei uns, besonders in Wien, ein Ding, das keinerlei Wert hat, und die Älteren kennen noch die Scherzübersetzung: Tinnef, das Hochzeitsgeschenk. Weniger bekannt ist, daß das Wort einst die Nachgeburt bei der Kuh bezeichnet hat.
Risches: antisemitisches Denken.
Ganz klar: es wird ein Tohuwabohu von Meinungen geben.
Die einen werden sagen: diese Wörter gehören nicht mehr hierher, es sind keine Fremdwörter, sondern fremde Wörter.
Die andern werden sich an gute Witze erinnern und sich freuen, alte Bekannte wiederzulesen.
Tohuwabohu ist altes Hebräisch. Im 1. Buch Mosis heißt es: Die Erde war wüst und leer, *tohu wa bohu.* In Jerusalem und Haifa ist das Wort für »und« noch heute *we* oder *wa.*
Biblische Wurzeln.

Sehen Sie, bitte, in einem repräsentativen Fremdwörterbuch nach, ob sie die Chonte oder die Machloike finden.
Bei *chon* finden Sie eine gleichnamige koreanische Scheidemünze, dann steht noch Chondroblasten, und das sind Knorpelbildungszellen.
Von Machloike keine Spur.
Mit dem hiemit abgeschlossenen Kapitel kann man jedes Fremdwörterbuch bereichern.
Nicht nur Gebäude, auch Wörter sind in der Nazizeit zerstört worden. Aber man kann sie zurückholen.

Passive Wort-Handelsbilanz mit Ostsprachen

Slawische Wörter sind trotz Eindeutschung meist leicht zu erkennen, sie bleiben ein wenig konsonantengestaut und eigenartig.

Das kommt daher, daß die Satemsprachen ganz andere Lautentwicklungen durchgemacht haben.

Balalaika, Litewka, Tschapka, Komsomolz und Kolchose gehören nur in Romane oder Zeitungsartikel, aber nicht in dieses Buch.

Dagegen sieht man dem Nerz und dem Zobel kaum die russische Abkunft an: Nerz kommt vom russischen *norka* – und die Altgermanisten wissen, daß man diesen Pelz früher einmal Nörz schrieb.

Da kommen ihnen die Slawisten zu Hilfe und berichten, daß er auf sorbisch einmal *norc* geheißen hat.

Sorbisch ist – bitte, das zu beachten – kein Druckfehler. Die Sorben oder Wenden sind Westslawen und sitzen in der Gegend des ehemaligen Lausitz. Sie hatten einen slawischen Dialekt, der besonders regen Wörtertausch mit den deutschen Nachbarn betrieb.

Norka – norc – Nörz – Nerz. Kein Problem.

Auch der Zobel heißt russisch *sobolj*, tschechisch *sebol* und scheint schon zu althochdeutschen Zeiten als *zobil* auf, allerdings nur sehr selten.

Zobel war eben schon seinerzeit sehr teuer.

Für das Niedermetzeln von Aufständischen sagen wir Pogrom, weil die Sprache in so peinlichen Fällen nach Hüllwörtern sucht, die leicht aussprechbar und lautmalerisch sind. Beim dunklen Grollen des Wortes kann man begreifen, daß unsere Vorväter sich dieses Wortes bemächtigten und es für die eigene Sprache zähmten.

Grom oder *grim* ist das russische Wort für Donner, *pogrom* bedeutet Verwüstung, Zerstörung – man verwende es passenderweise endbetont.

Ja – die Betonung bei russischen Wörtern! Da gibt es mehr Ausnahmen als Regeln.

Menschikow betont man auf der ersten Silbe, Rasputin auf der zweiten, Godunow auf der letzten – wer soll sich da auskennen?

Wir sind nicht einmal sicher, ob der Samowar den Tee vorn oder hinten kocht. Kommt von *sam* = selbst und *varítj* = kochen. Also eigentlich Selbstkocher. Ein uraltes Gerät mit kolossal modernem Namen. Do it yourself!

Wir sagen Sámowar.

Im übrigen kann man in solchen Fällen mit ein bißchen Sprachgefühl ganz leicht schwindeln. Wer kennt sich denn wirklich aus, wer weiß, was die schwermütige slawische Seele betonen will und was nicht?

Daß der Vampir eigentlich ein Serbe ist, werden die amerikanischen Filmgewaltigen mit ihrem Dracula sicher nicht wissen, aber nicht nur das Wort, auch der Sagenkreis um die blutsaugende Fledermaus kommt aus den Wäldern des Balkans.

Noch einmal: Serbisch gehört in den Südosten, Sorbisch hingegen in den Nordosten Europas. Ein bekannter Philologe mußte bei einem Werk über Slawistik dreimal die Korrekturbögen zurückschicken, weil sich der Setzer, ein Gastarbeiter, beharrlich weigerte, das Wort »sorbisch« (mit o) in den Satz zu nehmen und konsequent »serbisch« setzte.

Er meinte: »Ich muß wissen – weil ich bin Serbe!«

Man könnte die Slawen auch mit v schreiben, denn das Wort kommt von *slov*, wie schon erwähnt. Aber in der deutschen Philologie wird Slawe mit w, der mit ihm etymologisch verwandte Sklave aber mit v geschrieben. Eigentlich falsch, aber leider üblich.

Slawisch ist auch die Droschke, die hier fast nicht erklärt worden wäre, weil der Wiener Autor nur an den Fiaker denkt. Aber bitte: *daroga* ist der russische Weg, *darožki* ist ein leichter Wagen und wurde zur Droschke, die eigentlich mit einem »Journal-ž« ausgesprochen werden sollte. Dagegen kommt die mindestens ebenso slawisch klingende Kutsche aus einem ungarischen Dorf namens Kócs.

Die Polka ist sicher slawisch – aber ob sie von den Polen erfunden wurde (was bei der Polonaise trotz der französischen Form anzunehmen ist) oder ob sie vom tschechischen Wort für die Hälfte *(polo, polovica)* kommt, ist nicht ganz geklärt: entweder Halbtakt- oder polnischer Tanz. Wahrscheinlicher ist die polnische Abkunft, obwohl das Wort zum erstenmal 1831 in Prag aufscheint.

Aus Böhmen kommt auch unsere Peitsche, die dort *bič* heißt und die alte deutsche Geißel verdrängt hat. Das mag dem Einfluß der böhmischen Söldner Wallensteins im Dreißigjährigen Krieg zuzuschreiben sein, die uns unter anderem auch das Wort Pistole unter die Landsknechtwämser (oder Wamse?) jubelten.

Die heißt in ihrem Ursprungsland noch heute *pištal.* Die Grundbedeutung des Wortes ist Pfeife *(pisk* = Pfiff). Anderseits gibt's auch schon im 16. Jahrhundert ein französisches *pistolet* mit der Bedeutung: kleine Jagdwaffe, Messer aus Pistoia. Welche Form nun wirklich unserer Pistole zugrunde liegt, ist nicht zu entscheiden.

Dagegen kommt die Skipiste nicht aus Pistoia, sondern hieß ursprünglich italienisch *pesta* und war ein gestampfter Weg. Gehört nicht hierher, klingt aber doch irgendwie slawisch!

Rein tschechisch ist die Haubitze, von *houfnice* = Steinschleuder; ebenso der Halunke, von *holomek* = (nackter) Bettler.

Auch der Zar gehört eigentlich nicht zu den Fremdwörtern, sondern zu den fremden Begriffen, aber vielleicht interessiert es den einen oder anderen Leser zu erfahren, daß ein bulgarischer Herrscher namens Simeon im Jahr 917 beschloß, seine Autorität dadurch zu verstärken, daß er sich einen lateinisch-byzantinischen Titel zulegte und mit »Caesar« angeredet zu werden wünschte. (Das waren noch Zeiten!)

Aus Caesar wurde Cisar, das Ci ging durch Sprachschlamperei verloren, aber das Sar, also der Zar, behielt seine Macht sehr lange. Erst als fast genau tausend Jahre später die Kommunisten beschlossen, das Wort durch »Genosse Generalsekretär« zu ersetzen, verwandelte er sich mit dem Zimmermann und seinem Sohn Zarewitsch in eine Opern- und Operettenfigur.

Das wird seinem Nachfolger, dem Generalsekretär, vermutlich nicht passieren. Eine Operettenfigur wird er nie werden!

Die Slawen scheinen beim Bootsbau führend gewesen zu sein, jedenfalls wurde die Zille im Osten erfunden und über einige grenzüberschreitende Flüsse zu uns gebracht. Mit der Karibik, wo die Einwohner auch schon praktische Kähne, die Kanoas (Kanus) bauten, gab es ja damals noch keine preiswerten Urlaubsreiseverbindungen.

Aber über die Elbe, die Oder, die Donau kreuzten schon vor dem Mittelalter kleine Wasserfahrzeuge, die altslawisch *cilnu* hießen und bei uns schon in ganz alten Schriften als *zulla* oder *zilla* erwähnt werden. Die Zille hat also nichts mit Scylla und Charybdis, den Meeresungeheuern der griechischen Sage, zu tun, wie ich kürzlich in einem Zeitungsartikel eines Amateur-Etymologen las, sondern ist eindeutig ein slawisches Lehnwort.

Wir steigen aus unserer Zille ans Ufer, legen uns auf eine Wiese, und es flattert ein Schmetterling heran. – Paßt der in unser Kapitel? Er klingt doch so urdeutsch!

Wäre er wirklich ein Erbgermane, müßte er von »schmettern« kommen, und es gibt doch wohl kaum etwas weniger Schmetterndes als einen Schmetterling. Wo steht denn wirklich seine etymologische Wiege?

Das ist wieder einmal eine echt rhetorische Frage. Wenn er in unser slawisches Kapitel fliegt, kann er nur aus dem Osten kommen.

Tut er auch.

Er kommt vermutlich aus uralten böhmischen Gemarkungen,

weil es dort mehrere einander ähnliche Sagen gibt, in denen sich Hexen und ähnliche Zauberwesen in Schmetterlinge verwandeln und dann zu mitternächtlichen Beutezügen ausschwärmen, auf denen Rahm, Butter und andere Milchprodukte ergattert werden, vermutlich um die damals beträchtlichen Kosten für den Besenkauf zu amortisieren.

Ähnliche Geschichten erzählt man sich aber auch in Irland, Schottland und Wales, dort stahlen die Hexen nur Butter, so daß das englische *butterfly*, also Butterfliege, ohne weiteres und glaubhaft erklärt wird.

Die Tschechen haben für den Rahm das Wort *smetana*, das auch in Österreich und Oberfranken in den Dialekt als Schmetten aufgenommen wurde. Der Komponist Bedřich Smetana ist demnach der Herr Friedrich Rahm, und daß aus Schmetten wirklich unser Schmetterling werden konnte, machen andere deutsche Mundartformen wahrscheinlich: er heißt auch Molkendieb und sogar (obersächsisch) Buttervogel.

Kleiner Zusatz: vor zwei-, dreihundert Jahren sagte man statt Schmetterling noch Falter; der hat aber nichts mit (Flügel-) Falten zu tun, sondern kommt durch Metathesis (Buchstaben-Umstellung) vom Wort flattern, er war also eigentlich ein Flügelschwinger.

Wir sagten, daß Jiddisch eine Nahsprache des Deutschen ist. Dort hat sich noch die mittelhochdeutsche Form Flatterer für Kenner des altjüdischen Witzes erhalten:

In ein Juweliergeschäft kommt ein Kunde und möchte eine brillantenbesetzte Brosche in Schmetterlingsform kaufen. Er fragt den Juwelier nach seinem äußersten Preis, und das klingt dann jiddisch so: »Ünter wos nemmen Se nix for jennen Flatterer?«

Zum Schluß kommen wir noch an die Grenze, über die diese Lehnwörter den Weg zu uns fanden. Wir wollen sie allerdings nur linguistisch absuchen und wissen, woher der Begriff, das Wort kommt.

Nun – die Grenze wurde schon zur Zeit der Minnesänger und Kreuzritter entlehnt, 1262 lesen wir von einer *granizze*. Luther liebte das Wort, aber es war noch so neu, daß ein Zeitgenosse beim Übersetzen schreibt: *ende, dar eyn lant keret* (aufhört).

Polnisch *granica*, tschechisch *hranice* kommt von altslawisch *grani* = Ecke. Damit hängt weitschichtig verwandt unsere Granne sowie der Grat und seine Frau, die Gräte, zusammen. Die erschlossene Ahnfrau-Wurzelsilbe **ghre* hat die Bedeutung spitz sein, hervorstechen.

Unangenehm.

Hätten Sie das Wort Grenze für ein Lehnwort gehalten? Noch dazu für ein slawisches?

Der Gedanke hat beinahe etwas Tröstliches: Grenze ist nicht deutsch. Aber er schafft die Grenzen nicht ab.

Das Interesse, das der hochverehrte Leser am Wesen von Fremdsprachen bisher bekundet hat, läßt ihn ein paar ganz kleine Schritte in Richtung Grenzüberwindung trippeln.

Leider nur ganz kleine.

Zwischennotiz: vor dem Englischen das Französische

Die Reihung wird später auch historisch begründet werden, aber bevor wir auf eher französische und dann auf eher englische Fremdwörter eingehen, ein paar Beispiele für Exemplare, die sich aus beiden Sprachen ableiten lassen.

Unser Kommando ist ein Befehl, ist die Befehlsstelle. Lateinisch *com-mendare* ist anvertrauen, übergeben. Befehlen heißt englisch *command*, französisch *commander* heißt aber bestellen. In der k. u. k. Monarchie war der Befehlende einer Truppeneinheit der Kommandant, in Deutschland der Kommandeur, also eher französisch, weil Bedeutungsänderung.

Kalkulieren kommt von lateinisch *calculus*, der (Rechen-) Stein, hat also tatsächlich mit Kalk zu tun. Die Form »ins Kalkül ziehen« weist auf Entnahme aus dem Französischen, aber im Englischen gibt es das Wort als *calculate* auch.

Service hat in Österreich sächliches, in Deutschland männliches Geschlecht. Hier weiß man wirklich nicht, ob es aus dem Englischen oder Französischen kommt, weil es in beiden Sprachen gleich lautet. Einerseits sind Autowörter meist englisch, andererseits das Restaurant und all seine Fachwörter französisch (von lateinisch *servitium* = Sklavendienst). Einfache Lösung: je nach Aussprache.

Der Computer kommt sicher aus dem Englischen, aber beim Comptoir, wie bei uns früher das Büro hieß, denkt man kaum an die gemeinsame lateinische Wurzel. Trotzdem: sowohl französisch *conter* bzw. englisch *count* für rechnen als auch das Neuwort Computer entstammen dem lateinischen *computare* für zusammendenken, rechnen. Allerdings liegen viele Jahrhunderte zwischen Entnahme 1 und 2 (s. a. S. 146).

Stark verallgemeinert: die älteren Fremdwörter kommen aus Frankreich zu Pferd oder mit der Bahn, die jüngeren mit dem Schiff oder dem Flugzeug aus England und Amerika.

Sie lassen sich aber auch dem Klang nach relativ leicht trennen. Zuerst muß es also heißen:

Allons enfants – Französisch können wir doch schon!

Auf den ersten Denkerblick ist man versucht zu sagen: die meisten deutschen Fremdwörter kommen aus dem Französischen.

Ist ja auch ganz klar: da ist die gemeinsame Grenze.

Da sind die vielen Wellen, in denen unsere Sprache von französischen Wörtern überschwemmt wurde.

Da gab es die Preußenkönige, die besser französisch als deutsch reden konnten (und wollten!).

Da holten wir uns Schweizer Gouvernanten, die mit unseren wohlerzogenen kleinen Vorfahren nur französisch parlierten.

Am österreichischen Kaiserhof wurde man ohne *savoir vivre* und dementsprechenden »Accent« nur ganz selten zum »Speisen bei Hof« eingeladen.

Französisch war die Sprache der Diplomaten, der »Hautevolaute« (Hautevolée), kurz – es ging nicht ohne diese elegante Sprache.

Der zweite Denkerblick läßt einen stutzen: Sind nicht eine Menge französischer Wörter in Wahrheit englisch?

Ist nicht der komplette Fremdwörternachschub nur noch englisch?

Wem imponieren wir, wenn wir einen Ziviltechniker mit »Herr Ähnscheniör« anreden?

Die Großmama geht noch immer auf dem Trottoir und kann sich den deutschen Gehsteig nicht merken, in die Bahn steigt sie vom Perron aus ein und hofft, daß sie ein halbwegs komfortables Coupé finden wird.

Das sind Wörter, die für uns schon im Sprach-Antiquariat liegen, wo sie wie graziöse Gespenster mit sehr viel Contenance dahinmodern.

Dabei gibt es das Coupé heute schon wieder als *coupe*. Eine »foine« Bezeichnung für ein gemischtes Eis. Beide Wörter kommen von *couper* = schneiden. Man hört auch wieder kupieren für Abheben beim Kartenspielen, und manchmal landet der Verbrecher im Krimi einen gewagten *coup*. Aber die Jüngeren steigen nur mehr in ein Abteil.

Den Perron gibt es in Frankreich heute noch, nur bedeutet er dort Freitreppe.

Heute redet man nicht mehr larmoyant (*larme* = Träne), sondern weinerlich, man hat kein Embonpoint mehr, sondern ein Stützmieder, und man ist lässig, aber nicht mehr nonchalant, weil das altmodisch anmutet und weil man außer dem deutschen Wort lässig noch einige englische Wörter findet, wenn es schon unbedingt ausländisch klingen muß: *easy-going, cool* u. a.

Aber auf den Speisekarten der vornehmen Restaurants finden sich noch immer die französischen Fachausdrücke, und man hört recht oft, daß allein die Bezeichnung schon die Gerichte um einen erklecklichen Prozentsatz verteuert.

Nur noch selten wird einer, der alle Geschmacksnuancen kennt, wohlwollend als Gourmand bezeichnet.

Erstens hat man dafür den Feinspitz eingeführt, zweitens war Gourmand schon immer das falsche Wort.

Fragen Sie einen Franzosen: *gourmand* heißt eigentlich gierig, ein Gourmand ist also ein Vielfraß. Dagegen ist der Gourmet ein Weinkenner, ein »geschmackvoller« Zungenspitzen- und Gaumenfachmann.

Der Grund für dieses weitverbreitete Mißverständnis ist einem alten Anekdotenbuch zu entnehmen:

Ein Berliner Zeitungsschreiber war in Paris bei einem Prominenten zum Essen geladen. Er kritisierte alles, was ihm zwischen die Zähne kam, vertilgte trotzdem ungeheure Mengen und fiel auch sonst recht unangenehm auf. Der heimische Gastgeber nahm sich bei der Verabschiedung keine *feuille* vor die *bouche*, kein Blatt vor den Mund, und sagte seinem Gast lächelnd – er war mit Recht davon überzeugt, nicht verstanden zu werden –, daß er ein Vielfraß, eben ein Gourmand sei. Der Artikel, den der Herr nach seiner Rückkehr veröffentlichte, in dem er die ihm in Frankreich zuteil gewordene »Ehrung« gebührend hervorhob, fand große Beachtung. Gourmand wurde ein Modewort und ist noch heute nicht ganz ausgerottet.

Greifen wir uns doch ein paar linguistisch pikante Bröcklein aus der französischen Speisekarte:
Filet – bei uns als Filet-steak sehr beliebt – heißt eigentlich dünner Faden. Mit einem solchen umschnürte man das Edelfleisch, um besondere Geschmacksfeinheiten zu erzielen.
»File« ist ein Faden und kommt vom lateinischen *filum*, manchmal auch *hilum*. Wenn etwas so lange immer kleiner wird, bis zum Schluß kaum ein kleines Fädchen zurückbleibt, wird es zum *ne-hilum*, zum *nihil* – zum Nichts.
Der Nihilist hat also sogar den dünnen Faden verloren, der ihn mit der Realität verband.
Dazu empfiehlt der *chef de cuisine*, der Küchenchef, *pommes frites*, die aber in Frankreich nur »*frites*« heißen, also gebakken. Seltsamerweise heißt *friture* sowohl Bratenfett als auch Nebengeräusch bei Plattenspielern und im Radio. Der Franzose denkt also auch bei technischen Problemen an prasselndes Fett.
Dazu vielleicht eine pikante Sauce, die ihre französischen Erfinder bis heute im wahrsten Sinne des Wortes »in aller Munde« sein läßt: Béchamel, Béarnaise – mehr davon in jedem anspruchsvollen Kochbuch.
Sauce – vom vulgärlateinischen Wort *salsa* – könnte man mit »gesalzene Brühe« übersetzen, aber das würde sämtliche französischen Köche kränken.
Wir unterlassen es daher und gehen zu den süßen Nachspeisen, zu den Desserts über. Viele Benamsungen sind auf den Aussterbe-Etat gekommen, der Nachtisch verdrängt vehement das Dessert, vielleicht weil viele Leute ein *désert* mit ganz weichem, stimmhaftem s bestellten und in Frankreich ausgelacht wurden, wenn sie eine Wüste verlangten.

Dabei hätte man ihnen wenigstens einen Sandkuchen servieren können!

Wer ein Baiser wünscht, bekommt eine Windbäckerei. Das französische Wort ist eigentlich ein recht ordinärer Ausdruck für den Geschlechtsverkehr; reine Toren übersetzen es mit Kuß. Baiser mit Schlag gibt es noch in Wien, aber weiter nördlich sagt man Meringe, schreibt gebildet *meringue*, und wer dieses Wort im französisch-deutschen Lexikon sucht, findet als Übersetzung: Sahne-baiser.

Der *éclair* (wörtlich: Blitz) kämpft ums Überleben, doch wird er unbarmherzig von der Schillerlocke in den Abgrund der Vergessenheit gestoßen.

Auch die *petit-fours* (wörtlich: die kleinen Backöfen) verschwinden allmählich, statt Omelette findet man lokal verschiedene Neunamen, und viele dieser Menü-Finali werden bald nur noch süße Erinnerungen sein.

Wer sagt heute noch »consommé« für Bouillon?

Demnächst wird der Herzog von Niederlothringen, der den ersten Kreuzzug führte, nicht mehr Gottfried von Bouillon, sondern Götz von Klarsupp heißen.

Günstigere, wenn auch nicht ausgesprochen strahlende Prognosen kann man den wohlklingenden Frankenwörtern auf anderen Gebieten bieten, denn die Saison für welsche Wörter ist sicher noch nicht vorbei, auch wenn wir gerade gehört haben, daß einige der Speise-Kunstwerke ihre sprachliche Leuchtkraft zu verlieren beginnen. Die Namen, nicht aber die Gerichte, sind eben nicht mehr »*up to date*«. Vor ein paar Jahresdekaden hätte man noch »*en vogue*« gesagt.

Saison hat in ihrer lateinischen Urform die Zeit der *satio*, also des Aussäens, eng verwandt mit ebendiesem Wort säen, bedeutet. Später bedeutete es die günstige Zeit für produktive Tätigkeiten, und heute kann man sich nur schwer ein anderes Wort für Saison vorstellen.

Genauso wird das Budget sicherlich noch lange Zeit seine

Wortform und seinen Platz bei uns behalten, obwohl viele Politiker fast die gleichen Schwierigkeiten mit der Erstellung wie mit der Aussprache haben.

Sie sprechen immer wieder vom »Pitschää«, obwohl es als richtiges »Büdschä« viel hübscher klingt. Wörtlich genommen ist es das Lederbeutelchen des Staates, ist das Diminutivum von *bouge* und geht auf ein provençalisch-vulgärlateinisches *bulga* zurück, und das war der Ledersack, in dem die Denare bewahrt wurden.

Oder nehmen wir das Wort *parfum*. Nur die Schreibung erklärt dem Kundigen, daß es sich bei diesem Wunderwasser um etwas geräuchertes, durchduftetes Lateinisches handelt: *per* = durch, *fumus* = der Rauch. Das Wort hätte sich also genauso zur Bezeichnung für ein Xölchts oder eine Rauchwurst geeignet; was den Indianern ihr Feuerwasser, war unseren schönen Damen das Rauchwasser. Das Duftwässerchen.

Ja, die schönen Frauen und fast alle Begriffe, bei denen Erotik mitknistert, haben französische Bezeichnungen und werden sie wohl auch behalten. Nicht ohne tiefere Berechtigung wird Frankreich durch eine charmante Frau, durch Marianne mit der Sansculottenmütze, symbolisch vertreten, die schon immer tonangebend in der Mode war, und die französische Haute Couture, wörtlich: die hohe Naht, hat noch immer die Fasson (eigentlich *façon*, von lateinisch *factio* = das Machen, die Machart) der Damenbekleidung, der Roben, Kostüme, Trotteurs und was es alles geben mag, beeinflußt.

Madame und unsere Dame waren in Urzeiten die lateinische *domina*, die durch ihre Beauté und durch ihren Charme – das war ja schon immer ihre Domäne – über die Männer dominierte.

Die ließen sich das in Frankreich besonders gerne gefallen, denn dort sind alle Männer Kavaliere, *chevaliers*, die dort ganz selten durch Emanzipationsbestrebungen gereizt werden.

Zwar gehört der Chevalier mitsamt seiner Courtoisie zum Sprachantiquariat, aber die Liaison wird sich sicher noch länger erhalten, denn sie klingt doch hübscher als das nüchterne Wort Verhältnis; ihre nahe Verwandtschaft zur musikalischen Ligatur und dem Legato-Spiel sowie zur Bundesliga im Fußball leitet sich vom lateinischen *ligare* = binden ab. Liga ist also ein Verband und Liaison eine flüchtige, pikante Verbindung, für die Marianne ein besonders treffendes Wort erfunden hat.

Man klagt zwar darüber, daß die Kavaliere heute längst nicht mehr so galant wie früher sind, aber in Frankreich klingen die Chansons über die Liebe, über *l'amour*, noch immer pikanter als anderswo.

Kavalier, Chevalier, italienisch Cavaliere, hat längst seine Berechtigung verloren, denn es gibt keine ritterlichen Orden mehr, deren Angehörige hoch zu Roß *(cheval, cavallo)* in den Burghof sprengen (Hof heißt *la cour*, höfisch wurde bei uns zu hübsch, und Kurtisane war einst eine vornehme Hofdame), die sich dann vom Pferd schwingen und der Dame ihres Herzens ihr Kompliment machen.

Galant, Galanterie, Galan: klingt ungeheuer französisch, ist aber eigentlich spanisch.

Gala wurde zum erstenmal am Wiener Hof getragen, wahrscheinlich hat Leopold I. das Wort aus Madrid geholt. Die spanischen Philologen glauben zu wissen, daß es von einem arabischen *chil'a*, soviel wie Ehrenkleid, Prunkgewand, stammt. Anderseits könnte es von einem altfranzösischen *galer* (sich unterhalten) kommen, demnach ist einer, der unterhaltsam und amüsant ist, auch galant.

Amüsant: das hat überraschenderweise nichts mit den Musen und nichts mit der Musik zu tun, sondern es kommt von einem spätlateinischen *musus*, das den Lateinschülern von ihren sittenstrengen Professoren mit Recht vorenthalten wird, weil es soviel wie Schnauze, Goschen, Maul bedeutet.

Die späten Römer waren manchmal fürchterlich ordinär!

A(d)musare hieß: jemanden zum Staunen, zum Maulaufreißen bringen; es kam aus dem Wortschatz der Jahrmarktsausrufer in die Volkssprache und wurde durch Marianne zu einem noblen Konversationsbestandteil.

Das Kompliment dürfte von spanisch *complimiento* = Anhang, Ergänzung, Zusatz kommen, denn der Anhang alter Moralbücher handelte meist von Höflichkeit. Im Duden wird es auch von *cumplir* = füllen abgeleitet, demnach wird die Überfülle in übertragener Bedeutung zum Überschwang, zur Übertreibung, in Wien drückt man seine Anerkennung oft mit »plimänd, plimänd« aus und meint: mein Kompliment, meinen Glückwunsch.

Jedenfalls gehört es etymologisch zum Plissee, zum Plenum und zu Fülle (S. 19); man könnte auch die Verbeugung, die zum Kompliment gehört, als Zusammenfaltung deuten. Aber das wird zu kompliziert; dabei gehört kompliziert auch dazu, es kommt von *complicare* = zusammenfalten, erschweren, verwickeln. Hängt mit unserem Wort flechten zusammen.

Auch diese pikanten (französisch *piquer* heißt stechen, aufreizen) und daher in zu großer Dosis aufreizenden Bemerkungen müssen ein Ende finden, obwohl sich der Autor zwecks Erhaltung des Niveaus keine Exkurse in die Trivialität gestattet hat.

Statt »obwohl« gehört eigentlich »weil«.

Eine Bemerkung zum Niveau:

Es hängt seltsamerweise mit der Libelle, mit der italienischen Währung und unserem normierten Hohlmaß zusammen.

Niveau war in Frankreich zuerst einmal eine Wasserwaage, hieß damals noch *nivel* und altfranzösisch *livel.*

Dann kam der Bedeutungswandel: Wasserwaage – ebene Fläche – höhere Fläche – höherer Bildungsstand.

Urwort: der lateinische *libellus,* eine verkleinerte Waage, eine *libra.* Was man mit der Waage wog, hieß *libra,* das Pfund, und daraus wurde die Lira.

Das Raubinsekt, das früher fast in jeder deutschen Region

einen anderen Namen führte, wie Wasserjungfer, Glasvogel, Augenstecher, Schleifer und andere, wurde von den Zoologen des 17. Jahrhunderts wegen des ausgewogenen, waagrechten Fluges Libelle getauft. Die Franzosen sagen *libellule* dazu.

Unser Hohlmaß ist der Liter. Kommt von französisch *litre*, und das ist eigentlich ein Schreibfehler: zugrunde liegt die erwähnte *libra*, das Pfund.

Charme und Chic: beides klingt ungeheuer französisch, und doch ist Charme aus Spanien und Chic aus deutschen Gauen. Die Spanier haben das Wort *carmen* für Lied natürlich von den Römern, aber von dort kam es in die Provence. Grundbedeutung: Lied, Gedicht, Zauberspruch. Charme ist der Zauber der Persönlichkeit.

Chic sollte man sogar anders schreiben, weil es vom deutschen Wort schicken kommt. Aber es ist so französisch geworden, daß wir lieber beim Chic bleiben.

Der Charme der französischen Sprache wird zum großen Geschäft der Pariser Chansonniers; man muß ihre Texte gar nicht verstehen, wir lieben die Chansons, weil die Sprache so verführerisch klingt.

C'est si bon – man hat keine deutsche Übersetzung versucht. Wäre auch gar nicht möglich gewesen.

Die Französische Revolution, die unseren ganzen Globus beeinflußt hat: wäre sie ohne die Marseillaise, ohne »*allons, enfants de la patrie*« möglich gewesen? Sie wäre ohne die zündende Melodie ganz gewiß sabotiert worden!

Die Zahl der französischen Fremdwörter bei uns ist kleiner geworden – das ist schade, aber nicht zu ändern.

Wenden wir uns also jetzt zum Abschluß den Fremdwörtern zu, die aus der englischen Sprache zu uns kommen.

Wir werden staunen, wie oft wir da noch an die Franzosen denken müssen!

142

Englisch: von den Normannen bis zu den Modewörtern

Englisch meint meistens die Sprache, das Land, die Nation. Muß aber nicht: der englische Gruß ist ein katholisches Gebet, das mit den Engeln zusammenhängt. Das Englischhorn heißt französisch *cor anglé* und ist ein gebogenes Horn (französisch *angle* = Winkel, *anglé* = gewinkelt).

Heute sollte man langsam anfangen, zwischen Englisch und Amerikanisch zu unterscheiden. Denn die Yankees und die Tommies, die Cowboys und die Inspektoren von Scotland Yard sprechen zwar eine gemeinsame Sprache, aber die kriegt immer mehr Unterschiede.

Noch ist die Spaltung nicht sehr weit gediehen, noch können Briten die amerikanischen Fernsehprogramme verstehn, noch kann der amerikanische Präsident ohne Dolmetsch und Lexikon Somerset Maugham lesen, aber wird er das in zweihundert Jahren noch wollen?

Vielleicht wird ein Anglist in fünfhundert Jahren Germanistik studieren müssen, um durch deutsche Fremdwörter das den Engländern und den Amerikanern gemeinsame *»colloquial English«*, die Ursprache, zu rekonstruieren?

Englisch ist ja keine im eigenen Land entstandene Sprache; es ist ein Mischmasch von Keltisch und Angelsächsisch, eine Mischkulanz, ein Cocktail von Altenglisch und normannischem Französisch, gewürzt mit lateinischen Originalwurzeln, die Cäsar und seine Mannen dort vergaßen.

Cocktail, wörtlich übersetzt, heißt Hahnenschwanz: *cock*, der Hahn, kam von den Normannen, dort kräht er coquelicot, bei uns kikeriki, die Tierlaute werden in den Sprachen sehr verschieden gehört und geschrieben; *tail* ist Schwanz (mittelhochdeutsch *zagel*).

Wem der Vergleich eines Hahnenschwanzes mit Cocktailfarben eingefallen ist, das steht leider in keinem Sprachbuch, und der Autor will nichts erfinden.

Dagegen ist Cockpit die Kanzel eines Flugzeugs, in die kein Unbefugter, höchstens eine VIP hineindarf. Die VIPs heißen nicht so, weil sie bei Sympathiekundgebungen grüßend wippen, sondern weil sie Very (sehr) Important (wichtige) Persons (Persönlichkeiten) sind. *Pit* kommt vom altenglischen Wort *pytt* und heißt Grube – wenn es in so eine Grube regnet, entsteht eine Pfütze, die mit *pytt* wortverwandt ist, und somit war *cockpit* einmal eine eingefriedete Grube, in der Hahnenkämpfe stattfanden.

Da kann man wieder einmal sehen, wie tief Wörter sinken können, wenn sie fliegen wollen, und wie leicht der Autor den Zusammenhang verliert.

Bis zum Jahr 1066 hat man auf der Britischen Insel angelsächsisch und keltisch gesprochen – übrigens ist Britannien auch ein keltisches Stammwort –, aber dann kam der Normanne William der Eroberer über den Ärmelkanal, weil es keinen Tunnel gab, machte seinem Namen alle Ehre und eroberte.

Jetzt müßte man doch glauben: Normannen sind Germanen, die Angelsachsen sind Germanen, also muß jetzt eine ungeheuer germanische Sprache entstehen.

Aber: Glauben heißt nichts wissen!

Die Normannen (oder Wikinger), die in der ganzen Welt herumgekommen waren, wie man aus den Trickfilmen über Wicki weiß, die hatten gerade eine längere seßhafte Periode in Frankreich hinter sich und sprachen nur noch Französisch, so daß die verblüfften Briten schön langsam die Siegersprache auf ihr gutes, altes Königsenglisch draufgestreut bekamen.

Streuen heißt lateinisch *sterno*, gestreut heißt *stratum*, und wenn eine Sprache von einer anderen überlagert wird, nennt der Philologe das ein Superstrat. Einer der ganz seltenen Fälle, in denen »super« nicht als Werbewort eingesetzt ist. Aus »strat« wurde unsere Straße.

Für diesen Vorgang waren bald nachher die Namen der englischen Fleischgerichte ein gutes Beispiel:

Solange das Schwein noch beim Bauern, beim Züchter im Stall stand, war es ein *swine* und klang wie das unsere. Dann wurde es geschlachtet, für die Hofschranzen zubereitet, und denen schmeckte die Portion nur französisch – auf dem Teller hieß es *porc*. Verwandt mit unserem Wort Ferkel.

Das Schaf auf der Weide war ein *sheep*. Auf dem Teller wurde das französische *mouton* leicht verändert zum *mutton*.

Das Kälbchen hieß *calf*. Portioniert wurde es zum *veal*, das war altfranzösisch und heißt heute *veau*.

Auf der Wiese graste die Kuh, die *cow*, die viel später im Wilden Westen eigene reitende Buben, die Cowboys, bekam. Gebraten wurden ihre besten Lendenstücke zum Beefsteak, und woher *beef* kommt – Sie haben es ja auch gelernt:

Le bœuf, der Ochs, *la vache*, die Kuh,
fermez la porte, die Türe zu!

Steak hängt nicht mit unserem Stück, sondern mit unserem »stecken« zusammen, also ein auf den (Brat-)Spieß gestecktes Stück Fleisch.

Kurz nachdem der *ox*, der hüben und drüben gleich klingt, für die Tafel zum »beef« geworden war, etablierten sich schon die ersten »Beefeater« (Ochsenfleisch-Esser) als Wächter für den Tower in London und sind bis heute stolz auf ihren Namen.

So ging es wüst und fast regellos weiter mit dem Verflechtungsspiel: Der König ist bis heute der *king*, rein germanisch, die Königin ist die *queen*, dazu findet man im gotischen Wörterbuch für Ehefrau *qēns* (und das hängt mit der slawischen Isoglosse *žena* für Frau zusammen; wer schon einmal in einem östlichen Land auf Urlaub war und die passende Toilette suchen mußte, der weiß das), das ist also rein germanisch geblieben. Völlig unlogischerweise kommt aber das Eigenschaftswort aus dem Französischen, vom *roi* bildet man *royal*, und die Königliche Luftwaffe heißt nicht »Kingish«, sondern Royal Air Force. Ähnliche Formen: legal und loyal.

145

Selten, aber doch bleibt's beim Angelsächsischen: Bei uns siegte zwar *fenestra* (s. S. 15), aber bei den Angeln hielt man am *wind eage*, am Windauge, fest, und Leute mit der englischen Krankheit gehen auch bei uns nicht mehr einen Schaufensterbummel machen, sondern sie gehen *window-shopping*. Klingt anscheinend interessanter!

Im allgemeinen sind eindeutig die französischen Wurzeln auf das Siegerpodest gestiegen. Die Kunst, die Mode und natürlich die von den Normannen beaufsichtigte Verwaltung verwendeten nur französische Wörter.

Wer über den ersten repräsentativen Dichter Englands, einen Mister Chaucer, nachliest, stellt überrascht fest, daß der in seinen Werken über 8 000 Wörter verwendete. Das war für diese Zeit sehr viel. Mehr als die Hälfte davon sind lateinischen oder französischen Ursprungs. Es herrschte große Unsicherheit, politisch und sprachlich.

Fast wäre Englisch ein französischer Dialekt geworden.

Aber ein Jahr vor Chaucers Tod, nämlich 1399, hat der König im Oberhaus seine Rede in angelsächsischer Sprache gehalten, und damit fuhr ab dann die Sprachkarosse wieder in Richtung – jetzt kann man schon sagen – in Richtung Englisch, genauer: Mittelenglisch.

Dann gewann die Tendenz zur Einfachheit die Oberhand. Die Aussprache wurde einheitlich, die Grammatik vereinfachte sich, um späteren Studenten einige unregelmäßige Verba zu ersparen, man schuppte komplizierte Endungen ab, einigte sich auf einen Einheitsartikel für alle drei Geschlechter, man warf das trauliche Du aus dem Sprachzimmer und war auch in der Intimsphäre nur noch per *you*, kurz: man entwickelte eine Sprache, die relativ leicht erlernbar wurde.

Viele altgallische Wörter waren im Lauf der Jahrhunderte bis zur Unkenntlichkeit entstellt worden. Gebildete englische Gelehrte führten lateinische Wörter in England ein, ohne zu merken, daß die – wenn auch normannisch zermåtschgert –

schon vorhanden waren. Als Beispiel für diesen Vorgang haben wir uns schon den Countdown und den Computer gemerkt und wollen noch den »Sir« zitieren, der den später wieder eingeführten »senior« kaum erkennen läßt, obwohl er aus ihm im Lauf der Zeit geschrumpft ist.

England und Amerika wurde dann auf technischem Gebiet sehr einflußreich. Für die neuen Erfindungen mußten neue Wörter erfunden werden, und es ist ein wahres Glück, daß die neuen Bezeichnungen fast ausnahmslos lateinisch und griechisch waren.

Wir mußten sie also nur auf unsere Art aussprechen, und die Angelegenheit war geritzt: die Lokomotive und der Tender klingen nicht einmal mehr englisch.

Andere, modernere Dinge übernehmen wir mitsamt der Aussprache: High-Fidelity heißt wörtlich hohe Treue, denn lateinisch *fidelis* bekam erst durch fidele Studenten die Bedeutung fröhlich, fidel.

Die Kurzform Hi-Fi wurde lange Zeit wie »haifai« ausgesprochen, jetzt sagt man richtig »haifii«.

Das soll heißen, daß man endlich die kratzende Nadel des Grammophons durch den natürlich klingenden Sound ersetzt hat.

Der Sound hat aber auch der Melodie den Garaus gemacht, man kauft heute eine Longplay kaum noch wegen der musikalischen Einfälle, sondern wegen dem – ja, nur wegen dem Sound.

Im Wörterbuch steht: Klang, aber die richtige Übersetzung muß sich der Leser selber finden. Nach langem Nachdenken hat er's: Sound!

Long ist lang und *play* ist spielen, eine Platte, die lange spielt, heißt daher LP.

Eine »Haifai-Ellpie« ist also ein hochlustiges Langspiel.

Das liebe, griechische Mikrophon ist zum »Maik« geworden.

Wissen Sie, woher das Wort Jazz kommt? Nein?

Schade, sehr schade. Sie wären der einzige gewesen.

Kränken Sie sich nicht, die Philologen wissen auch nicht viel mehr als Sie, man vermutet, daß es ein Negerwort ist. Hier sind einmal indogermanische Wurzeln mit Sicherheit auszuschließen.

Den Jazz gibt es seit der Jahrhundertwende, und er wird heiß *(hot)*, kühl *(cool)* und frei *(free)* serviert. In den dreißiger Jahren schenkte er uns den Schlager, der so hieß, weil er einschlug. Später wurde der Schlager vom Hit erschlagen, und *hit* heißt Schlag. Hitkonsumenten werden also vom Schlag getroffen. Recht geschieht ihnen.

Rock-music ist Schaukelmusik, *rocking-chair* ist ein Schaukelstuhl. Nicht damit verwandt: *rock* in der Bedeutung Felsen, Kristall.

Whisky on the rocks ist der durch Eiskristalle gekühlte Drink, eine Kurzform. Gälisch (schottisch-keltisch) *uisge beatha* heißt Lebenswasser.

Pop-music ist Volksmusik, pop(uläre) Musik, gespielt von einer »Band«. Kapellen gibt's nicht mehr.

Swing heißt Schwung, Fox heißt Fuchs, Beat heißt schon wieder schlagen. *After-beat* ist nichts Unanständiges, es ist der Nachschlag, mit dem der Rhythmus durch das Schlagzeug verstärkt wird. Das heißt englisch *drums* (Trommeln), *battery* (von französisch *battre*, lateinisch *battuere*, also schon wieder schlagen) oder *percussion*. Letzteres ist quasi ein Klopfgerät; wenn ein Arzt einen Patienten perkutiert, dann klopft er dessen Herz- und Lungengegend ab.

Auch der Autor klopft ab wie ein Dirigent, dem die Orchesterstimmen durcheinandergekommen sind.

Was soll sich denn der Anglist in fünfhundert Jahren denken? Gibt's denn gar keine Ordnung?

Doch – wir haben eine »*condensed version*«, eine verdichtete, verkürzte Abhandlung der englischen Sprachgeschichte konsumiert und wollten das Eindringen englischer Fremdwörter durch Technik und Industrie zeigen, haben uns aber bei der Tanzmusik verplaudert.

Führen wir also als Beispiele nur noch einige solche Exemplare an, die im Wörterverzeichnis erklärt werden:
Der Sport, besonders der Fußballsport, wird drüben besonders fair gespielt, bei einem Picknick kann man besonders fröhlich flirten.
Manchmal zieht man Verkaufsartikeln die heimische Joppe aus und einen englischen Pullover an: Offenbar glaubt man, daß eine Cigarette teurer sein darf als eine Zigarette und daß beim Auto die Automatic besser funktioniert als eine mit k!
Der Test, der feststellen soll, ob wir die Stewardeß, den Klub, den Boß, den Partner, den Gangster, den Job und den Koks, das Hobby und das Quiz noch als rein englische Vokabel oder schon als deutsche Fremdwörter empfinden, wird – je nach gesellschaftlichem Niveau der Befragten – völlig verschiedene Ergebnisse zeitigen, und wir haben nicht die Zeit, uns mit komplizierten Forschungen zu beschäftigen.
Wir gehen auf die Engländer und Amerikaner los, die ohne jede Verkleidung und Veränderung in unserer Alltagssprache einen festen Platz gefunden haben und auf dem besten Weg sind, sich das Heimatrecht zu erwerben. Ältere sind dagegen – die Jugend ist dafür.
Ob wir dafür oder dagegen sind, ist unwichtig. Tatsachen, auch linguistische, müssen zur Kenntnis genommen werden.
Man kann sie ja auch als Schritte zur europäischen Einheitssprache ansehn und ohne Rücksicht auf das eigene Alter höflich begrüßen!
Vielleicht findet sich sogar jemand, der solche Bestrebungen »schponsert« wie einen Fußballverein!

Englisches Neu-Deutsch

Der Trend, mit der Einführung amerikanischer Geschäftsmethoden auch die Fachausdrücke zu importieren, ist unverkennbar.

Trend heißt auf deutsch: Trend. Oder will einer lieber »Richtung« sagen? Wer das versucht, ist nicht »in«.

Dabei ist es gar nicht sicher, daß das wirklich ein englisches Wort ist, denn die Herkunft ist dunkel: Irgendein altenglisches Wort heißt so was wie rollen, Trendel ist ein jüdisches Wort für Kreisel, aber nichts Sicheres. Vielleicht eine Mischbildung? Eine Volksetymologie?

Wer einen Trend erfindet und begründet, ist ein Trendsetter. Im englischen *set* steckt unser setzen. Lustig, daß wir für Servietten-Sets nicht die englische Bezeichnung *table-mats*, also Tischmatten, sagen, aber im allgemeinen wissen wir, was ein Set ist, nämlich etwas (passend Zusammen-)Gesetztes.

Ein Trendsetter ist fast so wichtig wie ein Opinion-leader, also einer, der die öffentliche Meinung führt.

Das englische (auch französische) Wort *opinion* kommt über Normannisch vom lateinischen *opinio* = Meinung. Dazu die Option, ein rechtlich geregelter Wunsch, und die Ad-option, bei der man sich noch ein Baby, auch ein erwachsenes, wünscht. Von einem ähnlich klingenden, aber nicht stammverwandten Wort, nämlich *ops, opis* (Vermögen, Einfluß, Macht) kommt die Oper und die Operation, das opulente, Verdauungsbeschwerden erzeugende Mahl, die Kopie und die Opus-Zahlen der berühmten Komponisten. Endlich heißt der Superlativ von *bonus* = gut *optimus.* – Für Superlativ bitte nicht »Meiststufe« sagen!

Optimus hat nichts mit einem Optiker zu tun und sollte schlicht mit der Beste übersetzt werden. Das Beste, das Optimum, läßt sich nicht mehr steigern, und die Optimisten unter den Lesern sind optimistisch: sie glauben, daß die Zahl derer, die so gerne »optimalst« sagen, immer kleiner werden wird.

Leader kennen wir vom Band-leader, vom Anführer. Opinion-leader ist bei uns verhältnismäßig neu, der Gedanke aber uralt: Wes Brot ich esse, des Lied ich singe. Das ist klüger, plastischer und bekannt. Englisch ist es kürzer.

Um einen Trend zu setzen und die Meinung zu leiten (*leader* = Leiter), muß man einen Betrieb managen können.

Die heutigen Manager kommen sich wichtiger vor, als sie sind, und haben sich sogar eine eigene Krankheit als Statussymbol gezüchtet. Zu diesem Zweck haben sie den Streß eingeführt, der ihnen für jedes Fehlverhalten als Ausrede dient und unverändert und unübersetzt in den deutschen Wortschatz integriert worden ist.

Streß heißt Druck, und man könnte auch Leistungsdruck sagen, aber das kurze Wort ist doch viel geheimnisvoller!

Manager kommt aus dem Italienischen. Vielleicht hat einst irgendein »Pate« in Amerika besonders gut gewußt, wie man Geschäfte handhabt, hat erfolgreich alle Angelegenheiten *»maneggiato«*, und *maneggiare* kommt von *mano* = die Hand, was wir auch bei unserem Wort manuell feststellen könnten, aber wer arbeitet denn jetzt noch händisch!

Das *»maneggiare«* imponierte den Leuten drüben, daher haben jetzt wir den Manager, der den einst so beliebten Herrn Direktor immer mehr zum verbrauchten Altwort werden läßt.

Mehrere Manager vereinigen sich gelegentlich zu einem Team, und immer der, der am besten bei der gemeinsamen Arbeit verdient, spricht dann von Teamwork.

Team kommt schon bei den ganz alten Briten vor und bedeutet Familie, Nachkommenschaft, aber auch Gespann. Es ist also eine Gruppe, die durch ein gedachtes Zaumzeug zusammengehalten wird. Team und Zaum gehört zusammen wie *work* und Werk.

Wenn sich ein Team von Trendsettern erholen will, ist es ein Jet-set.

Jet wird in älteren Wörterbüchern noch mit Pechkohle übersetzt. Heute ist Jet der Gasstrahl, der durch die Düsen braust, und als Pars-pro-toto-Bildung wird es zum Kurzwort für Turboflugzeuge. Jet-setter sind die Leute, die einen Hubschrauber mieten, wenn sie eine Schachtel Streichhölzer aus dem Tabakladen brauchen.

Früher nannte man diese Leute Snobs und erfand für dieses Wort die freundliche Deutung, daß man in Cambridge und Oxford Studenten, die nicht über den an sich notwendigen Adel verfügten, mit dem Vermerk s. nob. (*sine nobilitate* = ohne Adel) in die Matrikeln eintrug.

Dafür gibt es aber keinen wissenschaftlichen Beleg, was uns nicht stört, da wir ja mit dem Jet-set über vollwertigen Ersatz verfügen.

Pars pro toto heißt: Teil für das Ganze; wer als heller Kopf gilt, ist meist ein überkompletter Mensch.

Früher schrieb ein Dichter jahrelang an einem Buch. Dabei dachte er an den Aufbau der Gedanken, an poetische Innerlichkeit, an episch-breite Landschaftsbeschreibungen und vielleicht am Ende an ein keusches Liebespaar.

Heute betont jeder in jedem Interview, daß er an einem Bestseller arbeitet, er »bedichtet« nur verkaufsträchtige Themen: Porno, Krieg, Seuchen, Pest.

So entstehen die Pest-seller; *to sell* heißt verkaufen.

Hat der verehrte Leser in letzter Zeit von einem Muster, einem Entwurf, einer Zeichnung gehört oder gelesen?

Sicher nicht. Es gibt nur noch das »Design«. Autokarosserien werden »designed«, sogar die Fliesen auf der Toilette.

Was anderes ist ein designierter Regierungschef. Das ist ein vorbezeichneter, vorgesehener, aber noch nicht ernannter Politiker. Er und der Designer gehen auf das lateinische *signum*, Zeichen, zurück, das bei uns zum Wort Segen eingedeutscht wurde.

Auf anderen Wegen ist es zum Signal geworden, englisch und deutsch gleich geschrieben, aber anders ausgesprochen, was auch für designed und designiert gilt.

Wenn Sie beim Brückenspiel keinen gewitzten Mitspieler haben, werden Sie vermutlich sämtliche Wischlappen verlieren...

Nein, das geht nun wirklich nicht ohne Englisch: Wenn Sie beim Bridge nicht einen cleveren Partner haben, werden Sie alle Rubber verlieren.

Hier wäre ein Beispiel für die frühen englischen Bekanntwörter, bei denen die Jungen schon vergessen, daß die einmal englisch waren.

Was sagen Sie zum Job eines Babysitters?

Bei Peter von Polenz können wir lesen: »Job (etymologisch ungeklärt) ist weder mit Beruf noch mit Arbeit, auch nicht mit Tätigkeit, Anstellung oder Verdienst identisch und enthält zusätzlich die Merkmale ›Gelegenheit‹, ›öfters wechselnd‹, ›nicht zum Aufopfern ernstgenommen‹, ›nur zum Geldverdienen‹.«

So ernst werden also englische Wörter schon genommen, daß sie in einer ›Geschichte der deutschen Sprache‹ so viel Platz eingeräumt bekommen. Noch ein Zitat aus diesem Buch: »Nur in der Klinik gibt es offizielle Säuglinge. Im Privatleben und in der Wäscheabteilung der Warenhäuser gibt es dagegen nur ›Baby‹ – der ›Säugling‹ wird gemieden.«

Wer protestierend auf der Straße sitzend den Verkehr aufhält, macht ein »Sit-in«. Sollte er dann bei der Polizei einsitzen müssen, wird er den Unterschied merken.

Wollen Sie jetzt den Babysitter noch verdeutschen – Säuglingsbewacher, Kleinkindbeisitzer? Anti-kidnap-Gorilla?

Na also!

Wir erleben sogar, daß uns englischsprachige Zeitungen (und das Fernsehen bei Talk-Shows und Interviews) neue Wörter einreden und nach kurzer Zeit deren Bedeutung stark verändern, wobei wir widerspruchslos mitziehen:

Das Wiederverwerten gebrauchter Dinge nennen wir »recycling«, und nur die Kleinschreibung und die Orthographie weist auf den ausländischen Wortlieferanten. Bis zum Jahr 1973 war alles klar. Dann aber bezeichnete man mit »recycling« plötzlich nur noch die Rückführung der Ölmilliarden in die Industriestaaten (aus dem Buch: Traktat über Fremdwörter, s. S. 294).

Später gewann das Wort allerdings seine alte Bedeutung wieder, aber ein Übersetzer bekommt durch solche Bedeutungsänderungen Minderwertigkeitskomplexe. Wer trägt denn da die Kosten der psychiatrischen Behandlung?

Kýklos ist das griechische Wort für Kreis, antizyklische Finanzpolitik interessiert nur Fachleute, Enzyklika ist ein päpstliches Rundschreiben, das im Kreis zu allen kirchlichen Stellen geht, also eine Art Zirkular. Zirkular, Zirkus und der *circulus vitiosus,* das lasterhafte Kreislein, sind die lateinischen Folgeformen.

Ein englisches Neuwort ist zur Ware geworden, mit der schwunghafter Handel betrieben wird: das Know-how!

Mein Stammtischfreund hält es für ein russisches Wort und sagt »Knochoff«. Alle anderen wissen, daß Know-how wie »Noohau« ausgesprochen wird. Sie wissen auch, was es ist.

Ich persönlich glaube ja, daß es nicht englisch, sondern wörtlich übersetztes Jiddisch ist.

Da gibt es doch die uralte und weise Geschichte von dem jüdischen Schmied, der einen stehengebliebenen Automotor durch ein Klopfen mit seinem Hammer wieder zum Laufen brachte. Er stellt dann seinem Kunden eine Rechnung über hundert Kronen, Złoty oder Lewonzen aus und detailliert auf Wunsch:

> gegeben a Klopp . . . . . . 10 Sachen,
> gewißt wo . . . . 90 Sachen.

Wie finden die lieben Leser diese Theorie?

Sie ist auf jeden Fall streng unwissenschaftlich. Aber wie viele Philologen kennen schon die ganz alten Witze?

Bitte jetzt nicht die Pionte zertreten und einwenden, daß es dann ja »know-where« heißen müßte – bitte nicht! (Pionte ist kein Druckfehler, sondern eine Scherzform von Pointe!)

Wie ein Witz scheint es, daß es englisch klingende Wörter gibt, die gar nicht auf englischem Mist gewachsen sind: der Smoking und der Twen.

Bei ersterem geht's ja noch: es gab einmal ein »*smoking-suit*«, eine Raucherjacke, die in vergangenen Zeiten üblich war, als man sich nach dem Essen umzog, um den Frack vor Raucherspuren zu schützen. (So steht es im Duden, deshalb sind Zweifel an der Richtigkeit unpassend.) Das, was bei uns als Smoking bezeichnet war, heißt drüben *tuxedo* oder Dinnerjacket.

Der Twen aber existiert in keinem englischen Lexikon; er ist die Erfindung eines gefinkelten bundesdeutschen Werbemanagers, der einen absatzfördernden Namen für eine neue Kollektion von Jugendbekleidung suchte.

Er wollte die Zwanzigjährigen ansprechen. Also nahm er das englische Wort für zwanzig, *twenty,* kürzte eine Silbe, das -*ty,* und hatte den Twen, der ein Verkaufshit wurde. Zum Kauf einer »Zwanz«-Jacke hätte sich kein Käufer entschlossen. Aber Twen wurde ein Modewort.

Zum Stichwort Twen schrieb der Autor für ein Wiener Kabarettprogramm einen Song, und der ging ungefähr so:

Ich bin kein Bursch', ich bin kein Mann, ich bin ein Twen!
Auch wenn ich's nicht verstehen kann – ich find das schön.
Wird über Abkunft oder Einkunft auch gekichert,
für einen Twen scheint ja die Zukunft doch gesichert!
Ich bin ein Twen, das gibt dem Leben einen Sinn,
drum bin ich ehrlich stolz darauf, daß ich das bin.
Ich hab sogar schon meinen Dackel »Twen« getauft,
von einer Unterhose mit dem Namen Twen hat man
                              Millionen Stück verkauft!
Jetzt bin ich zwanzig, doch die Jahre, sie vergehn.
Mit dreißig werde ich dann wohl am Ende stehn.
Doch ich hab nicht umsonst gelebt, die Zeit war schön:
Ich blicke ohne Zorn zurück: ich war ein Twen!

Schmerzlich bewegt blickt er jetzt auf seine Notizen: Boom, Jam Session, Happening, Feature, Blue jeans, Shorts, Shrimps, Fan, Party, High-Society, Make-up – drei ganze Seiten!

Er kann höchstens noch einige verwenden, aber wie soll er checken, welches Wort wirklich interessant ist?

Zum Wort checken, das in letzter Zeit immer häufiger wird: Check ist Schach. Jemanden in Schach halten = *to keep a person in check*. Wenn man abfliegen will, muß man beim Flugschalter ein-checken. In einem zweifelhaften Saloon in Texas steht: *check your gun at the door* – geben Sie ihre Schußwaffe in der Garderobe ab. – Was hat das alles wirklich mit dem königlichen Spiel, dem Schach, und mit dem Titel der einstigen Perserkönige zu tun?

Wir müssen zur Kenntnis nehmen, daß man heute nicht mehr kontrollieren, sondern checken sagt.

Wußten Sie, daß Sheriff von altenglisch *gerefa* kommt und mit unserem Grafen nahe verwandt ist?

Wußten Sie, daß *feature* mittelenglisch noch *feture* lautet, so daß es auch der Laie mit einer *factura* sprachlich zusammenhängt? Übersetzung laut Duden: für Funk oder Fernsehen aufgemachter Dokumentarbericht.

Wußten Sie, daß der einzige brauchbare Reim auf Mensch ein abgekürzter englischer Mantel ist, nämlich der *trench* (-coat), der aus den englischen Schützengräben (*trenches*) stammt und dessen zweiter Teil mit unserem Kotzen (grobes Wollzeug) über das Althochdeutsche *chozzo* verwandt ist und soviel wie Mantel bedeutet?

Man findet kein Ende, wenn man den Spleen hat, über diese Art neudeutscher Wörter nachzublättern. Man wird von einem sinnlosen Ehrgeiz nach Vollständigkeit befallen und weiß, daß es ein uferloses Thema ist.

Apropos *spleen*: es ist ein englisches Wort für die Milz, das wieder einmal griechisch-lateinischen Ursprungs ist. Wenn die Milz krank ist, wird man melancholisch – im Französischen ist *splin* ein Wort für Melancholie –, und heute ist es ein »verrückter Einfall«.

Es gibt eine Menge Leute, die erbittert gegen die »englische Krankheit« unserer Alltagssprache wettern. Aber sie vergessen, daß unseren Schülern dadurch das Erlernen der englischen Weltsprache besonders leicht gemacht wird, und wer heute noch nicht Englisch kann, der ist tatsächlich nicht »in«! Hier muß man einfach Hans Weigel zitieren, der in seinem Buch »Die Leiden der jungen Wörter« dem Autor den Schluß für dieses Kapitel liefert:

Oh, du lieber Augustin, alles ist »in«!
Geld ist »in«, Sex ist »in«, Marx ist »in«, »in« ist »in« . . .
Oh, du lieber Augustin: alles ist »in«!

Bekanntwörter in Fremdsprachen

Man könnte fast ein schlechtes Gewissen kriegen: Was haben wir uns doch für eine Riesenmenge von Wörtern aus anderen Sprachen geliehen, und wie selten denken wir daran, die Bilanz auch nur einigermaßen auszugleichen.

Wir dürfen aber ruhig schlafen; denn wirkliche Schulden haben wir nur bei den Römern und Griechen, und die sind längst verjährt. Die Bilanz mit den lebenden Sprachen ist ausgeglichen, denn wer in ihnen ein wenig herumschnuppert, registriert befriedigt die vielen deutschen Gastarbeiterwörter und freut sich, daß unsere Muttersprache, die von manchen Leuten als spröde und unmelodisch bezeichnet wird, so weit herumgekommen ist und fast überall einen Dauerarbeitsplatz bekam.

Wenn der Franzose von einem Gassenhauer oder einem Schlager reden will, dann sagt er »c'est une scie«, was wörtlich Säge heißt und auch gedanklich überaus französisch ist. Er hat *la chanson* erfunden und international bekannt gemacht, aber wenn er die Kunstform meint, mit der ernsthafte Sänger einen Konzertabend bestreiten, dann kommt er zu uns. Er hört ein Schubertlied, eine Ballade von Loewe und fühlt, daß das weder *une scie* noch *une chanson* sein kann. Das ist für ihn *le lied,* und das spricht er sogar richtig deutsch aus. Ja, mehr noch: der französische Plural lautet *les lieder!*

Auch in den französischen Alpen blüht das Edelweiß, aber wahrscheinlich war der Blumenname, der aus Tirol stammt, eher da. Man versuchte gar nicht erst, eine gallische Entsprechung zu finden, und so heißt es auch drüben *édelweiss.*

Ein Guckloch, aber auch ein Monokel heißt französisch *un vasistas.* Recht humorig, nicht? Weniger fröhlich ist die Wendung *fermer son vasistas* für abkratzen, sein Guckloch schließen.

Das *képi,* das via Schweiz ins französische Militär gelangte Käppi, hat sogar sein K behalten dürfen, und der Alpenstock, den man im Lexikon findet, wurde nicht auf »alpennestoc« umfunktioniert, sondern behält die deutsche Schreibung.

Weniger bekannt ist, daß auch das Wort *guerre* = Krieg eigentlich ein deutsches Fremdwort ist, ebenso wie italienisch und spanisch *guerra*. Im Spanischen gibt es sogar das kleine Krieglein, die *guerilla* (bitte sagen Sie richtig »gu-erilja«), das wir uns später wieder geholt haben, denn ein deutsches Kriegerle klänge ja blasphemisch!

Im alten Rom gab es für Krieg nur das Wort *bellum*, das noch heute in einzelnen Fremdwörtern fortlebt: *bellikos*, veraltet für kriegerisch, französisch *belligérant* = kriegführend. *Bellum* hat sich aus *du-ellum* entwickelt, und ein Duell hat nur damit, nicht aber mit der Zahl *duo* zu tun.

Als dann aber wir Germanen unseren Drang nach den italienischen Badestränden, Osterias und Museen im Rahmen der ersten Völkerwanderung realisierten, imponierten den damals schon recht verweichlichten Römern unsere erfolgreichen Kriegskünste so sehr, daß sie das germanische Wort *werren* übernahmen. Althochdeutsch *werran* heißt stören, verteidigen, in Verwirrung (Kriegswirren kennen wir ja noch) bringen. Davon englisch *war (make love, not war!)*, bei uns verwirren und Wirrwarr, und damit ist *la guerre* ein deutsches Fremdwort im Romanischen. Wie schön wär's, wenn es überall zum echten Fremdbegriff würde!

Spanisch *fucar*, portugiesisch *fucaro* ist ein Wort für einen reichen Mann, obwohl weder die Spanier noch die Portugiesen wissen dürften, wie sehr die Fugger aus Augsburg mit ihrem Reichtum die deutsche Geschichte der frühen Neuzeit bis über die Pyrenäen beeinflußt haben.

Schlagen Sie auch spaßeshalber bei »Bollwerk« nach!

Englisch: die sagen *kindergarten*, verwenden unseren Rucksack, obwohl sich doch *back-bag* direkt angeboten hätte. Unser »gemütlich« ist in Amerika heimisch geworden, man trinkt sich mit *gezoondheit* zu, und wenn ich Herrn F. Tschirch

(s. Bucherwähnungen) glauben darf – und das darf man bei einem wissenschaftlichen Werk fast immer –, kennen die englischen Leser auch *knapsack* für Tornister, *haversack* für Brotbeutel und *wurst* für den – raten Sie! – Lazarettwagen. Zumindest hieß er im Ersten Weltkrieg so. Warum? – Das erklärt uns Herr F. Tschirch leider nicht.

Jiddisch: Die Worte Tate und Mamme sind genauso dem Deutschen entnommen wie der Schnorrer; im Schwäbischen war ein Schnurrant einer, der »mit Schnurrpfeife und Maultrommel« bettelnd einherzog.
Der Nebbich (Sie erinnern sich: der alles aufhebt) wird aus vielen Quellen abgefüllt, er könnte polnisch und tschechisch erklärt werden, aber die wahrscheinlichste Erklärung haben wir von Salcia Landmann: der Nebbich ist der Danebenreitende, der Sancho Pansa, denn sie kennt ein Wort *nebbig* für Pferdeknecht.
Wenn vor dem Ersten Weltkrieg der »Handlee« (Handelsjude) bei seinen Hausbesuchen fragte: »Hamse eppes ze verkoofn?«, dann war das jiddische *eppes* das deutsche »etwas«. Keine angenehme Sache, in ein Schlammassel verwickelt zu werden; da steckt sowohl unser schlimm als auch das jiddische Massel (s. S. 124) drin. Zu der Zeit, als dieses Wort entstand, bedeutete mittelhochdeutsch *slimb* noch schief, es war also ein schiefliegender Glücksstern, und vielleicht gehört dazu noch die Geschichte von dem weisen Rabbi, der nachdenklich sagt: »Fün Maßl zu Schlammaßl is nor ä winziger Schritt. Aber fün Schlammaßl wieder zeruck zum Maßl – oj, is dos wejt!«

In den ehemaligen Kronländern der Monarchie ist die Zahl der deutschen Fremdwörter, besonders durch die Dienstpflicht in der k. u. k. Armee, naturgemäß besonders groß. Im Ungarischen finden wir – um nur ganz wenige Beispiele anzuführen – *frissen* (gesprochen: frischen) für frisch, *paradicsom* für die Tomate, die in Wien Paradeiser heißt, Salami, die eigentlich aus dem Italienischen kommt, dort ist *salame* eine stark gesalzene Schlackwurst; das, was in Deutschland Schorle-Morle heißt, bestellt sich der Ungar als Spritzer (Schriftbild: *spriccer*), wahrscheinlich weil der Wiener Gspritzte zu kompliziert klang, Haus heißt *ház*, Papier ist *papir*, *lajtor* = Leiter, *torony* = Turm, ja sogar *obsit* = Abschied (Soldatensprache), und die Reihe ist ad infinitum fortzusetzen; nur die Aussprache wird immer ungarisch bleiben.

Es sagte ein ungarischer Emigrant nach geglückter Flucht im Jahr 1956: »Jetzt habä ich äigentlich alläs värlorän – das einzigä, was mir gäbliebän ist – das ist magyarischer Akzänt!«

In ähnlicher Weise haben die Tschechen, Slowaken, Slowenen, Serben, Kroaten ihren Wortschatz erweitert. Von meinem Großvater existiert ein Brief aus dem Jahr 1879, in dem er den Satz seines Kammerdieners zitierte: »Božena je pucovala smokink na ganku, potom přišel briftrogr, oba jsou šmusovali, a tedj ona je švanga.«

Wenn der liebe Leser sich das nicht selbst übersetzt hat, prüfe er die Ähnlichkeiten: Božena putzte den Smoking auf dem Gang, da kam der Briefträger, die beiden schmusten, und jetzt ist sie schwanger.

Das war natürlich kein reines Tschechisch, sondern das damals so genannte »Kuchlböhmisch«, das durch die vielen »Kuchldragoner«, die resoluten böhmischen Köchinnen, entstanden war, aber auch die tschechische Umgangssprache kennt bis heute viele deutsche Wörter.

Es sind ungefähr die gleichen wie in den Balkansprachen. Beim letzten Sommerurlaub an der Adria hat sich der Autor einige Notizen gemacht: *flaschka, scholja* (Schale, Untertasse), *beißzangle, fajerzajg, taschka, kropf* und viele, viele andere.

Neuerdings hat sogar das Japanische sich den Rucksack, das Pickel und das Seil, dazu noch die Wörter Arbeit und Gewalt entlehnt.

Daß auch die russische Hochsprache so viele deutsche Wörter benützt, ist vermutlich geschichtlich nicht schwer zu begründen, aber es ist nicht die Aufgabe dieses Buches, über den Einfluß deutscher Privatlehrer bei russischen Großfürsten oder die Vorliebe Iwan des Schrecklichen für sächsische Tänzerinnen zu referieren.

Erstaunlich ist nicht einmal so sehr die Anzahl der deutschen Wörter, sondern ihre gedankliche Streuung:

Das russische Wort für Bergsteiger ist *alpjennist*.

Galstuk, endbetont: die Krawatte (Halstuch).

Jarmarka – der Jahrmarkt, *kramari* – der Kaufmann, *slesar* – der Schlosser, *schichta* – die Schicht, *kurórt* – der Kurort.

Zahlreiche Ausdrücke der Militärsprache sind kaum verändertes Deutsch.

Berufsbezeichnungen, die wir gut verstehen, sind *buchchalter* und *kormejstr.* Beim Backenbart wird fast die Mittelsilbe betont, es klingt russisch wie »Bakénnbort«. Dagegen ist sowohl Schnurrbart als auch Vollbart völlig unbekannt. Seltsam!

Losung heißt *losunk,* und *dratva* ist Draht – und all diese Kenntnisse können Sie für ein Butterbrot durch dieses Werk erwerben.

Was heißt wohl Butterbrot auf russisch?

Gewonnen, gewonnen, gewonnen!

Künstliche Mißbildungen

Man kann darüber streiten, ob Wörter, die weder aus einer lebenden noch einer »toten« Sprache kommen, die von Eigennamen abgeleitet sind oder aus willkürlich zusammengesetzten Silben oder Anfangsbuchstaben bestehen, zum Begriff »Wörter« gezählt werden können.

Wir wollen annehmen, daß jede Lautverbindung, die für uns einen Sinn ergibt, die uns Information vermittelt, in diesem Buch ihren Platz findet, sofern man sie erklären und kommentieren kann.

Da gibt es einmal die Akü-Wörter, die Abkürzungen. In der Literatur findet man die Aküs schon ziemlich häufig, in der Umgangssprache werden sie sich kaum durchsetzen.

Aber es gibt Ausnahmen, die diese Regel bestätigen.

Wie altmodisch, aber gemütlich klingt die Anrede: lieber Leser!

Wie supermodern aber strahlt der Laser in unsere Technik, obwohl er von vielen ganz gleich ausgesprochen wird!

Leser ist ein Wort. Ist »Laser« auch eines?

Es besteht aus den Anfangsbuchstaben von: *L*ight *a*mplification (by) *s*timulated *e*mission (of) *r*adiation.

Radar: Manche halten es für eine neue Art von elektronischem (was immer das sein soll) Regenschirm. Aber es ist auch nur ein modernes Akrostichon ebenso wie Ufo. Ufo wird durch die Illustrierten immer wieder ins Gedächtnis gerufen. Wenn Sie sich »unidentified flying objects«, das heißt »nicht identifizierte fliegende Gegenstände«, wenn Sie sich das Englische schlecht merken können, dann leiten Sie es doch von Unsichere Fremde Orgelpfeifen ab – wer will es Ihnen verbieten?

Akrostichon: Die Lyriker der Barockzeit haben sich die Mühe gemacht, Gedichte zu verfassen, deren Anfangsbuchstaben jeder Zeile ein Beziehungswort ergaben. Ähnliches geschieht heute, nur reimlos, poesielos und ohne Mühe.

Es geht nicht mehr um Gedankenarbeit, sondern um Zeitersparnis.

Die Lokomotive wird zur Lok, es gibt nur noch die Limo, das Dia und die Expo sowie jede Menge von Privatkürzungen.

Amerikaner erfinden die Klappwörter: Breakfast und Lunch wird zum Brunch zusammengeklappt. Wir können froh sein, daß man das bei uns noch nicht nachmacht. Aus Frühstück und Mittagessen könnte leicht Fr-essen werden, aber glücklicherweise klappt das bei uns noch nicht. Wir nehmen auch die Stagflation nicht an (stagnieren plus Inflation).

Das Klappwort *franglais* für allzu englisches Französisch hat man in Paris erfunden; wir sind von dem Wort »deunglisch« noch verschont geblieben. Oder wird es »engutsch« lauten?

Aber das Motel (Motor und Hotel) erscheint bei uns drohend als Autobahn-brechende Neuheit, zieht wahrscheinlich das Bootel (für angehängte Jachten) und vielleicht auch das Setel (für mitverschleppte Segelflugzeuge) nach sich.

Ob Gasthäuser für Motorisierte zu Masthäusern werden, ist noch nicht bekannt, aber man könnte für vollschlanke Fahrer eventuell Fast-Häuser mit der FdH(Friß dich hohl)-Devise einführen, von wo man dann in F(ürchterlich) K(nirschenden) K(olonnen) zum FKK-Strand fahren wird.

Es kommt sogar vor, wenn auch selten, daß frei erfundene Lautklumpen zu Modewörtern werden: manchen Werbenamen gelingt das. Cola ist heute ein Wort für Erfrischungsgetränk geworden, die namengebende Nuß ist vergessen; der Tanga, der nicht mit dem Tango verwechselt werden darf, macht es immer schwerer, hübschen Frauen in die Augen zu sehen, und die Schnulze verdankt ihre Existenz der unwillkürlichen Verflechtung mehrerer Wörter bei der Suche nach einer Bezeichnung für das, was man in Wien früher als Schmachtfetzen bezeichnete: Im Hamburger Rundfunk prägte Hermann Spitz, ein Wiener, aus einer Mischung von Schmalz, Schnuller und ähnlichem das Wort Schnulze.

Demnächst wird die Schnulze vielleicht von der Knitsche abgelöst werden, weil es derzeit so schöne kitschige Knautschlieder gibt. Dann wird sie mit Recht wieder verschwinden.

Viel eher als echte Fremdwörter empfinden wir die Bildungen, die von Eigennamen abgeleitet sind; wir können sie deshalb nicht »boykottieren«.

Mr. Boycott war ein irischer Hauptmann und Gutsverwalter, der von seiner Landliga geächtet wurde. Eine unlogische Bildung, denn Mr. Boycott hat ja nicht, sondern er wurde boykottiert.

Dagegen darf man irisieren nicht von den Iren, sondern nur von dem lateinischen *iris* ableiten, was sowohl die Regenbogenhaut des Auges wie auch den Regenbogen bedeutet, nicht aber die Missionstätigkeit irischer Mönche.

Lynchjustiz, Mausoleum, Nikotin, Sandwich, verballhornen: alles im Wörterverzeichnis, würde hier bremsen.

Eines noch: Benzin ist nicht nach Carl Friedrich Benz, dem Erfinder des Kraftwagens, benannt; sein Name beruht auf der Verwechslung von Java mit Sumatra. Benzin wurde zuerst durch Erhitzung von Benzoe-Säure hergestellt. Benzoe-Harz kam aus Sumatra. Irgendwer in Arabien bezeichnete es als javanischen Weihrauch: *luban dschawi*. Wo die Vorsilbe *lu* verlorenging, weiß man nicht, italienisch *bangiui* wurde zu *bengiu*, dann zu *benzina* umgestaltet, doch wurde der Name nicht international: in England heißt es *petrol* (also Steinöl), in Amerika *gas* und in Frankreich *essence*. Welch prophetischer Weitblick der Gallier: Cicero schuf das Wort *essentia*, das Wesen, das Sein. Was bestimmt unser Sein mehr als der Stoff, der unsere Blechuntersätze fahrbar macht? Das raffinierte Öl! Das *luban sumadrawi*, das jetzt ganz anders heißt!

Wer entscheidet eigentlich, ob ein Neologismus, ein Neuwort, eine Spontanbildung (dies der Fachausdruck) in eine Sprache aufgenommen wird? Kann das ein Parlament beschließen, ein Milliardär erkaufen, ein Diktator befehlen?

Der blasse Neid müßte alle Politiker fressen, wenn sie daran denken, daß bei der Durchführung von Sprach- und Lautgesetzen die absolute Demokratie ohne Schlacken verwirklicht ist. Nur ändern sich diese Gesetze alle paar Jahre!

Freilich – die Schule kann die Sprache lenken und beeinflussen. Dichter versuchen immer wieder, Lautgebilde aus dem Blitzblauen zu erschaffen, die Dadaisten berauschten sich an Klängen und Symbolen, die Avantgarde tut das noch immer, und sie wird von den Kritikern in den Himmel gehoben oder als sinnlose Blödler zu Schnecken gemacht; Thomas Mann wandelte auf »gedrangen« Pfaden, Christian Morgenstern erschuf das Nasobem, das von Max Knight sogar ins Englische übersetzt wurde *(the nasobame)* – aber in die Umgangssprache, in die tieferen Soziolekte sind solche »Wörter« nie aufgenommen worden.

Diese Regel gilt absolut, denn sie hat Ausnahmen: von irgendwoher kommen Neuwörter wie z. B. das Pickerl (Klebeetikett), pingelig, aufmüpfig; meist aus einem Dialekt, aber zuerst unerklärbar, auf einmal kann man solche Wörter – meist erst viel später – erklären und kommentieren, und eines Tages werden sie in ein repräsentatives Wörterbuch aufgenommen und sind »deutsch«.

Der Autor hat erklärt, kommentiert und hofft nun, daß dieses Kapitel nicht als künstliche Mißbildung empfunden wird.

166

Behutsame Einführung in das Wörterverzeichnis

Das folgende Wörterverzeichnis ist gar kein Wörterverzeichnis.

Das heißt: es ist wohl eine alphabetisierte, einigermaßen geordnete Aufzählung von Fremdwörtern, aber fast nur von solchen, die sich uns in diesem Buch aufdrängten.

Wenn also der geneigte Leser irgendwo ein Fremdwort hört und nachsehen will, was es bedeutet, dann ist ihm von diesem Verzeichnis abzuraten; denn der am wenigsten wichtige Aspekt für das Folgende war die Vollständigkeit. Dazu gibt es zahllose nüchterne, in trockenem Wissenschaftston gehaltene Lexika, die fast alle möglichen Fragen beantworten und bei oder in öffentlichen Bibliotheken gratis oder gegen geringes Entgelt einzusehen sind.

Wenn sich neben einem Fremdwort nur eine Seitenzahl befindet, darf der Leser sicher sein, daß er im Textteil die notwendigen Informationen samt Übersetzung antreffen wird.

So wollen sich die beiden ungleichen Hälften dieses Buches ergänzen.

Es wird sich – so hofft der Autor inständig – trotzdem lohnen, die folgenden Seiten durchzublättern, ja, sogar aufmerksam zu lesen.

Der Leser wird – je nach Wesensart – sich über den scherzhaften Ton und gelegentliche Witzeleien freuen oder ärgern, aber er wird nicht an der Richtigkeit der dargebotenen Informationen zweifeln müssen. Wenn auch dieses Buch nicht ganz seriös ist – die Bücher und Wälzer, aus denen abgeschrieben wurde, sind ausnahmslos ernst zu nehmen.

Theorien, weise Lehren, Fachausdrücke der Sprachwissenschaft, Konjugationen und Deklinationen sind weitgehend gestrichen worden. Wem diesbezügliche Fang- und Fachfragen auf den Lippen zittern, der wende sich an die nächste Universität. Im allgemeinen sind die Professoren sehr freundlich, ja, sie freuen sich sogar oft, wenn Laien ihr ungeheures

Fachwissen bewundern, und geben jede gewünschte Auskunft. Von Anfragen an den Autor ist abzuraten, der käme dann in unerwünschte Bredouille und müßte dann womöglich auch dieses Fremdwort erklären.

(Es kommt von französisch *bredouiller* = undeutlich, unverständlich reden und ist nur noch den Älteren bekannt.)

Ab und zu wird aber auch ein Wort vorkommen, das im Textteil mangels Gelegenheit nicht erwähnt wurde. Dann ist es entweder ein Modewort oder ein Wort mit umstrittener, aber interessanter Etymologie oder sonst ein Exemplar, mit dem sich nach Meinung des Autors eine Geschichte oder eine Erklärung verbindet, die er – redselig, wie er nun einmal ist – nicht bei sich behalten kann.

Mit einem Satz: das Wörterverzeichnis ist als Unterhaltungslektüre mit einem Schuß Information gedacht.

Bei jedem Leser, der bis hierher gekommen ist, darf ein gerüttelt Maß an Fremdwortkenntnis vorausgesetzt werden, deshalb wird im folgenden bei vielen Beispielen auf die Übersetzung oder Erklärung verzichtet werden können; das schafft Platz für mehr Text und Etymologie. Danke für Ihr Einverständnis!

Wenn von mehreren Seitenzahlen eine kursiv gesetzt ist, dann bringt selbige die Erklärung des Wortes; auf den anderen scheint es nur im Kontext auf.

Oft steht – anscheinend sinnloserweise – bei einem Wortexemplar noch eine Reihe anderer, die weder vorher erwähnt wurden noch übersetzt oder gar erklärt werden. In diesen Fällen will der Autor immer wieder aufzeigen, wie viele Möglichkeiten es für sprachliche Wurzeln gibt, sich in diverse Richtungen zu entwickeln. Er bittet um Entschuldigung, daß er sich nicht der Mühe unterzogen hat, diese Gedankenstreu zu alphabetisieren und mit munteren Kommentaren zu versehen, aber das haben ja wesentlich befugtere Gelehrte schon längst für ihn getan.

Im Wörterverzeichnis wird auch einiges abgekürzt. Hier die Erklärung:

ahd.	althochdeutsch
arab.	arabisch
engl.	englisch
f. und ff.	folgende Seite(n)
franz.	französisch
Gen.	Genitiv
glbd.	gleichbedeutend
gllt.	gleichlautend
griech.	immer altgriechisch, wenn neugriechisch gemeint ist, wurde ausgeschrieben
hebr.	hebräisch
ital.	italienisch
Jh.	Jahrhundert
jidd.	jiddisch
lat.	lateinisch
mhd.	mittelhochdeutsch
Pl.	Plural, also Mehrzahl
rotw.	rotwelsch
s.	siehe
s. a.	siehe auch
S.	Seite
span.	spanisch
u. a.	und andere(s)
u. ä.	und ähnliche(s)
u. v. a.	und viele(s) andere
vgl.	vergleiche
WV	Wörterverzeichnis
z. B.	zum Beispiel

Und hier noch einige der verwendeten Zeichen und Akzente:

ϝ	Digamma, gesprochen »w«

*	erschlossene Wurzel
~~sch~~	stimmhaftes »sch« wie in franz. Journal
~	Tilde, z. B. señor (spanisch): senjor
ō	der waagrechte Strich macht den darunterstehenden Vokal lang
´	die mit dem Zeichen versehene Silbe ist betont
`	kommt bei französischen Wörtern vor und heißt »accent grave«, näheres beim Französischlehrer Ihrer Kinder; der weiß auch was über den
^	»accent circonflexe«. Dagegen steht bei slawischen Fremdwörtern oft das gleiche Zeichen umgedreht:
ˇ	der Hatschek, das Häkchen
ç	das Schwänzchen unter dem c heißt »cédille«

PS.: Die angeführten »erschlossenen Wurzeln« sind alle nicht genau angeführt, es fehlt fast immer ein phonetisches Lautschriftzeichen, das nur vom Fachmann gedeutet werden kann; wissenschaftliche Tüftelei hätte die Satzkosten und damit den Buchpreis erhöht. Der Autor hofft, daß er diese Ausrede für seine Schlamperei psychologisch richtig formuliert hat, und freut sich über nunmehriges Leser-Einverständnis.

Alphabetisches Wörterverzeichnis

A

Amor	ist alphabetisch gar nicht das erste Wort, aber es war so gut für den Titel geeignet. Amor ist der Liebesgott, der mit seinen Pfeilen die Menschen aufeinander hetzt und zur Vermehrung zwingt; zur Etymologie s. *amare.*
Abenteuer	(100) von lat. *advenire* = was auf einen zukommt. Hat aber mit einem teuren Abend nichts zu tun, wohl aber mit dem Advent und mit dem Subventionsunwesen: die Forderungen der Nichtskönner, die sich selbst zu Künstlern ernennen, sind »abenteuerlich«! Über »kommen« und »venire« steht auch noch was auf S. 119.
abrupt	(85) vom Verbum *rumpere* = brechen, das zu einem fruchtbaren Fremdwortspender wird: abrupt = abgebrochen, plötzlich, Eruption = Ausbruch, Korruption = Bestechlichkeit, denn wessen Moral bei Geldangeboten zerbricht, der ist korrupt. Das lateinische Partizip *ruptus* wurde zu ital. *rotto,* daher *banco rotto* = zerbrochene Bank, bankrott (bei den Engländern merkt man das Latein noch stärker, da heißt es *bancrupt*). Tautologie: man will etwas besonders

171

deutlich sagen und gebraucht zwei gleichbedeutende oder Ähnliches bezeichnende
Ausdrücke: tagtäglich, wortwörtlich, gute
Besserung, das kann nicht möglich sein
usw. Tautologie, griech., eigentlich: das
gleiche sagend. Pleonasmus ist etwas Ähnliches und bezeichnet einen überflüssigen
Zusatz, etwa: ich pflege das gewöhnlich zu
kontrollieren (gewöhnlich kontrolliere ich
das – würde genügen). Ein abrupter Abbruch ist ein dummes Beispiel für eine
Tautologie, aber was macht ein Autor
nicht alles, um den Leser zu informieren!

abstrus (44) kommt von lat. *abstrusus* = weggesto-
ßen, verborgen, also widersinnig, etwas,
was in Bereiche gedrängt wurde (lat. *tru-
dere* = stoßen, drängen), die wir nicht
mehr erfassen; damit verwandt unser ver-
drießen und der Überdruß.

Acker ist zwar kein Fremdwort, aber auf S. 63
gibt es Zusammenhänge. Indogermanische
Wurzel *agr* = Feld.

adaptieren (10) von lat. *aptus* = passend, geeignet. Etwas für einen bestimmten Zweck herrich-
ten, daß es dann besser paßt. Die Technik
kennt viele Arten von Adaptern.

addieren (73)

Adjektiv (66) was dazugehört, dazugeworfen wird:
das Eigenschaftswort.

Admiral (98)

advertising (74) ist natürlich englisch, aber das zugrunde liegende Wort *advertere* = (die
Aufmerksamkeit) zuwenden, ist lateinisch.
Grundbedeutung von *vertere* (damit verwandt unser werden) ist: sich drehen; da-

172

her unsere Endsilbe -wärts, die somit zu sämtlichen Versionen der Kon-, Per-, Sub- und der Aversion zu stellen ist.

Agent (63) war früher ein Geschäftsträger in diplomatischem Sinn, später wurde – wahrscheinlich nicht ohne Grund – der aufregende Geheimagent, der Spion, daraus gemacht.

agglutinierend (20) sind Sprachen wie Finnisch, Ungarisch und Türkisch; lat. *gluten* = der Leim. Es werden sozusagen an Stammwörter Endsilben mit Eigenbedeutung angepickt, und einen ungefähren Begriff bekommt der Leser, wenn er noch einmal auf S. 108 liest. Genaueres findet er in den »Sprachen der Welt«, S. 187.

agil (63) beweglich, geschäftig, flink

Agio (63) Wenn Sie dafür Handelsspanne sagen, stimmt es meistens. Kommt von ital. *aggio* über Frankreich in unsere Bank-Fachsprache.

Agoraphobie (84) kann man schon wieder vergessen.

Agrar- (57) von lat. *ager* = Acker, *agrarius* = den Acker betreffend; Agrarprodukte sind landwirtschaftliche Erzeugnisse, und ein

Agronom ist ein ungeheuer gebildetes Wort für einen »gstudierten« und daher leicht größenwahnsinnigen Bauern.

Akrobat s. Basis

Akt ist eigentlich das Substantiv von *agere* und bedeutet *(actus)* Tat, Geschehnis. War einst die Bezeichnung für eine feierliche Handlung (Staatsakt), kam dann in die Theatersprache (Aktschluß), erst seit dem 19. Jh. bedeutet es auch die künstlerische Darstel-

173

lung des nackten Menschen. Seltsam, daß »die Akte« (Vorgang, Sammlung von Dokumenten) in Deutschland eine Dame, in Österreich ein grimmiger Herr (der Akt) ist.

Aktie (63) aus dem Holländischen. Zugrunde liegt wieder die lateinische *actio*, das Tätigwerden vor Gericht. Heute bedeutet es Anteilschein.

Aktion (63), dazu eine Neubildung:

Aktionist ein Künstler, der seine Kunst dadurch publik machen muß, daß er durch Aktionen, z. B. das öffentliche Verrichten seiner Notdurft, Aufmerksamkeit erregt.

Aktivität (63) von spätlat. *activitas* = Tatendrang, Betriebsamkeit. Aktivität kann man nur eine haben, daher sind Aktivitäten ein Nonsens, ein sprachlicher Unsinn.

aktuell (76) kommt über das Zeitungsfranzösisch zu uns und wird hier zum Schlagwort. Wenn ein geschickter Zeitungsmann ein Geschäft wittert, »aktualisiert« er ein Hünengrab aus der Steinzeit und verkauft den Artikel als letzte Neuheit.

akustisch ist alles, was das Gehör betrifft. Akustik kommt in Konzertsälen und Kreuzworträtseln vor und ist die Lehre vom Schall; griech. *akoustikón* ist die Fähigkeit zu hören, *akoúo* (ich höre) war älter *akousjo*, und hören hieß gotisch *housjan* – also urverwandt.

Akzent (101) eigentlich der Beigesang (*ad* = bei und *canere* = singen), ist sowohl die Betonung einer Silbe, eines Wortes im Satz oder die unübliche Aussprache einer Wortfolge. Dem Wortgesang kommt eine größere Wichtigkeit zu, als man allgemein annimmt: es kann einer fehlerfrei deutsch sprechen, und wir hören trotzdem sofort an leisen Melodieschwingungen, daß er nicht aus unserer Gegend ist. Daß das schon die alten Römer wußten, ist doch beachtlich!

akzeptieren (74) annehmen. Akzept ist ein altes Wort für Wechsel.

Alchimie (97) hängt natürlich mit Chemie zusammen. Ob die alten Araber gewußt haben, was sie zusammenbrauen, ist unklar. Jedenfalls ist aus einem hochstaplerischen Aberglauben eine höchst seriöse Wissenschaft geworden.

Algebra (98) ist die Lehre von den mathematischen Gleichungen.

Alkali (98) Laugensalz

Alkohol (97) ist reiner Weingeist.

Alkoven (98) von franz. *alcôve*, Grundwort arab. *al-qubba* = Kuppel, span. *alcoba* = Schlafgemach

amare braucht nicht übersetzt zu werden, aber vielleicht interessiert der Hinweis, daß es sich um ein Lallwort aus der Kindersprache handelt, um einen Urlaut der Zuneigung. »ammm« macht der Säugling, der die Mutterbrust sucht, daher auch unser Wort Amme. Von diesem Lall-Stamm:

Amateur und der lateinische *amicus*, der Freund; daher ist auch der Amateur eigentlich ein Liebhaber, der dem Profi, dem Professionellen, gegenübergestellt wird; ferner der

Amant, der seine Geliebte anhimmelt, der Name Amadeus (liebe Gott!), der unserem Gottlieb und dem gleichbedeutenden griechischen Theophil entspricht.

Alternative (74) bedeutet, daß man zwischen zwei Möglichkeiten entscheiden kann; es gibt aber niemals drei oder mehr Alternativen. Das gleichlautende französische Wort kommt von lat. *alternus* = wechselweise, *alter* = der andere.

Amok (93)

amortisieren (132) abschreiben, Schulden tilgen; wenn eine Idee, eine Investition sich lohnt und quasi von selbst abzahlt, hat sie sich amortisiert. Die Forderung ist tot, das Wort kommt von lat. *mors* = Tod.

Amt (11) ist überraschenderweise ein Lehnwort, und zwar ein keltisches, kommt von *ambachtos* und bedeutet: der Herumgeschickte. Woher wissen wir das? Aus dem bekannten Abenteuerroman des guten alten Julius Caesar: »de bello Gallico«, der künftigen Generationen vermutlich nur noch unter dem Titel »Meine Gespräche mit Asterix und Obelix« erinnerlich sein wird. Dort steht, sinngemäß: je reicher und mächtiger einer bei den Kelten (Galliern) ist, um so mehr *ambacti* (also: Herumzuschickende) stehen zu seiner Verfügung (de bello Gallico, 6, 15). Vielleicht wird man deshalb noch heute auf einem Amt so viel herumgeschickt. Erst recht auf einem ausländischen, wenn man keine Ahnung von der Amtsprache hat und sich hauptsächlich der Zeichensprache bedient.

amüsieren, amüsant (140) volkslat. *musus,* ital. *muso* = Schnauze

Analyse, analytisch (76)

Anapäst (113) ist schwer zu erklären: zwei unbetonte, eine betonte Silbe, also eine Art Versmaß. Beispiel der Radetzkymarsch: Wenn der Hund mit der Wurst übern Eckstein springt – Anapäst, Anapäst, Anapäst, lang, lang. Es gibt vier bekannte Versfüße, weil wer weiß schon was vom Choriamb, vom Kretikus oder ähnlichem? Den Jambus kennt man aber, weil alle Shakespeare-Stücke in fünffüßigen Jamben (Blankversen) geschrieben sind: kurz – lang oder leise – betont, sein Gegenstück ist der Trochäus: lang – kurz, und endlich ist der Daktylus das Gegenstück zum Anapäst: lang – kurz – kurz. Genug – sonst lernt der liebe Leser Hexameter-Dichten statt interessante Fremdwörter.

andante wörtlich: gehend. Ein guter Name für einen besinnlichen Mittelsatz einer Symphonie. Andere musikalische Begriffe s. S. 121.

Anglist (148) ist ein Akademiker, der altenglische Texte mit deutschen Kommentaren versieht und sich in New York nicht verständigen kann.

Anima, animieren (82) die Seele, das Leben; animieren heißt ermuntern, zu etwas anregen, Animiermädchen zum Trinken, Animatoren zu Ferienspielen. Daß das Wort über drei Ecken mit dem Asthma verbunden ist, ernüchtert ebenso wie der Gedanke, daß man grade dann von animalischen Trieben spricht, wenn Tierisches gemeint ist. Aber die Römer billigten eben dem Tier auch eine Seele zu.

annektieren (34) sich gewaltsam aneignen, sich vorknöpfen im engeren Sinn, denn *ad-nectare* (*d* paßt sich dem *n* an), *annectare* heißt anknüpfen, anbinden, anhängen; folglich ist Annex ein Anhängsel.

Anneliese (76) kennt der Leser als Lied und als Vorname; hebr. Anna: Huld, Gnade; Elisabeth, ebenfalls hebr.: mein Gott (ist) die Vollkommenheit.

Anthropologie (77)

Apollo(n) (74) war ein unglaublich vielseitiger, eine Art Mehrzweck-Gott. Daß man seinen Namen einem Raumschiff gab, hängt vermutlich damit zusammen, daß die Griechen ihn als Helios (Sonne) verehrten und daß er schon in Homers Ilias als »ferntreffend« bezeichnet wird. Da soll noch einer sagen, daß dieser Dichter nicht zukunftsorientiert war!

Apotheke (86) Grundbedeutung: Abstellraum, Magazin, Lagerhalle. Im Mittelalter: Raum, wo Heilkräuter aufbewahrt wurden. Das alte Griechenwort wurde mehrmals entlehnt: über Frankreich (das keine Apotheke in unserem Sinn, dafür die *pharmacie* kennt) kommt es als *boutique* über Spanien (wo die *abodega* zum Weinkeller wurde) als Bodega wieder zu uns (117).

Appetit (9) ist ein Zwischending zwischen Gusto und Hunger; lat. *petere* = zu erreichen suchen, verlangen. Wer das weiß, erklärt sich viele Fremdwörter, z. B. Petition = Ansuchen, Kompetenz = Zuständigkeit, repetieren = wiederholen, noch einmal verlangen, engl. *competition* = Wettbewerb und andere. Die indogermanische Wurzel **pet* bedeutet: auf etwas losstürzen, hinabfliegen, und stellt damit eine Verwandtschaft zu unserem Wort Feder her.

Aquavit
(74) s. a. Whisky. Bezeichnungen können zu lebensgefährlichen Verführern werden; vielleicht würde viel weniger Schnaps getrunken, wenn man ihn statt »Lebenswasser« Giftwasser oder ähnlich benannt hätte.

archi-
(83) von griech. *archo* = ich gehe voran, herrsche, davon das Bestimmungswort *archi*, das mit Vor-, Haupt-, Ober-, wiederzugeben ist. Davon Erzherzog, Erzbischof, aber auch Erzgauner, Erztrottel usw. Dazu die vielen -archien: Monarchie = Alleinherrschaft, Oligarchie = Herrschaft von wenigen, auch als Endsilbe: Monarch = Alleinherrscher, Symposiarch = Vorsitzender beim Symposion.

Architekt
war quasi ein Erztechniker; Hierarchie = kirchliche Rangordnung (von griech. *hieros* = heilig) und das

Archiv
von griech. *archeion*, lat. *archivum* = Regierungsgebäude, Aufbewahrung von wichtigen Dokumenten.

Argument,
argumentieren
von lat. *argumentum* = was zur Aufhellung dient, vermutlich von *argus* = hell.

Aristokratie
(87) *aristos* = der beste

Arcus
(80) der Bogen, das Bogengewölbe, daher

Arkade
der Bogengang, die Jungfrau von Orléans hieße übersetzt Hansi von Bogen (Jeanne d'Arc).

Armbrust	(79, *80*) Munition: Bolzen, Pfeile, Stein- und Bleikugeln
arrogant	(13) von *arrogare* = für sich erbitten, fordern. Juristendeutsch: ein Recht arrogieren = ein Recht beanspruchen und ausüben, das einem nicht zusteht.
Arsenal	(76) (Waffenarsenal) Zeughaus, Waffenlager; arab.-ital. Das zugrunde liegende arabische Wort bedeutet: Haus des Handwerks.
Artikel	(146) kann ein Abschnitt eines Vertrages sein, eine für eine Zeitung verfaßter Aufsatz, ein Handelsgegenstand. Erst im 18. Jh. wird er zur grammatikalischen Bezeichnung des Geschlechtswortes. Grundbedeutung: kleines Gelenk, Glied von lat. *artus* = Gelenk. Urverwandt auch der Artist und unser Wort Art.
Artothek	(87) wo eben Kunst (lat. *ars*) gelagert wird.
Arzt, Arznei	(71, *83*)
Askese, Asket	(96, *97*)
Astrologie	(90) die -logie (Lehre) von den Sternen; griech. *astron*, Pl. *ast(e)ra*.
Astronaut	(90)
Atom(physik)	(57) Neugriechisch heißt *átomo* soviel wie Person. Wenn man einen Tisch im Restaurant reservieren lassen will, fragt der Ober: *pósa átoma* – für wieviel Personen? Die Übersetzung ins Lateinische ergibt *individuum*, und das heißt unteilbar; griech. *temno* heißt schneiden, trennen (Ärztegriechisch: Appendektomie = Blinddarmherausschneidung), was nicht mehr zu zerschneiden, zerteilen ist, heißt *a-tomon*. Physik ist die Lehre von den Naturkräften.

audi	(73) ist die Befehlsform von *audire*, hören. Wenn man etwas hörend und sehend lernt, benützt man die audiovisuelle Methode. *Audiatur et altera pars* – auch die andere Seite möge gehört werden – ist eine Weisheit aus dem römischen Recht. Der größte Hörsaal einer Lehranstalt kann, wenn man nicht erbitterter Latein-Gegner ist, als Auditorium maximum bezeichnet werden, und die Audienz stirbt sowohl als Wort wie als Tatsache aus. Grundbedeutung von *audire* = wahrnehmen, fühlen. Vom griechischen Gegenstück *aisthánesthai* kommt die Ästhetik und die Anästhesíe.
ausbaldowern	(126) auskundschaften. Jüdisch *ba'al* = Herr, *dawar* = Sache, Wort. Baldower also der Wortführer, Anführer. In Wien ist ein mieser Baldower ein unerfreulicher Zeitgenosse, da denkt man kaum noch an die Gaunersprache.
Autismus	(89) Phantastisches, traumhaftes Überwiegen des Innenlebens gegenüber Betätigung in und Teilnahme an der Außenwelt. Autistisches Denken: nur mit sich selbst befaßt, der Widersprüche nicht bewußt und Argumenten unzugänglich.
auto-	(als Bestimmungswort) (89)
Auto	(89) Kurzform für Automobil
autogen	(89) selbst hervorbringend, s. Gen
Autogramm	(89) eigenhändiger Namenszug eines Berühmten
Automat	(89) der zweite Bestandteil von griech. *maomai* = erstreben, also: was man selbst erledigt; schon im 16. Jh. als *automata* (Pl.); ganz neu ist die

Automatik	(149), die einem beim Auto das Schalten erspart und meist mit c am Ende geschrieben wird, damit sie sich leichter verkauft.
Autor	(immer wieder) von lat. *augeo* = zum Wachsen bringen, mehren, davon *auctor*, das c hindert den Redefluß, aber nicht so sehr, daß es nicht noch immer bei Versteigerungen den Auktionator gäbe. Der soll den Preis geschickt *augēre*, also erhöhen. Der Autor ohne c ist der Urheber. Wenn sein Werk richtungweisend wird, hat er
Autorität	die Macht des Erfolgreichen; Autoren ohne Autorität sind verkannte Genies.
autoraeda	(59) einer der vielen Beweise, daß sich die Sprache nichts aufzwingen läßt.
Avantgarde	(62) war ein militärischer Fachausdruck im Dreißigjährigen Krieg: franz. *avant*, ital. *avanti* = vorne; *garder*, *guardare* heißt bewachen und geht auf germanisch *wardon* = Sorge tragen (auch unser warten kommt davon) zurück, die Avantgarde war also die Vorhut, der Spähtrupp. Heute bezeichnen sich solche Künstler als
Avantgardisten	Diese suchen mangels solider Kenntnisse neue Wege, schreiten auf selbigen vorwärts und sind enttäuscht, daß ihnen nur wenige folgen.
Äxküsi	(107) sagt man in der Schweiz für »Tschuiding« und meint damit das französische *excusez*, und das heißt: Entschuldijnse.

B

Baiser	(137 f.)
Bakterie	(83) griech. *baktēría, baktērion,* damit etymologisch nahe verwandt: lat. *baculum,* sind Wörter für Stäbchen. Diese Wörter wurden von der Wissenschaft zur Bezeichnung der stäbchenförmigen Krankheitserreger gewählt; Diminutiv von *baculum = bacillus* oder *-um,* s. a. Virus.
Balalaika	(128) kolossal russisch, aber gar nicht so alt: zum erstenmal um 1700 erwähnt.
Balboss	(124)
Baldower	(126) s. ausbaldowern
Balkon	(120)
Ball	(79) der runde Körper von einer Wurzel *bhel* = schwellen, quellen, prall werden. Mit so einem Spielball sind verwandt: Ballon, Bulle, Blatt (eigentlich: Aufgeblühtes), Blut (quellend), Blase, blähen und ballen. Dagegen kommt das Tanzfest von einer Wurzel *bal,* über deren Abstämmlinge Sie auf S. 81 noch einiges lesen könnten, z. B. über die
Ballade	auf ital. *ballata* = Tanzlied beruhend, von *ballare,* span. *bailar* = tanzen.
Ballistik	(80)
Band	(148) Ob sie noch englisch oder schon deutsch ist, weiß man nicht. Stammt von franz. *bande,* das laut Wörterbuch mit »Streifen, Binde, Bande« zu übersetzen ist. Hier liegt peinliche Ähnlichkeit vor.
Bankrott	(101)
Bariton	(33) Die anderen Stimmlagen: Tenor, weil

er die Melodiestimme hält (lat. *tenet*, von *tenere*), Baß, weil er tief singt (*basso* = tief, dick), Alt heißt eigentlich hoch, bezeichnet aber die tiefe Frauenstimme, weil die Frau erst spät mitsingen durfte und die hohe männliche Stimme übernahm. Sopran von ital. *soprano* = darüber gelegen, s. a. souverän, mezzo = halb, dazwischen, daher Mezzosopran.

Basis (62) eigentlich etwas, worauf man stehen und gehen kann; griech. *baino* = gehen, auftreten; dazu lat. *venio* und deutsch kommen, das gotisch noch *queman* heißt (s. a. S. 119). Dazu gehört auch der Akrobat schöööön!, der anfangs ein Spitzgeher (*akros* = spitz) war, also einer, der auf den Fußspitzen geht.

Baß (68) s. Bariton. Auch als Vorname für tiefgestimmte Instrumente, wie Baßgeige, Baßposaune, Baßklarinette usw.

Bastard (14)

Bazillus (83) s. Bakterie

Beat (148) eine Stilart der Tanzmusik von heute; manchmal auch im Sinn von jemanden besiegen, überbieten.

Beatles Die Beatles mit ihren Pilzköpfen nannten sich wortspielerisch so, weil *beetle* Käfer heißt.

Beefeater (145)

Beefsteak (145) *beef* von franz. *bœuf*, das wieder von lat. *bos* = Rind. Daß damit unsere Posaune zusammenhängt, ist dadurch erklärlich, daß ihr lateinischer Vorläufer *bucina*, quasi: singendes Rindshorn, hieß.

Beisl, Beiz(e) (124)

Benzin	(165)
Bestseller	(152) als Wort ein Senkrechtstarter: erst in unserem Jahrhundert bekannt geworden.
betucht	(127)
Bibliothek	(*86*, 123)
Bilanz	(101, 158) *lanx,* Gen. *lancis,* heißt gebogene Schüssel, Waagschale. Zwei gleich schwere Schalen sind in der Balance, haben quasi eine ausgeglichene Bilanz. Bi- häufig für zwei. Beim Bilanzieren wird oft balanziert, und wenn die Steuerfahndung kommt, verliert man das Gleichgewicht.
Bischof	(78)
Blasphemie, blasphemisch	(78, 159) Verspottung, verbale Herabsetzung von etwas Heiligem, von griech. *blasphemia.* Woher *blas-* kommt, weiß man nicht, *phan-* kommt vielfach vor (Phonetik, Euphemie) und bedeutet reden. Auch blamieren kommt durch die schlamperte Aussprache der Franzosen vom gleichen Wort, und beim englischen *to blame* denkt kein Mensch mehr an griechisches Lästern.
Blue jeans	(156) haben zwei Erklärungen: Mr. Levi Strauss, der sie als erster erzeugte, hat die Ware nach einem Namen so benannt, oder das Grundwort *jean* für verarbeitete Baumwolle geht auf die französische Aussprache von Genua, Gênes, zurück, weil Genua ein Hauptausfuhrhafen für *cotton,* Baumwolle, war.
Bodega	(117) s. a. Apotheke
bœuf	(145) der französische Ochse; *bœuf nature* = Suppenfleisch
Bollwerk	(159) ist nur deshalb interessant, weil die

185

Franzosen davon ihre Boulevards haben. Tatsächlich entsprechen die Pariser Boulevards ziemlich genau den alten Befestigungsanlagen.

Bonze,
Bonzokratie (87, 93)

Boom (156) plötzliche Nachfrage, Riesenumsätze; engl. *boom* entspricht deutschem bum, franz. *boum,* ein Schallwort von erstaunlicher Zeugungskraft (bumsen), das auch in baumeln und bummeln zu finden ist.

Bordell (25)

Börse (89)

Boß (*124,* 149) offizielle Etymologie: von niederländisch *baas* = Meister entlehnt. Kommt aber in Amerika Mitte des 19. Jh.s auf, also zugleich mit der großen jüdischen Einwanderungswelle. Das gibt zu denken!

Botanik (60) Pflanzenlehre, von griech. *botanikós* = Pflanzen betreffend, zurückgehend auf *botánē* = Weide, Futterpflanze.

Bouillon (138) klare Suppe von gekochtem Rindfleisch. Von franz. *bouillir,* lat. *bullire* = Blasen werfen, sieden. Vielleicht noch einmal bei Ball nachschauen, dann verstehen Sie, daß auch Bulle und Phallus zu diesen Gedankenblasen gehört.

Boutique wird meist auch von Apotheke abgeleitet, könnte aber auch von einem Stamm »butt« für Faß kommen, darauf deutet der norddeutsche Budiker hin.

Bratsche (121)

Bräutigam (88) Woher das sehr alte Wort Braut kommt, weiß man nicht, *gomo* ist Mensch, Mann.

Breakfast	(164) engl. für Frühstück, wörtlich: Unterbrechung *(break)* des (nächtlichen) Fastens.
Bredouille	(168)
Bresche	(100) wurde von den Franzosen als *brèche* gebildet, beruht aber auf unserem (durch)brechen.
breuges	(126) auch brojges
Broche	(123), davon *baruch ha schem* = gesegnet sei der Name.
Brunch	(164)
Budget	(138)
Bumerang	(10) gehört eigentlich in die Exoten-Schau (92, nach dem Känguruh). Ein gekrümmtes Wurfholz, das gar nicht mehr in unsere Wegwerfgesellschaft paßt, weil es immer wieder zurückkehrt.
Bungalow	(96) kleines Haus, von indisch bangla (zum Namen Bengalen)
Büro	(40) kommt von dem französischen Wort *burel,* das einen groben Wollstoff, mit dem man Tische bezog, bezeichnete. Davon die Bedeutung Amtszimmer, das noch bis vor hundert Jahren *bureau* geschrieben wurde; wenn jemand stur nach den Amtsvorschriften entscheidet, ist er ein Bürokrat.
Bursch(e)	(89) geht wie das Wort Börse auf lat. *bursa* = Ledersack, Geldbeutel zurück. Was heute ein Stipendium ist, war einst eine Burse, also ein von einem Wohltäter gestiftetes Studentenheim bzw. der dafür notwendige Geldbetrag. Wer in so einer Burse wohnen durfte, mußte fleißig und eifrig, eben ein Bursch sein. Auch bei Handwerkern und Soldaten gab es später solche »Burschenschaften«.

Busen

(84) bedeutet eigentlich Schwellung, von der Wurzel *bheu, damit verwandt: Bauch, Beutel, böse, pusten und Beule!

Busento

(95) Den gibt es wirklich! So heißt ein winziges Bächlein in Kalabrien, und das betreffende Gedicht ist von August v. Platen.

C

Caballero	(117) zeigt uns, wie wichtig und standeserhöhend einst das Pferd war: von span. *caballo*, ital. *cavallo*, franz. *cheval*, haben wir heute noch die ehrfurchtgebietenden *caballeros, cavalieri, chevaliers* und natürlich die Ritter. Wieso gibt es eigentlich noch immer nicht den neuen Adelsstand der Automobilistas?
Camping	von lat. *campus* = Feld; das Leben im Wohnwagen. Von *campus* kommt übrigens unser Wort kämpfen.
Carmen	(116, 142) hängt mit lat. *canere* = singen zusammen (daher und von der gleichen Wurzel unser Hahn, die Kantate, die Kantilene und viele ähnliche) und hat nichts mit dem Vornamen zu tun. Der ist nämlich gekürzt aus *virgen del carmen* = heilige Jungfrau vom Berge Karmel.
Cello	(121)
Champignon	und
Champion	sollte man nicht verwechseln, obwohl beide vom schon erwähnten *campus* = Feld abstammen. Champignon, franz., von lat. *campaniolus* = der auf freiem Feld wachsende Pilz; dagegen champion (sprich tschämpjn), engl., kommt von einem galloromanischen *campio* = Kämpfer.
Chance	(40) lautete früher *chéance* und ist eigentlich der Glückswurf, der Fall. Kommt von lat. *cadere* = fallen und ist mit Kadenz, Kadaver (der »gefallene« Körper) und Kaskade verwandt. Auch das Wort zuschan-

189

zen ist ein alter Kartentippler-Ausdruck. Wer verfallen, entartet ist, kann als dekadent bezeichnet werden. Eine Chance hat man, wenn der Zu»fall« es will. Ganz anderer Abkunft ist die Schanze, eine mit Reisigbündeln befestigte Verteidigungsanlage. Woher das Wort Schanz für Reisigbündel kommt, weiß man nicht genau.

Chanson

(142) für das leicht morbide, sehr melodiöse französische Lied kommt von *chanter*, singen (lat. *canere*, s. Carmen), wer es gerne, gut und entgeltlich singt, ist ein Chansonnier oder eine Chansonette.

chárete

(107) neugriechische Grußformel

Charisma

(107) wenn möglich, auf der ersten Silbe betont, wird zur Zeit zum Modewort, jeder charmante Künstler hat es. Lexikon-Übersetzung: göttliche Gnadengabe.

Charme

(142) franz., schwer wiederzugeben: Liebreiz, Zauber. Das französische Wort geht auf lat. *carmen* (s. d.) zurück, das unter anderem auch Zauber(spruch) bedeutet.

checken

(156)

Chef

(120, 137) ursprünglich nur Militärfachausdruck. Chef = Haupt (das deutsche Wort ist damit verwandt), von galloromanisch *capum*, lat. *caput;* s. a. Kapital.

Chein

(125)

chic

(142) vom deutschen schicken

chochmezen

(125)

Chonte

(125)

Chuzpe

(125) Eine Chuzpe ist es z. B., wenn der (süddeutsch auch: das) Embryo zum Mutterkuchen einen Kaffee verlangt.

190

chroma(tisch)	(88) *chroma* ist das griechische Wort für Farbe. Als Name für das Metall entstand er um 1800 in Frankreich wegen der Farbigkeit der Chromverbindungen. In der Musik erschien irgendwem die aus Halbtönen bestehende Tonleiter »farbiger« als die Ganztonskala, und er nannte sie »chromatisch«.
Chromosomen	(88) Farbkörper, s. a. S. 83 unter »Soma«
clever	(153) gewitzt, schnell reagierend. Etymologie ungeklärt.
Cockpit	(144)
Cocktail	(143)
Cola	(164)
Computer	(134)
Conférence	(53) Ansage, verbindende Worte im Kabarett. Heute wird Moderation gesagt, was eigentlich Mäßigung bedeutet. Das gleiche Wort, nur völlig eingedeutscht, nämlich Konferenz, bedeutet etwas völlig anderes. Ein Beispiel dafür, daß Fremd- und Lehnwörter nebeneinander stehen können (s. S. 227).
con piacere	(116) (ital.) mit Vergnügen
consommé	(138)
Contenance	(135) Fassung, Haltung
Countdown	(engl.) das Abzählen. Durch die Raketenstarts bekannt gewordener Fachausdruck für das umgekehrte Zählen bei einem Abschuß, der bei Null erfolgt.
Coup	heißt Schlag, Streich, oft auch Gaunerei; kommt aus Frankreich, geht aber (über Latein) auf griech. *kólaphos* = Ohrfeige zurück. Merci beaucoup könnte man mit »Gnade für schöne Ohrfeige« übersetzen,

	ein Philologe würde das aber als sinnlosen Kalauer empfinden.
Coupe	(135) hat im Französischen viele Bedeutungen: Zuschnitt, Abheben beim Kartenspiel, Entlassung, Haarschnitt.
Coupé	(135) Abteil (mit einer einzigen Bank). Im Wörterbuch steht: Halbkutsche, beim Auto lautet die Übersetzung Kupee. Coupé ist ein Pokal, engl. *cup* (Davis-Cup).
Crême	(107) kommt von griech. *chrisma* = Salbe, daher auch Christus = der Gesalbte.
Csárdás	würde in die Gegend der Seiten 108 ff. gehören, ist eher fremdes Wort als Fremdwort. Trotzdem sei vermerkt, daß das ungarische Adjektiv *csárdás* soviel wie schelmisch oder herzig bedeutet, was einiges über den Tanz aussagt.
cyrillisch	(41, 111, *112*) oder kyrillisch: die aus den griechischen Buchstaben (Majuskel) abgeleitete Schrift trägt den Besonderheiten der slawischen Lautungen Rechnung (z. B. ein Zeichen für schtsch); sie wird den Missionaren der Slawen Kyrill und Method zugeschrieben, die sie zum Zweck einer altkirchenslawischen Bibelübersetzung erfanden. Unter Peter dem Großen vereinfacht, heute wird Russisch, Serbisch, Bulgarisch u. a. nur cyrillisch geschrieben.

D

da capo	(101) vom Beginn, vom Haupt; noch mal
Dame	(100)
definieren	(12) heißt wörtlich: abgrenzen; lat. *finis* = Grenze, Ende, Umkehr (s. auch 132 f.). Definition also Begriffsbestimmung (58), sollte nie mit »ist, wenn« anfangen.
Defizit	ist leicht zu verstehen, aber schwer auszugleichen. Kommt von lat. *de-ficit* = es fehlt. Ein Ding, dem etwas fehlt, ist defekt. Ein Auto mit Defekten ist nichts wert, beim Verkauf ergibt sich daher ein Defizit.
Defraudant	(84) Betrüger, von lat. *fraus* = Betrug, kaum noch gebräuchlich.
Dekaden	(138) Alles, was mit »deka« anfängt (Dekagramm usw.), kommt von dem griechischen Wort für zehn: *deka*. Dekaden sind Zehnjahresperioden. Deka ist verwandt mit lat. *decem* (und mit unserem »zehn«).
deklinieren	(58) heißt eigentlich abbiegen, kann in der Astronomie und in der Grammatik wichtig sein. Das Wort *klino* gibt es gllt. griech. und lat., es heißt beugen, biegen, lehnen. Klinik von *klinikē technē* = Heilkunst für bettlägerige (geneigt liegende) Kranke. Dazu gehört noch das Klima = Neigung, Abhang, geographische Zone, Wetterlage, das Klimakterium u. a. Wenn Sie zu Neugierde inklinieren (schon wieder!): unser Wort lehnen gehört zur Verwandtschaft.
delikat	(62) hier: feinfühlig; franz. *délicieux*, lat. *delicatus*. Delikatesse, sich an etwas delektieren.

Dem-, Demo-	kommt immer wieder vor: griech. *dēmos* heißt das Volk; ungern muß man auch den Dämon dazustellen. Endemisch ist eine Infektionskrankheit, die in einem Demos ohne zeitliche Begrenzung grassiert, epidemisch: sie tritt anfallsweise, zeitlich begrenzt, auf.
Denare	(139) bei den alten Römern eine Münzeinheit von zehn (daher *den-[decem-]arius*) Assen. Davon noch heute die jugoslawischen, tunesischen und anderen Dinare.
désert	(137) franz. für Wüste, von lat. *desertum* = verlassenes, ödes Gebiet, dagegen
Dessert	die Nachspeise, von franz. *desservir* = Speisen wegtragen, abservieren.
Design	(152) wörtlich be-zeichnen, engl.: Entwurf, Zeichnung, Plan (eventuell zu einem Bankraub), von lat. *signum* = Zeichen, das bei uns zum »Segen« und zum Signal geworden ist, auch das (französische) *dessin* gehört dazu, das Siegel, die Signatur (Unterschrift) und die Insignien eines Herrschers.
devot	(32), dazu Votum, das sowohl Gelübde als auch (politische) Stimmabgabe, sogar Gutachten bedeuten kann. Devot bedeutet unterwürfig, hingegeben; von lat. *vovēre* = geloben.
Dia	(164) Kurzwort für Diapositiv. Spanier sind sehr photographenfreundlich, sie wünschen allen »buenos dias«, allerdings heißt *dia* spanisch der Tag.
diabolisch	(79) teuflisch
Dialekt	(123) Mundart; dazu Dialektik und Dialog. Als Kuriosität sei hier zitiert, wie das griechische Verbum *dialego* übersetzt wer-

den kann, wie viele Bedeutungen es hat: auslesen, aussuchen, überdenken, gedanklich zerlegen, sich unterreden, etwas besprechen, Dialektik betreiben, die gleiche Mundart haben und sogar beiwohnen, als besonders innige Form des Dialogs.

Dialyse (76) chemische Trennung von Flüssigkeiten, neuerdings eine Methode der Blutreinigung.

dictionarius (61) lat. für Wörterbuch, franz. heißt es *dictionnaire*.

Diktator (67, 165) Das Wort diktieren gehört zur gleichen Wurzel wie unser zeihen; andere Familienmitglieder des gleichen Wortstammes: Predigt *(praedicare)*, Index, Indiz, Dedikation. Grundbedeutung: auf etwas zeigen, auf etwas hinweisen. Die Geste kommt also vor dem Wort; die Art zu reden heißt:

Diktion (8)

Diminutiv(um) (64, 92, 139) Verkleinerungsform. Slawische Sprachen können sogar Adjektiva verkleinern: *voda toplitschka* = das Wasser ist wärmelein.

Diözese (78)

Diphthong (47) Zwielaut, von griech. *di* = doppelt und *phtégma, phtóngos* = Laut

Diplomat (135) geht auf *díplōma* = Urkunde zurück; *di* = zweimal, *-ploos* = -fach, -fältig, also: zweimal gefaltetes Handschreiben.

Direktor (151) zu lat. *dirigere* = leiten, also der Leiter; wenn's musikalisch wird, heißt er

Dirigent – in Italien *maestro* (Meister); s. a. regieren.

Discjockey ist der Scheibenjakob; engl. *disc* = Platte, Scheibe, *jockey* eine Kurzform für Jaköble.

Diskothek	(76) von griech. *diskos* = die (Wurf-) Scheibe, davon unser Wort Tisch, das ahd. noch Schüssel bedeutete; Theke s. a. S. 87.
Dispens	(52)
Dissimilation	(32) der Vorgang, bei dem zwei benachbarte und ähnliche Konsonanten im Lauf der Zeit zwecks besserer Unterscheidung unähnlich werden (lat. *similis* = ähnlich), z. B. Tartuffel wird zu Kartoffel, mhd. *clovolouh* wird zu Knoblauch u. ä.
Divergenz, divergieren	(21) von lat. *divergere* = auseinanderrichten; wer dafür Unterschied sagt, ist genauso gebildet.
Dolmetscher	(11) Berufssprachmittler, über Ungarisch aus dem Türkischen, eigentlich aus der Mitanni-Sprache. Das jugoslawische *tumač* hat der Balkan von uns.
Dom	von lat. *domus* = Haus. Dieses Wort steckt in zahllosen Fremdwörtern:
Dominus	der Herr (des Hauses), span. Don, seine Frau die Domina, daher Madame und Dame, dominieren = (be)herrschen, domestizieren = zähmen, aus dem Französischen der Dompteur, auch der Domestike, der Bediente, der eigentlich ein Diener ist, und der Domino, das Herrenkostüm im Fasching, das Domino, ein Brettspiel, bei dem der Sieger sich »domino« nennen durfte. Domäne ist das Gebiet, das einer beherrscht, und die Mademoiselle ist von spätlat. *ma domnicella* abgeleitet.
Don Juan	(116)
Dose, Dosis	(*34*, 141) beide zur Wurzel »do«
Dreß und dressieren	gehören etymologisch zum Herrn Direktor (von *di-rigere*).

196

Droge	(119)
Droschke	(129)
Dschungel	(94)
Duell	(159)
Dufflecoat	kommt aus der belgischen Stadt Duffel.
dufte	(124) Wenn Sie eine Reise nach Israel machen und freundlich sein wollen, grüßen Sie mit »boker tow« (Tag, guten) oder »eref tow« (Abend, guten) – man wird Sie fragen, wieso Sie Iwrith (so heißt die Landessprache) können.
Dutzend	(59) aus dem Französischen: *douzaine*, mhd. totzen.
Dynastie	Dynamik, Dynamo, Dynamit; alles von griech. *dynamis* = Macht, Kraft; *dynasteia* = Herrschaft.

E

emanzipiert	(120) hängt mit einem römischen Rechtsbegriff zusammen: *mancipatio* (*manus* = Hand, *capere* = fassen) war ein Ausdruck für die väterliche Gewalt. Die Entlassung eines Sohnes aus der Familie war eine feierliche Zeremonie und hieß *emancipatio* (*e, ex* = aus, hinaus). Emanzen werden nicht allzu ernstgenommen, am wenigsten von normalen Frauen, sie sind nur als Wort in die Sprache aufgenommen worden und stolz darauf.
Emblem	(79 ff.)
emigrieren	(53) von lat. *migrare* = wandern, *emigrare* = auswandern
Embonpoint	(45, 136) kleiner Bauch; franz., veraltet
emotionell	(104) gefühlsmäßig; von lat. *movere* = bewegen, davon auch Motor, Motivation, Motiv, Möbel und Automobil. Wer will, kann auch emotional sagen, beides ist richtig.
en vogue	(138) von franz. *vogue* = Beliebtheit, Mode
energisch	(82) Energie von griech. *enérgeia* = Wirksamkeit, eigentlich: Fähigkeit, Werke zu verrichten. Der Chirurg ist eigentlich ein Handwerker (*cheir* = die Hand), Liturgie ist öffentlicher Dienst (*leitós* = öffentlich, zu *laos* = Volk) und Allergie (*allos* = der andere, Fremde) kann man ungefähr mit Fremdeinwirkung, Fremdwerk übersetzen.
Engagement, engagieren	(45) beruht auf dem germanischen Rechtswort *wadja* = Pfand, aus dem sich unsere Wette entwickelt hat. Einst war Gage ein

Militärwort für den Sold, heute nur in der Theatersprache, aber auch: beschäftigt, eben engagiert. Sich für etwas einsetzen, sich engagieren. Eine Dame zum Tanz bitten. Nur im Französischen bedeutet unter anderem noch heute *engagement* auch Verpfändung.

englisch

(143 ff.) Der Name kommt vom Stamm der Angeln, deren Heimat im heutigen Schleswig war.

Ensemble

(45) Künstlergruppe, Gruppe von modisch abgestimmten Einrichtungsgegenständen; franz. glbd., beruht auf lat. *in-simul* = miteinander.

Enzyklika

(154)

episch

(152) beschreibend, erzählend

Eroica

(13) nannte Beethoven seine dritte Symphonie: die Heroische. Ein Heros war bei den Griechen ein Sagenheld.

Erotik

(139) vom Griechengott Eros, Sohn des Ares (Kriegsgott – wie beziehungsreich!) und der Aphrodite. Wie Cupido und Amor ging auch er mit Pfeil und Bogen, um Liebende zu verkuppeln, er war aber auch Schützer der echten Freundschaft zwischen Männern und Knaben.

et cetera

(74) lat.: und die anderen Dinge – also: usw.

Etymologie

(67) Lehre vom ursprünglichen Sinn eines Wortes. *etymos* = wahrhaft, wirklich. Manche verwechseln das Wort mit der Entomologie, aber das ist die Insektenkunde.

Eu-

griech.: gut, wohl. Viele Fremdwörter, auch solche, die mit »ev-« anfangen: Euphorie, das Glücksgefühl, Eukalyptus ist der wohlverhüllte Baum, euphemistisch (gut, schonend reden) sagt man zum Teufel Gottseibeiuns oder für sterben: die Radieschen von unten ansehen, Evangelium ist die gute (frohe) Botschaft, wer wohl geboren ist, heißt Eu-gen usw.

Evergreen (96) ist ein alter Schlager, den man immer wieder gerne hört, wörtlich: ein Immergrün. Die Nummer, die Fred Astaire kreierte und die sich über die Aussprache-Unterschiede zwischen amerikanischem und britischem Englisch lustig machte, ging ungefähr so:
I say ayther, and you say eether,
I say nayther, and you say neether,
ayther, eether, nayther, neether,
Let's call the whole thing off! – dann ging es weiter mit Pyjama und banana ...

exakt (63) ital. *esatto*, wörtlich: durchgeführt, genau

Exempel (59) Beispiel; lat. *emere* = kaufen, nehmen gibt eine geschlossene Form ex-em-lon, also etwas, was man (als Muster) herausgenommen hat; *prae-emere*, vorwegnehmen schenkt uns die Prämie, von *pro-emere* = hervornehmen kommt unser prompt(us) und, falls musikalisch, das Impromptu.

Exkurs (141) Abschweifung, Ausflug; von lat. *excurrere* = herauslaufen, daher auch Exkursion; wenn man zu einem Amt »zurücklaufen« und sich beschweren will, macht man einen Rekurs, indem man rekurriert, und das Wort Kurs ist so vieldeutig, daß Sie doch besser nachsehen. Oder haben Sie noch immer kein Fremdwörterlexikon?

exotisch	(92 ff.) fremdartig, überseeisch; von griech. *exotikós* = ausländisch
Expo	(164) für Exposition = Ausstellung
expressiv	(38) ausdrucksvoll, von lat. *ex* und *premere* = drücken: Espresso = der ausgedrückte, ausgenützte Kaffee, die Bedeutung »eilig« von engl. *express train*, Expreßzug, der – um 1850 als ungeheure britische Neuheit – ein Zug mit ausdrücklich (express) festgelegter Strecke samt genauer Abfahrts- und Ankunftszeit war und die Welt in Erstaunen versetzte.
extrem	(13) äußerst, oft im Sinn: übertrieben, lat. *extra* = außen
Extremitäten	Gliedmaßen, lat. *extremitates (corporis)* = die äußersten (Enden des Körpers), nicht zu verwechseln mit Exkrementen (Ausscheidungen).

F

fair
(149) anständig, gerecht, sportlich korrekt; altengl. *faeger* = passend, angenehm, hängt mit unserem Wort Fach (im Sinn von Abteilung, Teil) zusammen und gehört zur Wurzel **pak* = zusammenfügen. Verwandt: fangen, fügen, Pakt, Fachmann.

Fakir
(97)

Falter
(132)

Fan
(156) die englische Kurzform von *fanatic*, also ein fanatischer Anhänger; lat. *fanaticus* von *fanum* = der Gottheit geweihter Ort. Wer draußen, davor bleiben muß, ist profan, wenn er trotzdem hineingeht, profaniert, entheiligt er den Tempel. Dazu noch Ferien von *feriae* = dem Gottesdienst vorbehaltene Zeiträume. *fas* = (göttliches) Recht. Daher auch Fest, festlich.

Fasson
(139)

faszinieren
(30) von lat. *fascinare* = behexen

Feature
(156) Tatsachenbericht in einer für Funk und Fernsehen geeigneten Form; mittelengl. *feture* geht auf lat. *factura* zurück, also: das Gemachte, die Bearbeitung, wofür der Macher dann eine Faktura, die jetzt Rechnung heißt, ausstellen darf.

Fenster
(14)

fesch
klingt urwienerisch, kommt aber von engl. *fashion*, *fashionable*, das auf franz. *fasson* zurückgeht.

Fiktion
(33) Annahme, Einbildung, Unterstellung; lat. *fingere* heißt kneten, formen, aber auch gestalten, erdichten, dazu das Hauptwort

fictio. Was einer erdichtet, aber durch Wissenschaft (lat. *scientia*) untermauert, ist eine *science fiction,* heute mit der Bedeutung Zukunftsroman, utopischer Film u. ä.; s. a. Science Fiction.

Filet (137) dazuzustellen: Profil = Seitenansicht, wie mit einem Strich (*filum* = Faden) entworfen, und filigran (Arbeit aus Gold- und Silberfäden, die dann wie ein feines Körnermuster aussieht).

Finale (96, 109, 138) der letzte Teil eines Werkes, heißt nicht so, weil es »fün alle« gesungen oder getanzt wird, sondern kommt vom italienischen Adjektiv *finale* = endgültig, den Schluß betreffend. Daher die Finalisten (aus dem Fußball-Italienisch), die Endspielteilnehmer, und das rein englische *finish.* Auch die Finanz gehört zu dieser Wortsippe, das Raffiniert-Sein, die Definition (s. definieren), die Finessen und unser Wort fein. Dazu muß man wissen, daß das aus lat. *finis* (= Ende) entstandene galloromanische *finus* auch die Bedeutung Äußerstes und daher auch Bestes hatte. Ein ausgesprochen »feiner« Gedankengang!

Firma (73) Unternehmen; ital. »firma« = gültige Unterschrift wird zur Bezeichnung des Betriebs. Dieses Wort kommt von lat. *firmus* = stark (das Firmament ist der »befestigte« Himmel), *firmare* = befestigen, bestätigen, die Firmung oder Konfirmation soll den Glauben befestigen, bestärken, und im Wiener Dialekt ist eine »ferme Godl« eine kräftige Person. Die amerikanische Farm war einst ein gegen einen »festen« Preis verpachtetes Stück Land und hat den Namen vom (heute noch üblichen) französischen Wort *ferme* für Landgut.

FKK (164) für Freikörperkultur, die leider keine Altersgrenze eingeführt hat.

Flair (74) kommt aus Frankreich und bedeutet eigentlich Spürsinn, feine Nase; bei uns heißt es eher soviel wie Ausstrahlung, aber auch Instinkt: da haben Frauen ein viel feineres Flair dafür.

Flamenco (117) ist der Name für einen spanischen Tanz, der von den einen mit »flämischer« Tanz erklärt wird: flämische Zigeuner haben ihn den Spaniern gebracht, die andern wollen wissen, daß er vom Vorbild des Flamingos abzuleiten ist, dessen Name nicht sicher geklärt, wahrscheinlich von seinem »geflammten« Gefieder abzuleiten ist.

Floskel (64) blumige, aber nichtssagende Redensart

Foliant (7) Buch in Foliogröße, Buchdruckersprache, die überraschend viele Fremdwörter liefert, z. B. Format, Oktav u. a. Folio = Buchformat von halber Bogengröße; von lat. *folium* = Blatt, zurückgehend auf griech. *phyllon*, eigentlich das Gewachsene (Physik, Chlorophyll = Blattgrün) und unser Wort bauen, so daß der Bauer, ob er will oder nicht, mit dem Folianten verwandt ist.

Frack (155) geht auf engl. *frock* (Frauenkleid) zurück, war früher die Bezeichnung für ein feierliches Mönchsgewand; der Ursprung des Urworts, vermutlich franz. *froc*, ist unsicher, vielleicht von fränkisch

	hroc = Rock. Zum erstenmal in Goethes Werther 1774 erwähnt.
Friseur	(40) ist gar kein französisches Lehnwort, sondern eine auf »à la mode« tuende Neubildung, die sich das Wort *friser* für kräuseln zunutze machte; aber alle anderen Fachwörter kommen richtig aus Frankreich: Puder, Pomade, Rasur, rasieren.
Frites, friture	(137) von einem vulgärlat. *fritare*, ital. *friggere* für backen
Front	Stirn(seite), von lat. *frons;* die Verluste an der seinerzeitigen Front (Erster Weltkrieg; im Zweiten hieß die Front HKL, Hauptkampflinie) werden heute durch die Zahl der Frontalzusammenstöße übertroffen. Mit solchen Feststellungen sollte jeder Fahrer ab und zu kon»front«iert werden.
Frust(ration)	(84)
Fuge	(15)
Fundus	(54) Unterbau, Lagerbestand, in der Theatersprache: Gesamtheit der Ausstattung; lat. *fundus* = Grund und Boden. Viele Ableitungen: Fundament, fundieren, franz. *fonds,* profund (bodenlos, unergründlich tief) und unser Wort Boden, das zur gleichen Wurzel gehört (ahd. noch *bodam*).
Funktion	(72) Tätigkeit, Aufgabe; von lat. *functio,* Verbum *fungi* = verrichten, erledigen. Funktionär von franz. *fonctionnaire.* Apropos *fungi* – das ist ein deponentialer Infinitiv, könnte aber auch ein Plural von *fungus* = Pilz, Schwamm sein und käme dann von ganz woanders her: *fungus,* von griech. *sphongos,* heißt der Pilz in jedem Sinn, also auch Schimmelpilze, Sporen, in der Land-

wirtschaft verwendet man Fungizide, um ihrer Herr zu werden, fungös = schwammig – genug, weil zu unappetitlich!

G

Gage	s. engagieren
Galan, galant	(140)
Gälisch	(148) ist ein Zweig des keltischen Sprachstammes.
Galopp	altfranz. *waloper* kommt vom altfränkischen *wala hlaupan* und bedeutet »wohl, gut springen«.
Garderobe	(156) heißt auf franz. *vestiaire*. Kommt von franz. *garder* = bewachen, bewahren (von germanisch *wardon* = vorsichtig sein, davon unser warten) und Robe (139); diese geht auf altfränkisch *rauba* zurück und wurde von einem geraubten Kleid zur festlichen Amtstracht.
Garnison	(100) bedeutete im Altfranzösischen Schutztruppe, Besatzung. Militärisch: Truppenstandort, Garnitur ist eine Art Ausstattung, Zubehör, garnieren heißt mundartlich sich etwas aneignen, und ein *hôtel garni* ist ein Hotel, in dem man nur Frühstück bekommt; franz. *garnir* = mit etwas versehen, ausstatten stammt von warnen ab.
Gas	(53, *81*)
Gemini	(74) Mehrzahl von lat. *geminus* = Zwilling
-gen	(83) als Endsilbe bedeutet erzeugend, entstehend. homogen = aus dem gleichen Stoff entstanden, fotogen = gute Fotos erzeugend, wird zur Zeit immer häufiger angehängt und kommt von griech. *gígnomai* = ich zeuge; dazu das Hauptwort
Gen	meist Mehrzahl: die Gene enthalten die Erbanlagen in den Chromosomen.

Genealogie	ist die Lehre von den Abstammungsverhältnissen.
General	(100) kommt von lat. *genus* = Geschlecht, Art, Gattung und bedeutet daher auch allgemein, generell. Der Abt, der einem ganzen Orden vorstand, war der *Abbas generalis*, davon entwickelte sich die militärische Bezeichnung im 15. Jh. vom Deutschen Ritterorden.
Generation	heißt eigentlich Zeugung, daher: Gruppe der ungefähr gleichzeitig gezeugten Menschen.
Genesis	(126) griech.: Entstehungsgeschichte, das 1. Buch Mosis (oder Mose – je nachdem, woher man den Genetiv bildet).
Genrebild	(45) ein Mal-Stil; franz. *genre* bedeutet das gleiche wie lat. *genus* (s. General).
gewieft	(120) könnte von mhd. *wifen* = winden, schwingen kommen (Duden); leichter läßt es sich von franz. *vif* = lebhaft, intelligent ableiten.
Gift	war ursprünglich eine Gabe, daher noch Mitgift. Das englische *gift* behielt seine Bedeutung, die deutschen Humanisten änderten sie ins Gegenteil, weil auch griech.-lat. *dosis* verhüllend für Gift gebraucht wurde. Den gleichen Bedeutungswandel machte *poison* (franz.) mit, das von lat. *potio* = Trank kommt.
Gitarre	Wahrscheinlich von den Mauren (arab. *qitara*) übernahmen die Griechen das Wort *kithara*, daraus machten die Römer eine *cythera*, die bei uns zur Zither wurde. Die Gitarre übernahmen wir direkt von den Spaniern.

Globus	(142) Die dargestellte Erdkugel entstammt einer Wurzel *ghel = schimmernd, blank; damit verwandt Galle, gelb, Konglomerat, Kolben, Kalb, klammern u. v. a. – Für allumfassend sagt man derzeit gern: global. Klingt modern.
Glosse	(33)
Glyzerin	(80) von griech. glykerós = süß, lieb; alles andere weiß ein Chemiker.
Gorilla	(94) ist außerdem ein neuer Name für Leibwächter.
Gourmand und Gourmet	(136)
Gouvernante	(135) von griech. kybernáo, wird von den Römern in der Form gubernare entlehnt und heißt steuern, lenken, herrschen, kommt über Französisch als Gouverneur und Gouvernante zu uns. Bei den ersten Autos hieß das Lenkrad noch gouvernal, und bei den Nazis war Polen General-Gouvernement. Viele dieser Beispiele sind veraltet, aber das griechische Grundwort benennt jetzt eine Wissenschaft, die Kybernetik, die Steuerungs- und Regelungsvorgänge in Technik und Biologie erforscht. Wer trotzdem noch weiter zurückschauen will: altindisch kubaras ist – die Deichsel!
Gramm	in vielen, vielen Zusammensetzungen; kommt von griech. graphein = schreiben (verwandt mit unserem Wort kerben), z. B. Programm, Autogramm, Telegramm, fast verschwunden das Grammophon, aber ewig bleibt die Grammatik, auch die Graphik, die man immer öfter Grafik schreibt (mit Recht: denn auch der Graf war einst

ein *graphio*), den Graphologen, den Geographen usw. Das Doppel-m: aus *graph-m* assimiliert. (Ähnlich *[similis]* gemacht, also der umgekehrte Vorgang der Dissimilation, s. dort.)

Gremium	beratender, mit gewissen Rechten ausgestatteter Ausschuß; von lat. *gremium* = Schoß, also: was einem auf die Knie gelegt werden kann, ein Bündel, etwas Gesammeltes. Damit verwandt griech. *agorá* = Markt, Versammlungsplatz, gehört zu der schon vergessenen Agoraphobie (84).
Grenze	(132 f.)
guerilla	(159)
Gulasch	(110)
Gummi	(96)
Gurke	(93)
Gusto	(62)

H

h. c.	(112) Abkürzung für lat. *honoris causa* = ehrenhalber
Hals- und Beinbruch	(123)
Halunke	(130)
Hängematte	(92)
Happening	(156) wurde als Bezeichnung der Resultate eines verrückten Zusammensitzens vermutlich deshalb so schnell populär, weil man das schon bekannte Wort *happy* = glücklich (Happy-End ersehnt ja jeder) mit Recht damit in Verbindung bringt.
Haubitze	(130)
Haute Couture	(139) internationale, teuer-originelle Mode
Hautevolée	(135) die Oberschicht, fast völlig durch engl. *upper ten* = die oberen Zehn(tausend) oder High-Society verdrängt; *haut,* Femininum *haute* kommt von lat. *altus* (hoch); *volée* von *voler* = fliegen, daher sinngemäß: die Hochfliegenden.
Hellenen	(75, 106) Der Name eines thessalischen Stammes ging im 7. Jh. v. Chr. auf die anderen Stämme der Griechen über. Das Land heißt heute noch offiziell Hellas, im Ausland nimmt man den Stamm *graec-* (Grčka, Grèce, Greece, Griechenland.)
Herz	(50) ist ein sehr indogermanisches Wort: lat. *cor* (Stamm *cord*), griech. *kēr* (Stamm *kard*), russisch *srdce,* in den meisten europäischen Sprachen ähnlich. Kardiologie, EKG = Elektrokardiogramm, kordial (herzlich, freundlich) u. ä. gehört dazu.

211

hetero	(37)
High-Fidelity	(147)
High-Society	s. Hautevolée
Hit	(111, *148*)
Hobby	(39 f., 149) natürlich engl., aber woher das englische Wort für das Spielzeug, nämlich *hobby-horse* kommt, wissen auch die Engländer nicht.
Hokuspokus	Im 16. Jh. ist eine pseudolateinische Zauberformel bezeugt: hax, pax, max, deus adimax, die später in verschiedenen Formen aufscheint: Oxbox, hockespockes. Sicher nicht eine Mißbildung des katholischen *hoc est enim corpus meum* (dieses ist mein Leib).
homogen	(37, 88)
Homöopathie	(88) Therapie, die Mittel in kleinen Mengen anwendet, die bei einem Gesunden ähnliche Symptome hervorrufen würden, wie sie der Kranke aufweist.
homophil	(88)
Homo sapiens	(88) die naturwissenschaftliche Bezeichnung, die wir uns als Säugetiere gefallen lassen müssen: der schmeckende, wissende Mensch von lat. *sapere* = schmecken.
homosexuell	(37)
Horizont	(7, 57) Sichtgrenze, Gesichtskreis; griech. *horízein* = begrenzen
Horoskop	war einst ein Instrument, um Planetenkonstellationen festzulegen, wörtlich Stundenschau von *hora* = Stunde und griech. *skopéo*, s. Bischof (78).
Hospital, Hospiz	(36, 106)
Hotel	(36)
hübsch	(140) ein hübsches Beispiel dafür, wie sich

die Bedeutung eines Wortes verschlechtern kann: von der höfischen, adeligen Dame zur »Hübschlerin«, wie man z. B. im alten Wien die »Gunstgewerblerinnen« nannte.

Humanismus, humanistisch, Humanität (61, 89) lat. *humanitas* = höhere Bildung, von *humus* = Erde, daher auch *homo* = Mensch, Mann. Humanist = Kenner der klassischen, alten Sprachen, human = menschlich, die Menschenrechte heißen engl. *human rights*.

Humor (57) In der mittelalterlichen Naturlehre waren die Körpersäfte *(humores)* wichtig für Charakter und Stimmung – in seiner heutigen Bedeutung kommt das Wort aus England, wo sich ein literarischer Stil (verspielte Heiterkeit, komische Situationen) den Namen »humour« gab. Zur Wurzel *$*ugw$* = befeuchten, Saft spritzen gehört im Deutschen das Wort Ochse, Grundbedeutung: Befeuchter, eine gesicherte Erkenntnis, die fast humorig klingt, aber *uksen* war ein Wort für Zuchtstier.

Hybrid-Bildung (86)

Hymne (22) feierlicher Festgesang; griech. *hymen* = (dünnes) Band (wenn der Leser jetzt an etwas anderes, Jungfräuliches denkt, hat er recht), also Band von Tönen und Silben.

hyper (54, 76) entspricht dem lateinischen super, eine Vorsilbe mit der Bedeutung über, darüberliegend, daraus unser Wort über, griech. *trepho* = ernähren, hypertrophisch also das Überernährte, Wildwuchernde.

Hypothek	(86) gesichertes Pfandrecht an Grund und Boden, wörtlich Unterlage; etymologisch, aber nicht sinngemäß verwandt die
Hypothese	Unterstellung, zunächst nicht bewiesener Lehrsatz
hysterisch	(84)

I

iatrogen — (83) s. a. Stichwort -gen

Idee — (33) mit dem Stamm *weid- = wissen, denken hängen viele Wörter zusammen: ideal, Idylle, Idol, lat. *videre*, davon Vision, Provision, vidieren, Revision, Voyeur, Visage, vis-à-vis, Visier; einer, der viel weiß, war ein *uid-tor*, davon Historie, Story u. v. a.

Idiom — (8) Mundart, Sprachweise einer Gruppe, davon auch allgemein Sprache; von griech. *idioma* = Eigenheit.

Idiot — (55, 81)

Idyll — (33)

Image — (90) war im alten Rom nur ein *imago* = Bild. Noch vor sechzig Jahren im Deutschen unbekannt, legt heute jedermann größten Wert auf sein »ímitsch«.

impertinent — hat sich aus der Fachsprache der Juristen ins normale Deutsch geschlichen, bedeutete ursprünglich: nicht zur Sache gehörig, nichts beitragend; *pertinere* = sich erstrekken.

Imponiergehabe — (54) imponieren = Eindruck machen; franz. *imposer* zu lat. *imponere* = auflegen

importieren — einführen, von lat. *portare* = tragen, also: was man hineinträgt. Damit verwandt die Pforte, der Portier, die vielen Hafennamen (Port Arthur, Port Said usw.), Transport, apportieren, Rapport, Porto und unser Wort fahren (*per* = hinüberführen – in diesem Fall ist es natürlich die erschlossene Wurzel, die mit lat. *per* = durch urverwandt ist).

Individuum	das, was man nicht mehr *dividere* = teilen kann, also der Mensch als Einzelwesen, das Unteilbare; s. Atom.
Indiz	(56) Hinweis, Tatsache, die fast als Beweis zu werten ist; lat. *in-dicare* = anzeigen, nicht zu verwechseln mit dem Index = Verzeichnis, oft: Liste von verbotenen Dingen.
Infanterie	(100) Truppe der Fußsoldaten, von lat. *infans* = kleines Kind, das nicht sprechen (*fari*) kann; span. *infante* = Thronfolger, franz. *enfant terrible* = schreckliches Kind und infantil als Gegensatz zu senil: kindisch, zurückgeblieben.
Infarkt	Grundbedeutung: Verstopfung; lat. *infarcio* = stopfen, Partizip *infartus*, es müßte also eigentlich »Herzinfart« heißen. Infarkt ist eine spätlateinische Bildung; dazu Farce, Wurstfüllung, aber auch Posse (die als Pausen-Füllsel diente) und faschieren, das »farschieren« heißen müßte.
Inflation	(164) von lat. *inflatio* = das Sich-Aufblasen, war ursprünglich ein ärztlicher Fachausdruck für Blähungen. Der Mann, der den Schauspielern den Text »unterbläst«, ist der Souffleur, von lat. *sub-flare, sufflare.*
Information	(10) Auskunft, Belehrung, heute eher: jede Art von Nachricht, denn auch ein kurzer Elektronenpfiff informiert irgendwen – und sei es auch nur einen Computer. Von lat. *in-formare* = durch Belehrung bilden; der Funk bietet uns eine Informationsexplosion. Dazu Format, formulieren = die Aussage in bestimmte Gestalt bringen, Formation, Format (ursprünglich nur Fach-

	wort der Buchdruckersprache), formal, Reform, konform u. a.
Injektion	(65)
inkognito	von ital. *in-cognito* = nicht erkannt; heute kaum noch gebräuchlich; wichtige Leut' kennt jeder vom Fernsehen.
inscriptio	(60) *in-scriptio* = An-Schrift, Adresse (klassisches Latein)
Insel	(17) schon ahd. *isila,* später noch einmal direkt aus dem Lateinischen entlehnt; dazu isolieren, von franz. glbd. *isoler* = zur Insel machen.
integrieren	(151) zur Zeit ein Modewort, dabei überflüssig, denn es ist durch »eingliedern« völlig ersetzbar; lat. *integrare* = wiederherstellen, ergänzen stammt von *tangere* = berühren, dazu Tangente, intakt, vor allem integer für unbescholten, mit weißer Weste, unberührt.
Intellekt	Keine bindende Definition möglich, da die Fachwelt ab und zu Meinung ändert, am ehesten: verstandesmäßiges Denken, dagegen ist
Intelligenz	(54) die Fähigkeit, verschiedene Denkinhalte in kürzester Zeit in originellen Zusammenhang zu bringen; lat. *inter-legere* = dazwischenlesen, einsehen. Jeder läßt spaßeshalber einmal seinen Intelligenzquotienten testen, spricht stolz von seinem »Aikjuh« (IQ) und ärgert sich, daß er damit nur sehr wenigen Leuten wirklich imponiert.
interessant	(83) von lat. *inter* = zwischen, *esse* = sein, also dabei sein, wichtig sein (für jemanden)
Interjektion	(66)

Interview	(153) ist das anglifizierte französische *entre-vue*, das ein geschäftliches Rendezvous, ein Einander-Sehen, bezeichnete. Erst seit der Jahrhundertwende.
intim(us)	(62, 146) ist eigentlich der Superlativ von *intra* = innen (Komparativ: *interior*, daher Interieur). Sphäre von griech. *sphaira* = Ball, (Erd-)Kugel, heute Bereich (oft im übertragenen Sinn: seelischer Bereich), und von der Intimsphäre wird um so häufiger gesprochen, je mehr sie durch die Moderne bloßgestellt und verletzt wird.
Iris	(165)
Ische	(126)
iso-	(33)
Isobaren	(33)
Isoglossen	(33)
isolieren	s. Insel
Isothermen	(33)
istenem	(109) ungarisch: mein Gott! *Isten* = Gott, das angehängte *-em* = mein; joj, jaj = Ui jegerl oder jeder andere Ausruf.
Iwrith	(124) der Name der amtlichen Umgangssprache in Israel. Biblische, hebräische Grundlage, sephardische Aussprache. Zwei Sprachgruppen, die Ashkenasim, die Ostjuden, und die Sephardim, die Südlichen, Spaniolen.

J

Jambus	(113) s. Anapäst
Jam Session	(156) darf man nicht wörtlich übersetzen, sonst käme eine Marmelade-Sitzung heraus; *jam* ist jede Art Durcheinander, Verkehrsstau, Verklemmung. Heute ein Modewort der Tanzmusik: Das Durch- und Miteinanderspielen mehrerer Musiker.
Japan	(61) Selbstbezeichnung: Nippon = Land des Sonnenaufgangs, aus Nippon wurde in Europa dann Japan.
Jause	(111) von kroatisch *juž(i)na* = (Nach-)Mittagsmahlzeit
Jazz	(147)
Jeans	(156)
Jeton	(67)
Jet-set	(67, 151)
Job	(149) (Gelegenheits-)Arbeit. Die Etymologie des engl.-amerikanischen Worts ist ungeklärt, s. a. S. 153.
Journal	(45) von franz. *journal* = den Tag betreffend; das Wort *jour*, ital. *giorno* von lat. *diurnus* = täglich, dem das Wort *dies* = Tag zugrunde liegt. Wer ein Journal herstellt, ist ein
Journalist	(88). – Abschätzig spricht man von einer
Journaille	Dieses Wort kennen wir durch Karl Kraus, von dem wir erfahren, daß es von einem Wiener Bürgermeister 1905 erfunden oder nachgebildet wurde (Freiherr von Berger).
jüdisch	(123) Juda (bedeutet hebr.: Gottes Lob) war der Sitz des wichtigsten hebräischen Stammes, heute Judäa.

Junktim	(117)
Junta	(116 f.) beide Wörter von lat. *iungere* = verbinden; dazu stellt sich unser Wort Joch.
juristisch	sagen viele, einige auch juridisch. Beides bedeutet genau das gleiche, juridisch klingt eher wichtigmacherisch; *ius* = das Recht, davon die Mehrzahl Jura, die man in Deutschland studiert.
Jury	sollte man franz. aussprechen: »schüríe«. Das englische »dsehuri« geht auf altfranz. *jurée* = Versammlung von Geschworenen (lat. *jurare* = schwören) zurück.
Justizmord	(16)
Juwel, Juwelier	(52, 132) von altfranz. *jöel,* kam über Holland (juweel) zu uns. Grundbedeutung (von lat. *iocus* = Spaß): scherzhaftes, lustiges Geschenk.
Jux	(72) Studentensprache, Scherzbildung zu lat. *iocus* = Spaß; davon franz. *jeu* – was jeder Roulettespieler kennt; engl. *joke* = Spaß; Jolly-Joker; und wer außer Juwel noch ein deutsches Wort dazustellen will, muß auf die Beichte verwiesen werden: *bi-jichten* enthält die Vorsilbe *be-* und das ausgestorbene Verbum *jechan* = (feierlich) sprechen.

K

Kadett	(73)
Kadi	kennen wir aus orientalischen Märchen; arab. *qādin* heißt noch heute Richter. Mit Artikel, also als *al qadin,* wurde der spanische Alkalde, der Dorfvorsteher, draus.
Kaftan	(123)
Kakadu	(94)
Kakao	(96)
Kaleidoskop	(37) Kinderspielzeug: Guckkasten mit bunten Steinen
Kalk	(15) schon zur Römerzeit entlehnt aus lat. *calx* = Spielstein, Kalkstein, Diminutiv *calculus,* davon
kalkulieren	(134), dazu gehört auch das französische Wort für Landstraße, das unsere Großeltern gebrauchten, nämlich Chaussee; das war zu Caesars Zeiten die mit Kalksteinen gepflasterte Straße, die *via calciata.*
Kalle	(125) jüdisch für Braut, oft auch: Freundin, Geliebte. Sprichwort: die Kalle is mer ze schejn, soll heißen: da ist sicher ein Haken dabei – auch ein Beispiel für eingedeutsche Gaunersprache.
Kamera	(99) aus lat. *camera obscura,* nämlich die hinter dem Objektiv liegende lichtdichte Kammer, und die
Kammer	(15) kam wie der Kalk als Fachwort der neuen Baumethoden schon mit den Römern, basiert auf griech. glbd. *kamara.*
Kampagne	(28, 46) von einem spätlat. *campania* = flaches Land, daraus ital. *campagna,* franz. *campagne,* im Deutschen bekam dieses

221

	Fremdwort die Bedeutung Feldzug, später aufs Geschäftsleben übertragen (Werbefeldzug).
Känguruh	(94)
Kanister	bekannt geworden durch engl. *canister* = Blechgefäß (früher Flechtkorb), geht auf lat. *canistrum* (griech. *kanistron*) = aus Rohr geflochtener Korb zurück, auch der Kanal und das Kartenspiel Canasta (Körbchen) kommen von einem – jetzt halten Sie sich an! – babylonisch-assyrischen *quanu* = Rohr, ebenso Kanon, Kanone, der Canale grande in Venedig und der Ortsname Kehl, der früher Kenl gelautet hat (Nebenarm des Rheins, Kanal).
Kanone	(80) Zuerst war nur das »große Rohr« da: *canna* wird zu *canone,* s. S. 120.
Kantilene	(101) besonders gut sangbare Stelle einer Komposition – lat. *cantare* = singen. Wer das Wort zur Bezeichnung der Frau eines Kantors verwendet, tut nicht recht daran.
Kapazität	(7, 99) einerseits die Fähigkeit, anderseits die Fachkraft, die wissenschaftliche Leuchte – von lat. *capacitas,* dieses von *capere* = fassen, begreifen. Dazu gehören unter anderen: kapieren, akzeptieren, konzipieren, Rezept, Disziplin, Prinzeps, Prinzip, Emanze usw.; lat. *capere* ist übrigens urverwandt mit unserem Wort heben.
Kapazunder	(7) eine österreichische Variante, in der auch noch ein »wundern« drinsteckt: Kapazität plus Wundertäter.
Kapital	(7, 73 f.), damit verwandt Kapitalismus (74), Kapitän (von spätlat. *capitaneus* = durch Größe auffallend), Chef, ka-

	pitulieren, Kap von lat. *capo* = Spitze, Kapitel = Hauptabschnitt und endlich das deutsche Kappes für Kohl von mittellat. *caputium* = Kohlkopf.
Kappa	(44) ist der griechische Name für den Buchstaben K.
Karosse	(146) leitet sich von einem galloromanischen *carrus* = Wagen ab, der, italienisch nachsilbenmäßig verkleinert, über Frankreich als Carrosse zu uns fand, wo er den längst vorhandenen Karren vorfand. Der Oberbau von so einem Prunkwagen hieß
Karosserie	(152) und wurde erst in unserem Jahrhundert entlehnt.
Karte	(100) vermutlich ägyptischer Ursprung: griech. *chartēs* = Blatt der Papyrusstaude, lat. *charta* (Verfassungsurkunde: Vereinte Nationen, Menschenrechte) kommt über franz. *carte* zu uns. Kartei, Karton, Kartell aus dem Italienischen, Skat von *(di)scartare* = Karte(n) wegwerfen, aus England Charter und chartern = ein Schiff oder Flugzeug mieten.
Kartothek	(86)
Katalyse	(76) chemischer Fachausdruck, dazu ein
Katalysator	Stoff, der chemische Reaktionen herbeiführt oder beschleunigt, ohne sich selbst zu verändern, also ein »Auflöser«.
Katarrh	(24)
Katastrophe	(76) von griech. *katastrepho* = ich drehe um, also Umkehr, Wendung (zum Schlechten).
Katheder	von lat.-griech. *cathedra*; *hedra* = Sitz
Kathedrale	die Kirche des Bischofssitzes – *hedra* und Sitz sind urverwandt.

223

katholisch	(61, 74) wörtlich: für alle – von griech. *katá* und *holos* = ganz, alle
Kaugummi	(96)
Kavalier	(*100*, 139 f.) einst: der Reiter, also Ritter. Die Reiterei war die Kavallerie, davon auch die Tarockkarte
Kaval	hauptsächlich österreichisch (gespr. »Kawall«)
Kidnapping	(153) Menschen (Kinder) entführen; »napping« ist etymologisch nicht sicher zu deuten, *kid* gehört zu unserem Kitz, *nab* oder *nap* ist ein englisches Slang-Wort und heißt rauben.
Kino	(76, 89) Kurzform von Kinematograph = Bewegungsschreiber
Kiosk	kommt von einem türkischen Wort *köschk* = Gartenlaube.
Kirche	ist das Haus des Herrn. Noch heute heißt der Herr in Griechenland
kirios	(107), und wer einen Griechen mit Namen kennt, sagt ihm *kirie* soundso – dann freut er sich. Übrigens: *kirie* und nicht *kirios*, denn die Griechen haben noch den Vokativ, den Anruffall: o Herr = *kirie*, nur Herr = *kirios*. Davon das Adjektiv *kiriakos*, weiblich *kiriakē*, und davon kommt unsere Kirche.
Kischew	(123) wird oft im Sinn von »Schicksal« verwendet, heißt aber richtig Zauberei.
Kiwil	(45) s. Zivil
Klappwörter	(164)
klassifizieren	(81) einordnen, beurteilen; von lat. *classis* = Abteilung u. ä. Klassiker von lat. *classicus* = die ersten Bürgerklassen betreffend.
Klaustrophobie	(84) s. auch Klavier und *phóbos* = Furcht (83)

Klavier	von lat. *claudere* = (mit einem Nagel oder Schlüssel) verschließen; *clavis* ist der Schlüssel, später die Taste, franz. *clavier* war ein Tastenbrett. Auch ein Ort an der Côte d'Azur bei St-Tropez heißt so, hat aber mit einem Klavier nichts zu tun. Zu diesem überaus fruchtbaren Stamm *claud* gehören noch: Klausur, Klause, Klausel (lat. *clausula*), der (franz.) Clou, exklusiv und inklusiv, Klosett, Kloster und Schleuse; bei den Ärzten heißt das Schlüsselbein *clavicula*.
Kleptomanie	(107) von griech. *klepto* = ich stehle und Manie von *maínomai* = ich rase, verwandt mit unserem »meinen«, also wörtlich Stehl-Wahnsinn. Dazu das Adjektiv manisch = irr, verrückt.
Klinik	(153) s. deklinieren
Klub	(149) mittelengl. Männerverein, noch früher (Holz-)Keule; als Einladung wurde eine Keule herumgetragen, in die der prospektive Teilnehmer ein Kerbe machen mußte.
Knast	(127) aus der Gaunersprache, von hebr. *kanas* = bestrafen, *knas* = Geldstrafe
Knitsche	(164) Warum soll nicht auch ein erfundenes Neuwort hier stehen?
Know-how	(85, *154*)
Koalition	(88) Bündnis von Parteien oder Staaten; dem englischen gleichbedeutenden *coalition* liegt lat. *coalescere* = vereinigen, zusammenwachsen, Stamm *alere* = ernähren zugrunde; dazu Alimente und *altus* = hoch, hochgewachsen.
Koks	(149) eigentlich eine Mehrzahl von engl.

225

	coke = Mark, Asche, Kern, seit über zwei-hundert Jahren im Deutschen verwendet. Gaunersprachliche Abkürzung für Kokain, scherzhaft für Hut, vermutlich rotw.: *gok* = Dach. Wiener Redensart: Der red't sich ein, er is der Graf Koks vom Gaswerk.
Kollege	(92) von lat. *legare* = eine gesetzliche Ver-fügung treffen, quasi der Mit-Abgeord-nete, im gleichen Betrieb Arbeitende, also einer, der aus unerfindlichen Gründen ohne jede Eignung und Vorbildung das gleiche Gehalt wie man selber bezieht.
Kolorit	Färbung, dazu Koloratur, kolorieren kommt von lat. *color* = Farbe, Färbung
komisch	(114) bedeutete vor dreihundert Jahren noch: zur Komödie gehörig (s. Komödie). Der Sprachforscher aber ist relativ humor-los, er denkt bei dem Wort an die Sprache der Syrjänen, die sich selbst Komi benen-nen und daher »komisch« reden.
kommandieren	(134), dazu Mandant, Mandat, Mandatar
kommen	(119)
kommentieren	(166) von lat. *com-mentāri* = etwas über-denken, erläutern, zur Wurzel **men* = gei-stig beweglich sein, die wir in vielen Fremdwörtern finden: Mentalität, Remi-niszenz, monieren, Manie (s. Kleptoma-nie), Amnestie, Monument, Monstrum, die Anamnese (Krankheitsgeschichte) und einige andere, im Deutschen noch Minne, munter, Muster und mahnen.
Kommission	(36) Ausschuß, aber auch Handel in frem-dem Auftrag; von lat. *commissio* = Verbin-dung, später Auftrag, Sendung (die Mis-sion ist ja die »Sendung«). Wer einen Poli-

	zeiauftrag kriegt, ist ein *commissarius*, ein Kommissar.
Komödie	(62) Ein *kōmos* war im alten Griechenland eine festliche Prozession fröhlicher, weil berauschter junger Leute; *ō(i)dē* (daher die Ode) war das Wort für Gesang. Aus dem Festgesang entwickelte sich der Name Komödie für unterhaltende Bühnenstücke. Dazu gehört die Tragödie, die Parodie und – die Melodie.
Komplex	(154) sowohl als Hauptwort: Verknüpfung, Gesamtheit u. ä. wie als Eigenschaftswort: zusammengesetzt, umfassend; lat. *complexus* mit ähnlicher Bedeutung ist ein Partizipialadjektiv zu *complecti* = umschlingen, zusammenfassen; kleinere politische Gruppen haben oft Minderheitskomplexe analog zu dem von Freud erfundenen Minderwertigkeitskomplex, der vielen Leuten als Ausrede für mangelnde Tatkraft dient. Solchen Leuten sagt man am besten: Du hast keinen Minderwertigkeitskomplex – du *bist* minderwertig!
Kompliment	(141)
kompliziert	(141) von lat. *complicare* = verwickeln, falten
Kompositum	(86) von lat. *cum* = zusammen und *ponere* = stellen; gleiche Etymologie haben Komponist und Kompost (eigentlich peinlich!).
Konferenz	ist eine Besprechung, wo man Meinungen zusammenträgt (lat. *conferre*) und konferiert. Im Französischen hat sich die Conférence zur Bedeutung »Ansage« gewandelt. Hier ändert die Aussprache den Begriff, wie auf S. 191 dargetan.

Kongreß	(60) lat. *congressus* = Zusammentreffen, lat. *gradi* = schreiten; dazu *aggredi* = angreifen, Aggressor und die Aggressionen, die sich so leicht stauen und dann abreagiert werden müssen.
Konjektur	(65)
konjugieren	(58) ein Zeitwort abwandeln, beugen, von *jugum* = Joch (die beiden Wörter sind urverwandt); *conjungere* (117) = verbinden, daher der
Konjunktiv	Möglichkeitsform (eines Zeitworts) und die
Konjunktur	(66); das Wort stammt aus der Astrologensprache – als Metapher heute (günstige) Wirtschaftslage.
Konkil	(45) s. a. Konzil
konservativ	(44) lat. *conservativus* = erhaltend, das Altgewohnte bewahrend, dazu Konserve (60), Konservatorium (das aus ital. *conservatorio* wieder zurück in die lateinische Form fand) und reservieren, Reserve (die bekanntlich Ruh' hat), Reservoir (franz.), Observatorium u. a.; lat. *servare* = bewachen, unversehrt erhalten, retten.
Konsum	(66) lat. *consumere* = verbrauchen, konsumieren
Kontakt	(9) lat. *contingere* = berühren, dazu Tangens = die berührende Linie und Takt von lat. *tactus* = Berührung, Gefühl
Konto	(101) war früher eine Gegenüberstellung von Abrechnungen, die man in der Schreibstube, im *comptoir* (134), später im
Kontor	vornahm; heute wird Konto mehr im Sinn von Bankguthaben gebraucht; ital. *discontare* = abrechnen, engl. *discount*, daher un-

	sere Diskontläden mit den (meist gar nicht wirklich) herabgesetzten Preisen, das Akonto, die Angabe; alles von lat. *computare* = zusammendenken.
Kontrabaß	(121)
kontrollieren	(54, 156) von Kontrolle; eine zweite Rolle, ein zweites Register, um die Richtigkeit von Angaben vergleichend zu überprüfen, hieß franz. contre-rôle.
Konzil	(45) von lat. *concilium* = das Zusammengerufene von *con-calare* = einberufen
Korporal	(100) von ital. *caporale*, also Anführer, Kopf, s. Kapital
Kosmetik	(90)
Kosmonaut	(90)
Kosmopolit	(76), zum Grundwort s. Politik
Kosmos	(76) Heute bedeutet es in Griechenland die Volksmenge, die Leut'. Von der göttlichen Ordnung ein weiter Weg und ein Beispiel für eine Bedeutungsverschlechterung.
Kostüm	(139) Aus lat. *consuetudo* = Gewohnheit wurde ital. *costume* und franz. *coutume*, das völkische Eigenheiten und – später eingeengt – die historische und landschaftsgebundene Kleidung bezeichnete.
Kotelett	von franz. *côtelette* = Rippenstück; vom gleichen Wort haben wir unsere Küste, denn *côte* (altfranz. *coste*) = Rippe, Abhang, Küste, Meeresstrand kam über das Holländische zu uns und wurde unter anderem zu einer bärtigen Mode.
Kotze	(156) Ursprung nicht geklärt, aber wahrscheinlich germanisch, ahd. *chozzo* = grobes Wollzeug, davon auf Umwegen das Wort Kutte und engl. *coat*.

kotzen	für erbrechen von mhd. *koppezen*, Intensiv-bildung von *koppen* = rülpsen, speien
krasí	(106) Wein auf neugriechisch
-kratie	(87) Aristokratie von griech. *áristos* = der beste
Krawáll	von mittellat. *charavallium* = Katzenmusik, Straßenlärm
Krawatte	nach der von kroatischen Reitern getrage-nen Halsbinde; in Wien sagt man heute noch Growōd für Kroate.
Kredit	(14) finanzielle Glaubwürdigkeit, von lat. *credere* = glauben
Kretin	(79) wird zum erstenmal im Deutschen bei Kant erwähnt, geht auf ital. *cretino* (Christ) zurück, ein sogenanntes Hüllwort: beson-ders geschützte unschuldige Wesen; heute bedeutet es schwachsinnig.
Krux	im Sinne von Schwierigkeit von lat. *crux* = Kreuz und ist immer weiblich zu verwenden. *Der* Krux ist eine Fehlleistung!
Kuchlböhmisch	(161)
Kukuruz	(92) Mais
Kultur	(57)
kunterbunt	kommt zum erstenmal in der Form: contrabund vor, ist demnach mit dem Kontrapunkt verwandt und daher ein Fremdwort. Bedeutungswandel: von viel-stimmig zu vielfarbig (unter Anlehnung an bunt).
Kurtisane	(140) franz. *courtisane*, vorher ital. *corti-giana* = vornehme Hofdame, später Freun-din eines Fürsten, kommt von lat. *co-hors* = Einzäunung, Hof, später Hofstaat. Dazu Gardine, Courtoisie und – etwas entfernt – auch unser Wort Garten.

Kutsche	(130) von ungarisch *kócsi* = Wagen aus dem Dorf Kócs
kyrillisch	s. cyrillisch

L

Lack	(11) ist ein uraltes Wort, das es bei den Arabern als *lakk,* persisch *lāk,* sogar bei den ganz alten Indern schon als *lakscha* gab. Heute ist der Lack beim Auto (s. dieses) ein Status- (s. diesen) Symbol (s. dieses).
Laie	(82) schon ahd. *leigo* für den Nicht-Geistlichen, weil damals jede Art von Bildung beim Klerus lag, kommt vom Kirchenlatein bzw. griech.: *laicus* = der kleine Mann aus dem Volk von griech. *laos* = Volk, das wir im Nikolaus wiederfinden (*nikē* = Sieg, also Volkssieger), das mit unserem Wort Leute verwandt ist und das uns die Liturgie (wörtlich: öffentlicher Dienst) erklärt. Da staunt der Laie, und der Fachmann lächelt müde!
lapidar	(12) von lat. *lapidarius* = aus Stein; wer eine Inschrift in einen Stein *(lapis)* meißeln wollte, mußte sich kurz und kraftvoll ausdrücken, um Schwerarbeit zu sparen.
larmoyant	(136) weinerlich
Lasagne	(46) ist eine der vielen, herrlichen italienischen Teigwaren.
Laser	(163) sollte man eigentlich mit Großbuchstaben schreiben, ist aber schon fast eingebürgert.
Latein	kommt x-mal vor. Es war vermutlich die Mundart von Latium.
Lativ	(68)
Laudatio	Lobrede, wird meist zur Lobhudelei, von lat. *laudare* = loben.

lavieren	kommt über die Seemannssprache aus dem Holländischen von *laveeren* = die Wind-(Luv-)Seite suchen; falsch ist die – mehrfach gedruckte – Ableitung von lat. *lavare* = waschen.
Leasing	(14)
legal, loyal	kommt von lat. *lex* = Gesetz, bedeutet ungefähr das gleiche und ist hier nur als Beispiel dafür angeführt, daß man mehrmals entlehnen kann: legal noch ganz lateinisch, loyal schon sehr französisch.
Legasthenie	(84)
legitim	heißt rechtmäßig. Das lateinische Wort *lex, legis* hat in ganz Europa eine Riesenschar von Verwandten: legal, Legat, delegieren, Legion, Delegation, Kollege, privilegiert, Legislatur (Gesetzgebung), legieren, Lektion, Lektor, Lektüre, Elite, elegant, intelligent, selektieren, selektiv – und jetzt bitte noch einmal S. 62/63 nachlesen!
leuko-	griech.: weiß; davon Leukämie, Leukozyten und Levkoje, das Weißveilchen
Lexikon	(63, 138, 143) als griechisches Adjektiv: das Wort betreffend, *lexikón biblíon* = Wörterbuch; zu griech. *léxis* = Wort gehört die Logik (S. 77), der Dia-, Pro-, Kata-, Mono- und Epilog, der Dialekt, die Legasthenie und anderes mit der Wurzel *leg* = lesen.
Liaison	(140)
Libelle	(141)
liefern	(99) von franz. *livrer* = mit etwas ausstatten; der Herr im alten Frankreich beschaffte seinen Dienern einheitliche Kleidung, daher *livrée;* kommt über die hollän-

dische Kaufmannssprache zu uns, beruht auf lat. *liberare* = befreien, später bedeutete es auch ausliefern.

Liga	(140)
Limo	(164)
Linguist	(22) von lat. *lingua* = Zunge, Sprache. Ein Geheimwort der Sprachwissenschaftler, die sich manchmal als Philologen, manchmal als Linguisten bezeichnen. Die Laute l und d wechseln oft in den klassischen Sprachen (*lacrima* und *dakryon* = Träne, *oleo* = riechen und *odor*), die ältere Form von *lingua* ist *dingua,* so daß unsere Zunge (got. *tugga*) damit verwandt ist. Ein Linguist ist also ein »Züngler«!
Linie	kommt davon, daß die Römer Schnüre aus Leinen zur Grenzziehung verwendeten.
Lira	(141)
Liter	(142)
Literat(ur)	(123) von lat. *littera* = Buchstabe, Schrift; etymologisch nicht sicher gedeutet.
live	von eng. *life* für Leben, lebendig; ein Wort, das wir vor fünfzig Jahren nur im Englischunterricht hörten und das wir jetzt immer wieder brauchen, um staunend festzustellen, daß das, was wir hören oder sehen, keine Tonkonserve und auch kein Film oder Videoband ist.
Lizenz	(15) von lat. *licentia* = Erlaubnis, daher auch
Lizitation, lizitieren	von lat. *liceor* = bieten, ersteigern, heute ein unschönes Polit-Wort
-logie, logisch	(77)
Loipe	(104) Schiwanderweg
Lok	(164)

longplay, LP	(147)
Los	(119)
Lotterie	(119)
Lozelach	(126)
lukrativ	sind Geschäfte, die Gewinn bringen; lat. *lucrum* = Vorteil. Im römischen Recht gab es zwei Arten von Schaden: das *lucrum cessans* = der entgangene Gewinn und das *damnum emergens* = der entstandene Schaden.
Lunch	(164) die englische Mittagsmahlzeit, von span. *lonja* = Scheibe (Brot).
Lunochod	(74) nannten die Russen den unbemannten Wagen, den sie auf dem Mond (lat. *luna*) herumfahren ließen. Luna kommt von *lucna* = Leuchtende und liegt unserem Wort Laune zugrunde, s. a. Lux.
lupus	(50)
Lux	(74) ist das lateinische Wort für Licht, aber die
Luxation	die Verrenkung, nämlich wenn ein Knochen außer Rand und Band(scheibe) ist, gehört zu lat. *luxare* = aus der (Normal-) Lage bringen. Dagegen Luxus = Ausschweifung.
Lyrik	(62) von franz. *poésie lyrique;* griech. *lyrikós,* lat. *lyricus* = mit Begleitung der Leier, der Lyra, denn diese war das Symbol der Dichtung.
lynchen	(165) Exekution ohne Richterspruch; von einem amerikanischen Richter Lynch, der im 18. Jh. eigenmächtig jemanden aufknüpfen ließ, daher Lynchjustiz.

235

M

Machloikes	(127) von jidd. *machlauke* = Streitigkeit; heute eher Schwierigkeit, Umstände, unsaubere Geschäfte
Madame	(139) und Stichwort: Dominus
Mafia	(120)
Maik	(147) müßte man eigentlich mike schreiben.
Mais	(92)
Mammelóschn	(102)
Manager	(151)
mang	(46) mitten
mangiare, manger	sind die italienischen bzw. französischen Ausdrücke für essen, das aber lat. *edere* heißt. Da hat sich nämlich ein eher dialektischer und nicht literarischer Ausdruck *manducare* = kauen durchgesetzt.
Mannequin	(120)
manuell	für händisch führen wir an, weil sich das Grundwort *manus* = Hand hier fast unverändert findet. Es erklärt uns eine Menge Fremdwörter: Manufaktur = (Betrieb mit) Handarbeit, Manuskript = Handschrift, Maniküre = Handsorge, manipulieren = handhaben (*pulus* gehört zu *plenus*, S. 19), Manöver (franz. *manœuvre* = Handhabung, später Kunstgriff, Übung, *œuvre* von *opus* = Werk, Arbeit) – eine zweite Gruppe von *mandare;* dieses Verb kommt von altlat. *manidus* = in die Hand gebend; dazu gehört: Mandat, kommandieren (134), Kommanditgesellschaft, Emanzipation u. v. a.; bei uns Vormund und Mündel (ahd. *munt* = schützende Hand).

mare	(101) ital. für Meer, wieder einmal ein sehr indogermanisches Wort, franz. *la mer*, russisch *more* (aus den Leuten, die am Meer – *po more* – sitzen, sind die Pommern geworden), davon kommt maritim, die Marine und die Marinade.
Maschekseite	(109) nur in Wien: die andere Seite
Massenmedien	(59) Medium (von lat. *medius* = mittlerer, also Vermittler) war noch vor 50 Jahren eine Person, die mit Geistern Kontakte aufnahm. Heute sind die Medien die Mittel, die dem armen Volk irgendeine Meinung aufzwingen, nach anderer Version: die Masse informieren.
Mas(s)el	(123)
Matador	(116)
Materie	von lat. *materia* = Urstoff, Aufgabe; dazu Material, materiell und auch der Materialismus
Mathematik	(65) von griech. *mathematikós* = lernbegierig, hatte also ursprünglich mit dem Rechnen gar nichts zu tun.
Mauer	(15) lat. *murus*, Maskulinum, müßte daher »der« Mauer heißen; da die alten Germanen aber vorher die Wand sagten, blieb es bei weiblich; daß man beim Fußball mauert, um ein Resultat zu halten, beruht vermutlich auf dem gedanklichen Einfluß des Rotwelschwortes *moire, maure* = Furcht.
Mausoleum	(165) Das Grabmal, das Artemisia ihrem Gatten, dem König Mausolos, errichtete, war eines der Sieben Weltwunder. Heute bezeichnet es ein übertrieben prunkvolles Grab.

Medizin	(60) von lat. *medicus* = Arzt und *mederi* = heilen, dazu meditieren, Medikament; zur Wurzel **me(d)* = messen gehört auch unser Maß, müssen und Meter.
Melamed	(126)
Melodie	(113) griech. *mēlos* = Lied und *ō(i)dē* = Gesang (s. a. Komödie)
Mensa	(89)
Menü	(138) kommt von franz. *menu* = klein, dünn, »mini«, aber wenn all die pikanten Kleinigkeiten der französischen Speisenfolge aufgeschrieben und ausprobiert werden, dann kommt beim eigenen Gewicht eher ein Plus heraus als ein Minus, das als Wort dem *menu* zugrunde liegt. Von *menu* kommt auch der »Kleinschrittanz«, das Menuett.
Mercedes	(72)
merde	(62) Wenn sich wer in Frankreich ärgert, sagt er »*merde alors!*«, wenn er nicht noch Ärgeres sagt.
meschugge	(126) jidd. *meschuggo*, hebr. *meschugah*; glbd. *mebulbel* – Sie verschtejn es nicht? Dann sind Sie aber schön meschugge (verrückt).
Metapher	(54) Bedeutungsübertragung, von griech. *meta-phero* = ich übertrage. – Nach dem Durchackern dieses Buches werden Sie alle Fremdwortprobleme auf die leichte Schulter nehmen können und brauchen weder einen Acker noch eine Schulter – aber jetzt wissen Sie, was Metaphern sind.
Metathesis	(132) einige Beispiele: Born – Bronnen; lat. *forma*, griech. *morphḗ* (Gestalt); lat. *granum*, deutsch Korn; Wespe – im Dialekt Wepsn – kennst di aus?

238

mies	(124)
Mikrobe	(78) kleinste Lebewesen, von griech. *mikros* und *bios* = Leben
Mikrokosmos	(78) die Welt des Kleinen
Mikrophon	(78)
Mikroprozessoren	(13, 60)
Mikroskop	(76, 78)
Milliardär	(165) von franz. *milliard,* das durch Endsilbenänderung aus *million* entstand. Dies aus dem italienisch-lateinischen *mille* = tausend mit dem Vergrößerungsschwanzerl -*one*, s. S. 120.
minestra	(120) Gemüsesuppe
Mischmasch	(89) eine lautspielerische Verdopplungsbildung der Umgangssprache (schon im 16. Jh.) von mischen, das von lat. *miscere* entlehnt ist; man kann auch
Mischkulanz	(143) sagen, was von ital. *mescolanza* beeinflußt ist.
Mischpoche	(123) Familie; von jüdisch *Mischpachah,* glbd.
Missionar	(61) Glaubensbote, Heidenbekehrer; lat. *missio* = das Schicken, die Sendung von *mittere* = senden, dazu Messe, Kommiß, Prämisse, Kommission, Kompromiß, Komitee, remis u. v. a.
Mitesser	(16)
Modalitäten	(117) philosophisches Fachwort; Ausführungsart zu lat. *modus* = Maß, Art
Modell	(120) Muster, heute verdrängt Modell das Wort Mannequin; von ital. *modello,* das auf lat. *modulus,* Diminutiv von *modus,* zurückgeht.
modern, Modewort	(62, 82) von lat. *modo* = eben erst, gerade eben.

Modus	Art und Weise; vom lateinischen Grundwort sind viele Fremdwörter abgeleitet; von der unmodernen Kommode über modellieren, moderieren (früher: ansagen) bis zum Modul, einem Bauelement der Elektronik.
mono	(88) als Bestimmungswort bedeutet allein, einzeln von griech. *monos* = allein: monoton, monogam, Monopol, Monogramm, Monokel, Monolog; wer sich nur mit sich selbst beschäftigen kann, ist ein Monomane, und etwas Einheitliches, wie aus einem Riesenstein Gemeißeltes, wird als Monolith bezeichnet (griech. *lithos* = Stein).
Moral, moralisch	(50) zu lat. *mos* = Sitte, Pl. *mores,* Adjektiv *moralis.* Einst sagte man: Ich werd dich Mores lehren, aber das hat man heute längst aufgegeben: o tempora, o Zores!
Morphem	(31) von griech. *morphé* (s. Metathesis) = Gestalt, äußere Form; dazu amorph = gestaltlos, Metamorphose = Verwandlung, Morphologie = Formenlehre
mors	(50, 71) heißt der Tod auf lat., kann im Wiederholungsfall (hummel, hummel, mors, mors) auch ein Hamburger Gruß sein, der aber etymologisch nicht damit zusammenhängt.
Mörtel	(15) von lat. *mortarium* = Mörtelpfanne, daher auch Mörser
Motel	(164)
Motiv	von lat. *motivum* = Beweggrund; das davon abgeleitete Verbum motivieren wird so viel gebraucht, daß es uns zu dieser Eintragung motiviert.

Mulatság	(109) Unterhaltung nach Art der Ungarn
multi	(74) verdrängt das früher gebräuchliche »poly«.
Mumie	(13, 94)
Mumm	(94)
Museum	(159) von lat. *museum* = Ort für gelehrte Beschäftigung mit musischen Künsten, vorher griech. *mouseíon*. Die neun griechischen Musen merkt man sich mit der sinnlosen, aber hilfreichen Gedächtnisstütze: Kliometertal, Euer Urpokal, denn das sind die zusammengepappten Anfangssilben der Musen: Klio, auch Kleio, die Muse der Geschichtsschreibung; Melpomene, die man sowohl auf dem po als auch auf dem me betonen darf, für Gesang und Tragödie zuständig; Terpsíchore (Tanz); Thalía, meist mit Maske, weil für Komödien eingesetzt; Eutérpe, die durch Flötenspiel die Lyriker beflügelt; Eráto, die sich um die erotische Literatur kümmert; Uránia (Astronomie); Polyhymnia hat es besonders schwer, weil E-Musik (ernste Musik) so schlecht bezahlt wird, und endlich Kallíope, die dem olympischen Wissenschaftsministerium vorsteht.
Musik	(82, 101, 113) Gute Musik braucht die Unterstützung aller neun Musen (s. a. Stichwort Technik). Das Musical kam aus Amerika (von *musical comedy*), und der
Musikologe	(77) macht Musik zur trockenen Wissenschaft und erklärt dem genialen Mozart, was er im vorletzten Takt irgendeiner Symphonie ausdrücken wollte.
mysteriös,	kommt von einem griechischen *mystēs*

241

Mystik	= der (in irgendwelche Geheimlehren) Eingeweihte, Verschwiegene.
Mythos, Mythologie	(43) von griech. *mythos* = Erzählung, Legende

N

Nasobem	(166) Wenn Sie das Gedicht noch nicht kennen, es fängt so an: Auf seinen Nasen schreitet einher das Nasobem, von seinem Kind begleitet. Es steht noch nicht im Brehm. Christian Morgenstern hat es erfunden, aber da er nie erklärt hat, was man sich unter einem »Bem« vorzustellen hat, wird es leider nie populär werden.
Nauta	(90) ist das lateinische Wort für Schiffer, kommt von *navis* = Schiff, dazu Navigation und Nautik.
Nebbich	(126, 160)
Nepp	(90) Treffend meist nur durch einen Dialektausdruck zu übersetzen, wenn unbedingt nötig, etwa in Österreich durch Wurzerei; kommt – no naa! – aus dem Rotwelschen von hebr. *na'ap* = ehebrechen.
Nerz	(128)
Niete	(119)
Nihilist	(137)
Nikotin	(165) Jean Nicot war fünfzehnhundert und etliches Gesandter in Lissabon und schickte die ersten Tabakproben nach Paris.
Nippon	(61) s. Japan
Nivea	(74) wörtlich: die schneeige von lat. *niveus* zu *nix* = Schnee
Niveau	(141)
nonchalant	(136) wörtlich: sich nicht erwärmend
Nostalgie	(84) In dem zitierten Buch steht u. a. (sinn-

gemäß): Daß das Wort in den siebziger Jahren aus dem Englischen einfloß, mag Zufall gewesen sein oder eine Reaktion darauf, daß es in Amerika eine Hochblüte erlebte. Aber für jeden, der sich einen alten Hut aufstülpte, brachte es die Chance, seine simple Handlung sprachlich aufzuputzen und sich den Gaumen mit dem Pausenzeichen »Nostalgiewelle« zu kitzeln.

Notiz (156) von lat. *notitia* = Kenntnis, das wiederum zu *noscere* = kennenlernen zu stellen ist. Auch der Notar, der notorisch korrekt ist, aber auch der Ignorant, die Note (von lat. *nota* = Merkzeichen) sowie das schon erwähnte inkognito und das neuerdings um sich greifende kognitive Denken gehören zu der Gruppe.

Novität, Novize sowie die Novelle, der New Look, die häufige Vorsilbe neo- und viele andere Fremdwörter, unser »neu«, slaw. *novy*, kommen von der Wurzel **newio-s*, die in allen europäischen (ehschonwissen) Sprachen lückenlos vertreten ist. Sogar das Zahlwort neun kann davon abgeleitet werden und wäre dann die »neue« Zahl in der dritten Viererreihe; auch das Wort »nun« steht im Ablaut zu neu.

nuklear kommt ironischerweise von lat. *nucleus* = Fruchtkern, Kern und ist mit deutsch Nuß verwandt.

O

Objekt	(66)
obskur	(66) verdächtig, von lat. *obscurus* = bedeckt, verhüllt
obstinat	(66) widerspenstig; lat. *obstinatus* = beharrlich. In der Musik bezeichnet ostinato einen Dauerton, der trotz widriger Harmonien erst dann verstummt, wenn der Komponist fühlt: jetzt ist's aber wirklich genug!
obszön	(66) schamlos, ordinär; lat. *caenum* = Unflat, Schmutz
Ochlokratie	(87)
offiziell	(60) über franz. von lat. *officium* = Pflicht, Amt, das vorher *opi-faciom* gelautet haben muß, also Dienstleistung bedeutet. Der Offizier ist bei uns ein militärischer Rang, engl. und franz. auch Beamter.
offizinell	hingegen ist ein Heilmittel, das im amtlichen Arzneibuch steht.
offiziös	meint halbamtlich, eine offiziöse Nachricht ist ziemlich ernst zu nehmen, aber ganz sicher auch wieder nicht.
Ökologie	(77)
Ökonomie	(77)
Ökumene	(77)
Oligokratie	(87) Herrschaft einiger weniger; von griech. *oligos* = klein, wenig, manchmal auch Oligarchie. Gelahrte Wörter, die mit oligo- beginnen, füllen im Fremdwörter-Duden eine halbe Seite. Wer sich die neugriechische Entsprechung »ligo« merkt, kann jeden Verkäufer, der ihm zuviel auf-

	drängen will, in seine Schranken weisen, und »ligaki« hört er sehr oft, es heißt: ein bißchen, ein ganz klein wenig ...
Olive	(11) heißt griech. *elai(w)on* und lat. *oliva.* Von ihrem Saft stammt das internationale Wort Öl, *oil, oleum, olej, huile* usw.
Omelett	(138) auch weiblich Omelette (süddeutsch), kommt aus dem Französischen von *lamelle,* also scheibenförmiger Eierkuchen.
ominös	kommt nicht von einer bösen Oma, sondern von lat. *omen* = (schlimme) Vorbedeutung; *ominosus* = nichts Gutes verheißend (wurde in der Endung französisiert).
Operette	(108) ist die von den Italienern mit Nachsilbe verkleinerte *opera,* die Oper. *Opera in musica* ist ein Kunstwort, das auf lat. *opus,* Pl. *opera* = Werk(e) basiert (150).
operieren	(150)
Opinion-leader	(150)
Optik	(150) von griech. *optikḗ téchnē* = Lehre vom Sehen
Optimist	(60, 150)
Orang-Utan	(94)
ordinär	(111) geht auf lat. *ordinarius,* franz. *ordinaire* zurück (lat. *ordo* = Ordnung) und bedeutete bis vor rund zweihundert Jahren noch: ordentlich, üblich. Als es immer mehr zum Gegensatz von »vornehm, fein« wurde, entwickelte sich die heutige Bedeutung.
Orthographie	(153) Rechtschreibung. Das griechische Bestimmungswort *orthós* = aufrecht, richtig ist recht häufig: orthodox = rechtgläubig, orthogonal = rechtwinkelig, Orthosta-

ten = untere Steinblöcke bei antiken Bauten. Zum Grundwort -graphie s. Stichwort
Gramm.

Osteria   (159) ital. für kleine Gastwirtschaft

P

Padre, Padrone	(120)
pagare	(101) ital. für zahlen, franz. *payer;* die Tarockkarte Pagat kennt man in Österreich.
Paket	(117) ist die Verkleinerungsform von franz. *paque* = Bündel, Ballen, kommt aus dem Mittelniederländischen, nämlich vom flandrischen Wollhandel.
palabra	(115) span. für Wort, portugiesisch lautet es *palavra,* und portugiesische Händler brachten das Wort nach Nordafrika, wo es auch zur Bezeichnung langer Verhandlungen wurde, aber in der Form
Palaver, palavern	(81), in der wir es verwenden. Zugrunde liegt lat. *parabola* = Gleichnis, Rede, aus der auch die
Parabel	(81) entstand, der eine Form von griech. *paraballo* = danebenwerfen, vergleichen, *parabolē* zugrunde liegt.
Palette	(10) zu lat. *pala* = kleine Schaufel, Diminutiv: *paletta*
Panne	ist ein französisches Wort aus der Segel-Fachsprache: *rester en panne* = in der Flaute bleiben, keine Fahrt machen; Etymologie ungeklärt.
Papagei	(94) schon mhd. *papegan,* nicht gesichert
Paprika	(110) lat. *piper* (Pfeffer) wird serbisch zu *papar* und kommt in der ungarischen Form zu uns.
Parabel	gehört alphabetisch erst hier angeführt, hat aber vorhin so schön gepaßt.
Paradigma	(32, 88) griech.: Beispiel
paradox	(82) widersinnig; griech. *dóxa* = der

248

Glaube, *pará* = vorbei, entlang, also sinngemäß: Vorbeiglaube, jenseits dessen, was
man zu glauben geneigt ist.

parallel (19, 107) wörtlich: einander entlang, im
übertragenen Sinn: Vergleich, ähnlicher
Fall

Pardon (35) lat. *per-donare* heißt: völlig, ganz
schenken

Parfüm (139)

Parfümerie (13)

Park von mittellat. *parricus* = eingeschlossener
Raum, kommt über Französisch auch ins
Spanische und Englische. Von Amerika
nehmen wir die Bedeutung: Fahrzeug auf-
stellen, verstärkt durch den Militärbegriff
Wagenpark, also parken. Vom gleichen
Lateinwort auch Pferch.

Parlament (81) von engl. *parliament,* das auf altfranz.
parlement = Gespräch (Verbum: *parler*) zurückgeht; s. a. Parabel, palabra, denn davon kommt »parler«.

pars pro toto (152)

Parte in Österreich gebräuchlicher Ausdruck für
Todesanzeige; von franz. *faire part* = mitteilen (lat. *pars* = Teil). Auch

Party (156) gehört zu den vielen Fremdwörtern,
die von lat. *pars* abgeleitet sind: Partner
(engl. gllt. und glbd.), Partei, früher Partie,
partiell (teilweise), Partikel (kleines Teil-
chen), Parzelle, Partitur (ital. glbd.) = Einteilung, Partisan (ital. *partigiano* = Partei-
gänger), apart, Apartment (bei uns sowohl
in englischer als auch in französischer Aussprache üblich, doch setzt sich die englische durch).

Passage	(53) von franz. *passage* = Durchgang, Übergang, kurzes Stück; dazu Paß und Passagier; zugrunde liegt vulgärlat. *passare* = schreiten, gehen – indirekt ist auch das
Patent	(15) damit verwandt; von lat. *patere* = offenstehen. Von der mittelalterlichen Formulierung *littera patens* = (landesherrlicher) Offener Brief blieb das Patent, z. B. Offizierspatent, und wurde später zum Recht auf Verwertung einer Erfindung.
Pathos	(9) theatralische Betonung, vorgetäuschtes Gefühl; von griech. *páthos* = Leid, Unglück. Dazu Sympathie, Antipathie, Pathologie, Homöopathie und pathetisch.
Patient	(83) von lat. *patiens* = duldend, leidend, dazu Passion und *patience* (franz. Geduld).
Peitsche	(130)
PEN-Club	(62) ist eine weltweite Vereinigung der schreibenden Künstler; die Anfangsbuchstaben von *poets, essayists* und *novelists* ergeben das englische Wort für Feder = *pen*.
Pendant	(52) franz. gllt.: Gegenstück
Penicillin	(60) nach dem wissenschaftlichen Namen einer Schimmelpilzart »penicillium notatum« – zu lat. *penicillum*, das von uns entlehnt wurde und jetzt Pinsel heißt.
Pension	(52)
Pensum	(52)
Periode	von griech. *perí* = um und *hodós* = Weg, also Umlauf, etwas, was regelmäßig wiederkehrt; *hodós* hat im Neugriechischen seinen *spiritus asper*, sein h verloren; daher fängt jede zweite Straße in griechischen Städten mit *odos* an. Der Altphilologe freut

sich drüber und denkt an andre *odos*-Fremdwörter: Anode, Kathode, Episode, Methode.

Perron

Person (135)

(8) fast sicher von lat. *persona* = Maske, Charakter, Mensch, und die Philologen freuen sich, daß sie ein Wort auf die etruskische Sprache, von der man nur sehr wenig weiß, zurückführen können: *phersu* = Maske. Wahrscheinlich beeinflußt, vielleicht auch abstammend von lat. *per-sonare* = durchtönen. Etruskisch *phersu* vielleicht von griech. *prosopos* = Gesicht. Interessant, daß sich die Engländer das Wort zweimal beigebogen haben: einmal *person* = Person, aber auch *parson* = Pfarrer.

Persönlichkeit (103)

pervers (52) von lat. *per* = durch und *vertere* = kehren, wenden, (um)drehen, also quasi verdreht; das Verbum *vertere* ist nicht nur mit unserem werden, Wurst und Wurm über die Wurzel *uer = drehen, winden verwandt, es hat uns viele wichtige Wörter beschert: Aversion, Version, Kontroverse, Konvertit, Revers, universal, Universität, Universum und sogar die Prosa, von lat. *provorsa* = nach vorne gedreht, einfach, schlicht (im Gegensatz zum kunstvollen Gedicht), dazu das Modewort irreversibel.

petit fours (138)

Pfeffer (95)

Pfifferling (95)

Pforte (15) von lat. *porta*, verwandt mit unserer

Furt, aber auch mit dem Euphrat, Oxford, den Fjorden und unseren vielen Ortsnamen, die auf -furt enden; ebenso mit Portal; s. a. importieren, Portier.

Phänomen

(15)

Phantasie

(15), dazu phantasieren, Phantom und Phase (35); alle zu griech. *phaine-in* = scheinen.

Pharmazie, Pharmazeutik

(59) von griech. *pharmakon*; dafür findet sich im Lexikon von Gemoll die folgende Übersetzungsreihe: Zaubermittel, Gift, Gegengift, Heilmittel – dabei bleibt's jetzt hoffentlich!

Philandrie

(88) Liebe zu Männern: *anē̄r*, Gen. *andrós* (s. S. 106) = Mann, jetzt gibt es als Gegenstück zum Gynäkologen, zum Frauenarzt (*gynē̄* = Frau, Gen. *gynaikós*) auch schon den Andrologen, der nur für Männerkrankheiten zuständig ist.

Philanthrop

(88) griech. *ánthrōpos* = Mensch, also Menschenfreund; *philos* = lieb, wie bei den Philharmonikern, Philologen (77), den Philosophen, die man nicht mit F schreiben soll; sehr geeignet zum Selbstherstellen von solchen Bildungen wie Philomarmeladist oder Philofilterzigarettist, macht sich gut, bringt aber nichts Wesentliches.

-phobie

(83) von griech. *phobos* = Furcht

Phonetik

(78), dazu Phonematik, Phonologie, Symphonie (13) oder (durch den Duden erlaubt) Sinfonie, Blasphemie, Mikrophon und eines der Maße für Lautstärke, nämlich Phon (etwas Ähnliches: Dezibel – in der Hochfrequenztechnik ist ein Bel die Maßeinheit für die Dämpfung).

	Ein hübsches Wort für Mißklang: Kakophonie von griech. *kakós* = schlecht.
Photo	(13, 39 ff.) von griech. *phōs* = Licht; fotogen, Fotografie, Fotokopie, bei der Fotokopie redet man eher von Lichtpause oder Ablichtung.
piano, Piano	(101) geht auf lat. *planus* = eben, flach zurück; das Hammerklavier konnte – im Gegensatz zu seinen Vorgängern Spinett und Clavichord – leise und laut gespielt werden und hieß dann sowohl Fortepiano als auch Pianoforte, wurde aber durch das Klavier verdrängt, nur die Ableitung Pianist, pianistisch lebt weiter.
Pickel	(17) von glbd. holländisch *pok* = Pustel, Blatter, verwandt mit Pocken.
Picknick	(149) von franz. *pique-nique*; etymologisch ungeklärt.
pikant	(141) von franz. *piquer* = stechen, aufreizen; die Kartenfarbe Pik (bitte: ohne ck!) gleicht einer Lanze, wer von einem bösartigen anderen gereizt wird, hat einen Pik auf ihn und ist pikiert.
Pintsch, auch Pinscher	(Schon bei Goethe!) Der Name der Hunderasse kommt von engl. *pinch* = zwicken, stutzen (Stummelschwanz), dagegen kommt der Pinsch, der in Österreich eine schlechte Schulnote bezeichnet, vom polnischen Wort für die Zahl 5 (pięć).
Piste	(130)
Pistole	(130)
pit	(144)
Plastik	war einst die Bildhauerkunst, griech. *plastikḗ téchnē*, davon auch unser Pflaster, heute fast nur noch in der Bedeutung: (formba-

	rer) Kunststoff, den man nicht wegwerfen darf, weil er nicht verrottet.
Pleite(geier)	(101)
Plenum	(19, 141)
Plissee	(141) gefaltet, von franz. *plier* = falten
Plural	(54) kommt von plus; die Mehrzahl heißt in der Lateingrammatik *numerus pluralis*. Davon die pluralistische Gesellschaft, die aus vielen kleinen Gruppen besteht, der Pluralis majestatis und die Pluralität, die Vielfalt.
Plutokratie	(87)
Podest	(146) ist vermutlich eine von Gelehrten erfundene Neubildung zum älteren
Podium	(31); griech. *podion* ist ein Diminutivum von *pous, podós* = Fuß, also ein »Füßchen«. Der Antipode steht mit uns quasi Fußsohle an Fußsohle, nur durch die Erdkugel getrennt; damit eng verwandt das lateinische Wort *pes* und unser Fuß. Der Pedant hat aber nichts damit zu tun, eher mit dem Pädagogen.
Pogrom	(128)
Pol	(59), von griech. *polos* = Drehpunkt, Achse; Polarität = Gegensätzlichkeit, weil zwei Pole vorhanden sind.
Polemik	von griech. *pólemos* = Krieg, franz. *polemique* = den Krieg betreffend
Polier	(81) mhd. *parlier,* also der Sprecher, Wortführer einer Bauarbeiter-Partie (franz. *parler* = reden).
Politik(er)	(9, 23, 67, 77, 81, 166), von griech. *polis* = Stadt, *politeia* = Bürgerschaft, Verfassung; dazu Politologie, Metropole, Polizei, Poliklinik

Polka	(130)
Polonaise	(130) von franz. *dance polonaise* = polnischer Tanz
polyglott	(33)
Pommes frites	(137) gebackene (Erd-)Äpfel
Ponem	(123) Gesicht
Pop	(148)
porc	(145) franz. für Schwein, von lat. *porcus* (vgl. Ferkel)
Porno	(89) zu griech. *péras* = fern gehört *pérnēmi* = in die Ferne verkaufen; davon *pornḗ* = Hure; Porno wurde zum Bestimmungswort für alles, womit man Geschäfte durch Schweinereien machen kann: Pornofilme, Pornoliteratur, Pornographie (s. Gramm) u. a.
Portier	gehört etymologisch zur Pforte, wo er aber selten zu finden ist; franz. heißt er *concierge*.
Portion	(145) kommt von lat. *portio;* wahrscheinlich von *pars* = Teil (s. Party)
postvelar	(115)
prä-	als Vorsilbe heißt vor, z. B.
Präambel	(54) Vorwort oder
Prädikat	(57, 67) Satzaussage von lat. *praedicare* = laut (vor)sagen; davon unser predigen.
Präfix	(63) Vorsilbe; es gibt auch Suffixe = Nachsilben und Infixe = sprachliche Einsprengsel.
Präpositionen	(65) sind Vorwörter, eigentlich Vor-setz-linge.
Präsent	(71) von franz. *présent* = Geschenk, Dargebotenes
Praxis	(85), dazu Pragmatik, praktisch, praktizie-

ren u. v. a., von griech. *prätto* = ich mache, *praktikē technē* = Lehre vom aktiven Handeln, lat. *practicus,* dazu auch pragmatisch = tatsächlich, den Umständen entsprechend.

Presse   (117) zu lat. *premere* = drucken, drücken, Partizip: *pressus.* In Frankreich entwickelte sich um 1500 für Buchdruckerpresse das Wort in neuer Bedeutung: Gesamtheit der Druckerzeugnisse, später eingeengt auf Zeitungen.

Primaballerina   (81) ital.: die erste Tänzerin; *primus, prima, primum* = der, die, das erste, Primas ist der ranghöchste Erzbischof eines Landes, wenn man das Wort ungarisch ausspricht, mit sch, ist es der Dirigent einer Zigeunerkapelle, Primaten ist ein Ausdruck für die ersten menschenähnlichen Wesen, der oder das Primat ist ein Wort für Vorrang. Dazu noch Primel, primitiv, Premiere.

Printmedien   sind gedruckte Masseninformationsmittel, also Zeitungen und Zeitschriften, von engl. *print* = drucken und Medien.

Prinz   (100) zu lat. *princeps,* älter *primo-caps* = die erste Stelle einnehmend, *capere* = fassen, ergreifen.

Priorität   Vorrang, lat. *prioritas,* franz. *priorité* – eigentlich ein Unsinn, denn einen Ersten kann man doch nicht steigern, trotzdem gibt's auch auf deutsch einen »ersteren«, und so ist auch *prior* ein Komparativ; a priori = von vornherein. (Frau Pollak sagt dann: »Jetzt kann ich mir vorstellen, was ›apropos‹ heißt!«)

Problem(atik)   (76, 79)

Producer	sagt man zur Zeit viel lieber als Produzent, weil der englische Ausdruck gebildeter klingt.
Produkt	(51, 57) kommt von lat. *pro-ducere* = vor-(wärts)führen, erzeugen, und das Verbum *ducere* ist selbst ein fruchtbarer Fremdwortproduzent: Produktion, Produktivität, Dusche von lat. *ductio* = das Führen, das (Wasser-)Ableiten, der (Trauer-)Kondukt, der Aquädukt, der das Wasser führt, der Viadukt = Talbrücke; was man auf ein normales Maß zurückführt, das re-duziert man, vom Duce = Führer redet man kaum mehr, aber Dukaten kennt man noch (von mittellat. *ducatus* = Herzogtum) – dazu noch das urverwandte Verb ziehen.
Professor	(*31*, 118)
Profi	ein Kurzwort für professionell = beruflich; s. a. Amateur
profilieren, sich	(101) eine modische Metapher: sich scharf umrissen zeigen, sich deutlich abheben; von ital. *profilare* = mit einem Strich fadendünn zeichnen, s. Filet.
profund	(126) von lat. *pro-fundus* = unergründlich, tief, s. Fundus.
Prognose	(138) von griech. *prognōsis* = das Vorherwissen; Gnostiker waren Erkenntnisphilosophen, Agnostiker = einer, der jede Erkenntnismöglichkeit leugnet, Diagnose = Durch-und-durch-Erkenntnis, ignorieren von lat. *ignorare* = nicht wissen.
progressiv	(62) von lat. *pro-gredior* = ich schreite vorwärts, bedeutete einst etwas Harmloses: stufenweise, positive Entwicklung. Zur Zeit verbindet sich mit diesem Wort die Vor-

stellung von ungestüm wütenden Jugendlichen, von Künstlern, die alles Althergebrachte ablehnen, nur um der Ablehnung willen, möglichst auf aggressive Weise; aber zur Beruhigung sehen Sie, bitte, noch einmal unter Kongreß nach.

Projekt und
Projektil   (65)

Prokura   (101), ital. *procura,* von lat. *pro-curare* = für jemanden Sorge tragen, Geschäfte führen

prominent   (136), von lat *pro-minere* = herausragen, dazu eminent = außerordentlich, imminent = unmittelbar bedrohend, verwandt mit lat. *mons* = Berg, weil auch der fast immer ragt.

Propaganda   (74) ist ein eher veraltetes Wort für Werbung, das sich aus dem Namen einer vatikanischen Kongregation zur Verbreitung des Glaubens, lat. *congregatio de propaganda fide,* herausgelöst hat; lat. *propagare* = ausdehnen, durch Pfropf-Reis verbessern und vermehren, ist ein botanisches Fachwort, das unserem aufpfropfen zugrunde liegt.

prophylaktisch   (75) vorbeugend, von griech. *pro-phylatto* = ich (be)wache. Einst war Phylax ein beliebter Hundename: der Wächter.

prospektiv   (166, Stichwort Klub) zukünftig, voraussichtlich, von lat. *prospicere* = vorausschauen, ein Prospekt zeigt die Genüsse, die man sich gönnen könnte, kann aber auch ein Versatzstück im Theater sein, das eine schöne Ansicht bietet.

Proto-   als Bestimmungswort entspricht dem lateinischen *prim(us)* und bedeutet erst-, z. B.

	Prototyp, Protagonist = Vor- (erster) Kämpfer, Protozoen = Urtierchen; von griech. *prōtos* = erster.
Protokoll	von griech. *kolla* = Leim, war ursprünglich ein den amtlichen Papyrusrollen »vorangeleimtes« Blatt mit wichtigen Angaben.
pseudo-	als Bestimmungswort: falsch, unecht, z. B. Pseudonym = falscher Name, pseudologisch = lügnerisch, von griech. *pséudos* = Lüge.
Psychiater	(82)
Psychologe	(43)
psychosomatisch	(83)
Psychotherapeut	(82)
Publikum	(22, 95, 97) wurde noch vor zweihundert Jahren als lateinisches Wort (das es ja ist) empfunden und dekliniert; daher wollte auch der Autor seine grammatischen Kenntnisse zeigen und schrieb *publico*, also den Dativ; lat. *publicus* = öffentlich, aus der *res publica* = Sache, die die Öffentlichkeit angeht, würde unsere Republik, Publikum ist die Öffentlichkeit, engl. PR (Public Relations) sind die (hoffentlich guten) Beziehungen eines Unternehmens zur Allgemeinheit, an die man sich mit einer Publikation wendet.
Pullover	(84, 149) Kurzform Pulli; von engl. *to pull over* = überziehen; eine Wirk- oder Wolljacke, die über den Kopf angezogen wird; es gibt aber auch einen *pull-under*, von dem wir verschont geblieben sind.
Punsch	(96)
Puschka, puška	(110)
Puzzle	(64) heißt als englisches Verb verwirren;

bei uns hat es die Bedeutung: Zusammen-
setzspiel.

Pyjama   (95 f.)
Pyromane   (43)

Q

Qualität	(60) von lat. *qualis* = wie beschaffen, *qualitas* = Eigenschaft; wer sich für etwas qualifiziert, der »fiziert« (lat. *facere* = machen), der handelt so, daß er dann eben geeignet ist.
Quatember	(61) dreimal drei Buß- und Fasttage der katholischen Liturgie, müßten eigentlich Tretember heißen: von lat. *quattuor tempora* = vier Zeiten.
Quiz	(149); im englischen Wörterbuch steht Neckerei, im Fremdwörter-Duden schrulliger Kauz; private Vermutung: herausgelöst aus engl. *inquisitive* = wißbegierig, also ein Kunstwort, das Sprache geworden ist.

R

Rabbi, Rebbe	(42) Lehrer, Meister; auch Bulle
Radar	(163) von den Anfangsbuchstaben: *radio detecting and ranging*
Rakete	aus dem Italienischen: *rocchetta*, Diminutiv von *rocca* = Spinnrocken, seinerseits ein Lehnwort aus dem Germanischen, nach seiner spindelähnlichen Form.
Rarität	(73 ff.) von lat. *rarus* = selten
rasieren	(13) von franz. *raser* = kahl scheren, entstanden aus vulgär-lat. *rasare* = schaben, kratzen, dazu auch radieren.
Reaktion	(63) die Aktion, die in die Gegenrichtung geht. Als politisches Schlagwort: nicht fortschrittlich, auch: Antwort eines Lebewesens auf einen Reiz.
recycling	(153) wieder in den Kreislauf (griech. *kyklos* = Kreis) des Handels bringen, Altes erneuern.
Redaktion	(63) von lat. *red-igere* = zurücktreiben, in Ordnung bringen; wie die meisten unserer Zeitungsfachwörter aus dem Französischen (Journal, Presse, Feuilleton, annoncieren u. v. a.).
reflektieren	(52) von lat. *re-flectere* = (Gedanken) zurückbeugen, auf etwas richten, dazu Reflex: Rückstrahlung, unwillkürliches Reagieren auf Außenreize; Philosophen spiegeln Gedankenstrahlen und nennen das reflektieren.
regieren	(88) von lat. *regere* = gerade richten, zur Ahnfrau-Wurzel *reg = aufrichten, lenken. Quelle von vielen deutschen (recht, recken,

richtig) Lehn- und Fremdwörtern: Regierung, Direktor, korrekt, Eskorte, Regiment, Adresse, Dreß, Regel, Rex, Regine, Dirigent.

registrieren (117, 158) von mittellat. *registrum* = Verzeichnis, das von *re-gerere* = zurücktragen, ordnen kommt, womit auch die Geste = das (zur Schau) getragene Benehmen des Komödianten, und gestikulieren verwandt ist.

Reklame (74) war im 18. Jh. eine bezahlte Buchbesprechung und kam erst später via Frankreich zur heutigen Bedeutung. Der romanische Stamm *clam-are* (span. *llamar*, ital. *chiamare*) meint laut rufen, schreien, und die ersten Werbefachleute waren die Marktschreier, die mit ihren neuen Seifen die Wäsche noch weißer als weiß waschen wollten – Reklame also: immer wieder schreien! Ernsthaft: franz. *réclamer* = (ins Gedächtnis) zurückrufen.

Renaissance (13)

Rendezvous (45) war ursprünglich ein militärischer Befehl: Begeben Sie sich! Irgendwohin! Zackzack! Fast ebenso schnoddrig die Übersetzung: stell dich ein! Heute hat man ein *date* (engl.) oder einen Treff.

repräsentativ (166) vorbildlich, stellvertretend für ein gutes Stück. lat. *re-praesentare* = darstellen, vorführen; *praesens* = anwesend, Präsent = ein Geschenk, das man zeigen kann.

Restaurant (136) In Paris eröffnete 1765 der Wirt Boulanger ein öffentliches Speiselokal. Da die Revolution vor der Tür stand, war es dem Zeitgeist entsprechend, sich über die Bibel lustig zu machen. Boulanger parodierte die Matthäus-Stelle 11, 28 und schrieb über sein Beisl:

Venite ad me omnes, qui stomacho laboratis et ego vos restaurabo. (Kommt alle zu mir, die ihr ein Magenleiden habt, ich werde euch wiederherstellen.)

Seltsam, aber historisch: Boulanger und seine Gaststätte wurde *restaurant* = heilend genannt, die Verbreitung des Worts erklärt sich aber eher dadurch, daß schon früher das Wort *restaurant* einen Schnellimbiß bedeutete, besonders eine gute Suppe.

Revers der oder das, ist entweder ein Verpflichtungsschein, der eine Krankenanstalt aus der Verantwortung entläßt, oder ein Aufschlag auf einem Kleidungsstück; Etymologie s. pervers.

Revolution (72, 142) eigentlich Umwälzung, Evolution = ruhige Entwicklung, während sich alles weiter dreht.

Revolver (72) von Colt (kommt in jedem besseren Krimi vor) erfunden, heißt so nach seiner Kugeltrommel, die sich dreht.

Rezept (68) Heute noch schreibt jeder Arzt als Beginn auf seinen Verordnungszettel: *recipe* = nimm! (Wörtlich: nimm zurück, nimm auf!) Und der Herr Magister schrieb, nachdem er alle Anweisungen ausgeführt, angeführt und einkassiert hatte, an den unteren Rand: *receptum;* zu lat. *capere* = ergreifen, nehmen.

Rheumatismus (24)

Risches (127) In Wien wurde in den dreißiger Jahren der Herr Silberzwilling von einem Freund vor einem »völkischen« Bekannten gewarnt: Vorsicht! Der trinkt bei Risches Bier (bay-risches Bier)! Hebräisches Wort, bedeutet etwa Zwietracht.

Robe   (139) von franz. *robe* = (festliches) Kleid, Amtstracht, s. Garderobe.

Roboter   ein uraltes tschechisches Fremdwort: *robota* = Schwerarbeit, russisch *rabotnik* = Arbeiter; in der heutigen Bedeutung wird es 1922 zum erstenmal registriert.

Rockmusik   (148); dazu gehört auch das Wort Rokoko; es kam in den Pariser Ateliers als Scherzbildung zu *rocailles* = Geröll auf und spielt auf die übertriebene Verwendung von Muschel- und Steinwerk an; franz. *roc* und engl. *rock* = Felsen.

Rosch   (123)

Rose   (93)

Rosenmontag   (93) ist noch 1765 als Rasendmontag belegt.

Rotwelsch   (102) Etymologie umstritten, soweit man das Wort rot zu deuten versucht: entweder falsch, schlecht, engl. *rotten* – oder von der roten Blutfarbe, die sich einst Gauner ins Gesicht schmierten, um Mitleid zu erregen; s. a. welsch.

S

sabotieren	(142) franz. *saboter* = mit Holzschuhen *(sabots)* treten (und damit am Arbeiten hindern); *sabot* im übertragenen Sinn: Hemmschuh.
Sacharin, Saccharin	(92) gab es als künstlichen Süßstoff schon im Ersten Weltkrieg; in der Chemie wird Zucker oft mit Sachar bezeichnet; Sacharometer usw.
Safe	als Bezeichnung für den Geldschrank kommt von engl. *safe* = sicher, dem wieder lat. *salvus* = gesund zugrunde liegt; von *salvare* = retten kommt SOS – *save our souls* = rettet unsere Seelen.
Saison	(138)
Salami	(9) muß aus Ungarn oder Verona kommen, damit sie echt und sehr teuer ist; ital. *salame* = Salzfleisch, Schlackwurst, mit lat. *sal* = Salz zusammenzustellen. Salamitaktik = Politik der kleinen Schritte (Schnitte?).
Saldo	(101) ital. *saldare* = ausgleichen, von lat. *solidus* = fest, solid; dazu Sold, Soldat und Solidarität; in keinerlei Zusammenhang damit steht
Salto	der Sprung, Überschlag, auch ital., von lat. *salire*, Intensivform: *saltare* = springen. Das, was zurück-, herausspringt, ist das Resultat (von lat. *re-sultare*).
Salsa	(137)
Sammelsurium	(89)
Samowar	(129)
Sandale	(92)

266

Sandwich	(165) John Montague, Earl of Sandwich, war im 18. Jh. Erster Lord der Admiralität, Cook nannte die von ihm entdeckte Hawaii-Inselgruppe Sandwich-Inseln; wirklich berühmt aber wurde dieser ehrenwerte Brite dadurch, daß er, um nicht vom Kartentisch aufstehen zu müssen, belegte Brötchen beorderte, die bald den Namen ihres Erfinders in alle Welt trugen; wer vorne und hinten ein Plakat trägt, ist ein Sandwich-Mann, in der Psychologie nennt man ein Kind, das ein älteres und ein jüngeres Geschwister hat, ein Sandwich-Kind usw.
Sansculotten- *mütze*	(139) von franz. *sans* = ohne und *culotte* = Kniehose, nannten sich die französischen Revolutionäre, weil sie – im Gegensatz zu den Aristokraten – *pantalons* = lange Hosen trugen, dazu die Jakobinermütze, aber wer darüber mehr wissen will, muß sich woanders informieren.
Satire	(43)
Satura	(43) Opferschüssel, nicht verwandt mit saturieren = (über)sättigen, von lat. *satur* = satt, *satis* = genug.
Sauce	(137)
Schach	(156) vom Namen der persischen Könige Schäch, Schah. Auf der ganzen Welt beendet man das Spiel mit der Feststellung *schah mat* = der König ist tot; matt ist das arabische Wort für gestorben und hat keine germanischen Ahnen.
Schal	(39) kommt durch eine englische Reisebeschreibung zu uns, ist ein persisch-arabisches Wort für Umschlagtuch.

267

Schammes	(42) von hebr. *schammasch* = (Tempel-) Diener, Pl. Schammosim
Schampon	(39) oft auch Shampoo; *tschampo* war das Hindi-Wort für Kopfmassage.
Schanerbild	s. Genrebild
Schanze	s. Chance
Scheiße	(27)
Schi, auch Ski	(27)
Schick	(142)
Schickeria	ist ein Neuwort für Leute, die gerne gemeinsam trinken, kommt von schickern (österreichisch für trinken), das vom rotw.-jiddischen *schikkor* = betrunken abzuleiten ist. Vielleicht auch von schick: schick, schicker, Schickeria?
Schickse	(51)
Schimpanse	(94)
Schinakel	(109)
Schizophrenie	(44) wörtlich: gespaltenes Zwerchfell – griech. *phrēn* = Sitz der Seele
Schlamassel	(160)
Schmetterling	(131 f.)
Schmiere	(124) Grundwort: hebr. *schamar* = bewachen
Schmockerei	(87) Slowenisch *šmok* = Narr, auch häufiger Hundename, wird in Prag zur Bezeichnung eines jüdischen Querkopfs verwendet. Der Schmock wird durch Gustav Freytag bekannt: in seinem Stück »Journalisten« heißt ein gesinnungsloser Zeitungsschmierant so. Heute wird es eher im Sinn von Eigenbrötelei, Überheblichkeit gebraucht.
Schmonzes	(124)
Schmus	(124)

Schnorrer	(55, 97, *160*)
Schnulze	(164)
Schokolade	(96)
schponsern	(149) s. sponsern
Schtejtl	(42) jidd. für kleine Stadt, Städtchen, Dorf
Schtuß	(123) Unsinn; jidd. gllt. und glbd.
Science Fiction	(29, 33) hat sich in letzter Zeit als Bezeichnung für Kunstprodukte, die in der Zukunft spielen, breitgemacht; engl. *science* von lat. *scientia* = Wissenschaft, *fiction* von lat. *fictio* = Vorstellung, Annahme.
seclorum	(61) Kurzform von saeculorum, der 2. Fall Mehrzahl von *saeculum* = Jahrhundert, Zeitalter; *fin de siècle* (franz.: Ende des Jahrhunderts) wurde zur Stilbezeichnung.
Semigranto	(53)
Semikolon	(13) Strichpunkt – von griech. *semi* = halb und *kolon* = Körperglied, hier im Sinn von Satzglied, also etwa: Halbsatzzeichen; dazu auch Kolik = (Darm-)Glieder-Grimmen.
Senf	(7) Zur Bezeichnung einer Gewürzpflanze entlehnten die Römer ein vermutlich ägyptisches Wort: *sennapa* oder *sinapi.*
Senior	(147) indogermanischer Stamm *sen* = alt: lat. *senex* = Greis (im alten Rom: ab fünfundvierzig Jahren!), *senilis* = vergreist, Senat; franz. *seigneur* (aus *mon seigneur* wurde Monsieur); ital. *signore*, und natürlich span.
Señor	(116)
Sensibilisation	(54) von lat. *sensus* = Sinn, Gefühl, davon Sensation = sinnlicher Eindruck, erst später: aufregendes Geschehen; sensibel = feinfühlig, sensibilisieren = Feingefühl anerziehen.

269

Serenade	(101) von ital. *sereno* = heiter; volksetymologisch mit *sera* = Abend in Verbindung gebracht, bedeutet S. etwa Abendständchen, italienisch-romantische Variante des »Fensterlngehens«.
Service	(134) die einstige Bedeutung »zusammengehöriges Geschirr« geht langsam verloren, und mit ihr die französische Aussprache.
sexy	(47) von lat., engl. franz., deutsch Sex(us) = Geschlecht. Bei den Griechen waren die Menschen zuerst Kugeln, die von den Göttern in zwei Hälften geschnitten (lat. *secare*) wurden; *sexualis* also von »auseinandergeschnitten«.
Shampoo	s. Schampon
Sheriff	(156)
Shorts	(156) engl. *short* = kurz, also kurze Hosen; dazu unser Wort Schurz.
Shrimps	(156) engl. für Garnelen, kleine Krebse
Sibilant	(32) Zischlaut; von lat. *sibilare* = zischen, auspfeifen
Sir	(147)
Skeptiker	(78)
Skipiste	(130) s. a. Schi (27)
skurril	(104) gehört zu einem vermutlich etruskischen Wort *scurra* = Spaßmacher.
Slalom	(104) von norwegisch *slalåm* = geneigte Spur
Slang	(48) engl. für: (ordinärer) Dialekt; etymologisch unklar
slawisch	(78, *111 ff.*, 129)
Sliwowitz	(112) Pflaumenschnaps, von jugoslawisch *šliva* = Pflaume, Zwetschge
Slogan	kommt bezeichnenderweise von dem gälischen Wort *sluaghghairm* = Kriegsgeschrei.

270

Smoking	(155)
Snob	(152)
soba, auch szoba	(108 f.) heißt sowohl in Jugoslawien als auch in Ungarn das Zimmer; es gibt also auch ungarisch-slawische Isoglossen.
Soff	(123) jidd.: Ende, Schluß, übertragen auch: Inhalt; man fragt: Was ist der Soff von dem Gerede?
Sombrero	(116) von span. *sombra* = Schatten; ein breitkrempiger und daher schattenspendender Hut.
Sopran	(68)
Sorben	(129) ist der Name eines westslawischen Stammes mit eigener Sprache: Sorbisch.
Sortiment	(45) von franz. *assortiment* = Auswahl
Soße	von franz. *sauce*. Man kann sie auch heute noch nach französischer Orthographie schreiben, wenn sie sehr gut ist! (Sonst heißt sie eher Tunke.)
Sound	(147)
Soziolekt	(166) ist die Sprachvariante einer Gesellschaftsschicht.
Soziologie	(60) Lehre von den Beziehungen der Menschen in der Gesellschaft, die immer neue Eigenschaften bekommt: einmal ist sie eine pluralistische, dann eine klassenlose, früher war sie eine feudale – darüber denkt die Soziologie nach; lat. *socius* = Gefährte, Teilnehmer hat so viele Fremdwörter produziert, daß hier nur ein Teil angeführt werden kann: Beifahrersitz, Assoziation, Sozialismus (davon aber *keine* Definition!), Sozietät; da das Wort *socius* aber zu lat. *sequi* = folgen gehört, könnte man »Konsequenzen« ziehen, tut es aber nicht.

271

Spediteur	(110) gehört zu ital. *spedire* = versenden, von lat. *ex-pedire* = losmachen, den Fuß (lat. Stamm *ped*) freimachen, davon auch expedieren.
Sphäre	(62) von griech. *sphaira* = Ball, (Himmels-)Kugel, bedeutet meist Bereich, daher Intimsphäre. Hemisphäre = Halbkugel (des Erdballs), Atmosphäre ist ein von Humanisten eingeführtes Neuwort zu griech. *atmós* = Dunst und Erdkugel, also Lufthülle, später Luftdruckmaß.
Spikes	waren Rennschuhe mit Nägeln; engl. *spike* = (lange) Nägel, Bolzen.
Spinett	ist nach seinem Erfinder Giovanni Spinetto benannt.
Spital	(36)
Spleen	(156)
sponsern	(149) im süddeutschen Raum oft »schponsern« von engl. *sponsor* = Bürge, Pate, heute oft in der Bedeutung (zahlender) Förderer. Zum Unterschied von einem Mäzen verfolgt ein Sponsor auch eigennützige, meist werbliche Zwecke.
Spray	hängt mit unserem Wort sprühen zusammen; engl. *to spray* = zerstäuben.
Sprit	volkstümliche Umbildung von lat. *spiritus* = (Wein-)Geist
stagnieren	(164) von lat. *stagnum* = stehendes Gewässer, *stagnare* = überschwemmt sein
Standard	(47) engl. *standard*, von altfranz. *étendart* = Fahne (kommt im Text der Marseillaise vor), Grundbedeutung Fahne, Standarte, daher kam es von der Bedeutung »Vorbild« zur heutigen: Normalmaß, Muster.

Status	(151) von lat. *status* = Stand, (gute) Verfassung. Ein teures Auto ist also ein Sinnbild des finanziellen Wohlbefindens, eben: ein Statussymbol.
Steak	(145)
Stereo	(79)
Steward(eß)	(149) aus altengl. *stig-weard* = Hausbesorger (Haushofmeister)
strapazieren	(32, 115) ital. *strapazzo* könnte von lat. *extra-pati* = besonders leiden abstammen, aber die Wissenschaft ist nicht ganz sicher.
Straße	(144)
Stratege	(63, 76) zu griech. *stratos* = Heer und *áge-in* = führen, also der Heerführer; dazu Demagoge, denn er (ver)führt das Volk *(dēmos)*.
Streik	kommt vom englischen Verb *to strike* (verwandt mit unserem streichen); man streicht die Arbeitsmöglichkeiten, stellt quasi die Arbeitsgeräte weg.
Streß	(47, 151) von engl. *to stress* = drücken, betonen
Struktur	(59) von lat. *structura* = Gefüge, *struo*, Partizip *structus* heißt schichten, errichten; Infrastruktur ist das innere Gefüge, das Eingebaute.
Stuß	s. Schtuß
Subjekt	(57, 66)
Suffix	(120) Nachsilbe, aber auch (sprachliches) Anhängsel; von lat. *suffigere* = unten anheften, davon auch fix und das Fixum, das feste Gehalt, denn lat. *figere* = befestigen ist durch die Alchimistensprache bei uns heimisch geworden, wo es den festen Aggregatzustand bezeichnete.

Summe	(73) von lat. *summus* = ganz oben, oberste; bitte noch einmal bei Kapital (S. 73) nachlesen.
super	(67 ff.)
Superstrat	(144)
Symbol	(43, 82, 151) kommt, wie »fast« erklärt, von griech. *symballo* = zusammenwerfen, zusammenfügen; griech. *symbolon* bedeutet Zeichen. Wir wissen aus diversen alten Geschichten, daß Verwandte oder Freunde einen Gegenstand, eine Münze, einen Ring oder ähnliches zerbrachen und beim Wiederzusammentreffen die Bruchstücke zusammenfügten und in diesem Vorgang ein Sinnbild ihrer Gemeinsamkeiten erblickten.
Sympathie	hatte im 17. Jh. noch die Bedeutung Mitleid, daraus entwickelte sich stufenweise die heutige; griech. *pathos* = Leid, *sympatheia* = Mitleiden, Mitgefühl.
Symphonie	(13, 39 f.) Dieses Wort kann sich der Leser jetzt schon selbst erklären, weil er auch Mikrophon und Telephon versteht.
Symposion oder -um	(34) Je seltener die Studenten Griechisch lernen, desto häufiger wird die lateinische Endung -um der griechischen -on vorgezogen (s. a. Museum).
Syntax	(52) Lehre vom Satzbau; von griech. *tattō*, auch *tassō* = ich stelle auf, ordne – die Kunst des Soldatenordnens war (griech.) die *taktikē technē*, daher das Wort Taktik, und in einem Urlaub auf griechischem Boden wird der Leser immer wieder das neugriechische Wort für o. k. hören: *en taxi* = in Ordnung. Daher auch Taxi oder Taxe und die Taxe = Preis, Gebühr.

System, systematisch

(76) Ordnungsprinzip, Staatsform; das griechische, später auch lateinische Wort *systema* kann man mit Ordnung übersetzen, im Duden steht: das aus mehreren Teilen zusammengesetzte und gegliederte Ganze. Grundbedeutung: Zusammengefügtes.

T

Tabak	(96 f.)
tabu	(98)
Tachles	(126)
tak so myket	(104) schwedisch: danke sehr!
Talk-show	(153) engl. *to talk* = reden, *show* = Schau, also eine Fernsehsendung, bei der man zuschauen kann, wie zwei Leute reden.
tandem	(74) lat. für endlich; durch das berühmte Zitat: »quousque tandem, Catilina . . .« hat das Wort auch bei den Nichtlateinern eine gewisse Werbewirksamkeit erreicht, was durch Benennungen von Doppelfahrrädern wahrscheinlich gemacht wird; Cicero als Werbetexter!
Tanga	(164) Mini-BH, zum noch kleineren Höschen passend, angeblich zu Schwimmzwecken.
Tango	(164) der einzige Tanz, der in Buenos Aires ein eigenes Denkmal hat.
Tarif	von arab. *Ta'rif* = Bekanntmachung; zu arab. *arafa* = wissen
Tarock	(100) aus dem Arabischen, bedeutet eigentlich Abzug, was durch das Wort Tara = abzüglich Verpackung erhellt wird; kam über Italien zu uns und bezeichnet ein in Österreich so populäres Kartenspiel, daß der Schriftsteller Herzmanovsky-Orlando diesem Land den Spitznamen »Tarockanien« gibt.
Tautologie	(85) s. a. Stichwort »abrupt«
Team	(151)
Technik	(39, 82) griech. *téchnē* bezeichnet jede Art

von Geschicklichkeit, Handwerk und vor allem Kunst; dazu viele erklärende Attribute, die zu eigenen Wörtern wurden und fast immer auf -ik enden, z. B. Musik von *mousikḗ téchnē* = den Musen zugehörige Kunst, wozu auch unser Wort gehört: *technikós* = kunstvoll, sachverständig; es kommt über franz. *technique* zu uns.

Teint (16) franz. gllt., ältere Bedeutung: gefärbter Stoff, Tönung; lat. *tingere* = färben liegt auch unserem Wort Tinte zugrunde.

Telegramm (60) gelehrte Neubildung; *tele* = fern, *gramma* = Geschriebenes, alles was mit »tele« beginnt, meint Fernwirkung.

Telekinese (79) Fern-Bewegung (89)

Telepathie (78) Fern-Mitfühlen, s. Pathos und Sympathie

Television (79)

Tempura (61)

Tender (147) veralteter englischer Ausdruck für den hinter der Lokomotive mitfahrenden Kohlewaggon, vermutlich zusammenhängend mit

Tendenz (39), wofür man ohne weiteres Richtung sagen kann; von lat. *tendentia* über franz. *tendance* zu lat. *tendere* = spannen, etwas erreichen wollen. Dazu auch der Intendant, Intensität und intensiv, extensiv (ausdehnend), ostentativ und Intention (Absicht). Auch unser Wort dehnen ist verwandt, s. a. S. 26.

Tennis (26) von franz. *tenez* = halten Sie (vielleicht den Schläger?), keine begründete Erklärung.

Teppich	(52) gehört zu den Exoten, vermutlich süd-asiatischer Herkunft, aber schon bei den Griechen findet sich *tápēs* = Decke, Teppich, dazu Tapete und tapezieren.
Test	(149) engl. gllt. und glbd.; zugrunde liegt lat. *testis* = Zeuge.
Teufel	(79); aus lat. *diabolus* wird ahd. *tiufil.*
Text	(142) von lat. *texere* = weben, flechten, Partizip: *textum,* also eine in sich verwobene Rede, so wie auch Textilien bekanntlich gewoben sind.
theoretisch	(66)
Theorie	(10, 21, 76, 154) von griech. *thēorós* = Zuschauer, *theáomai* = ich sehe zu, davon das Wort Theater; die großen Enttäuschungen kommen oft daher, daß man die Dinge so sieht, wie man sie gerne haben möchte, eben theoretisch, und die Praxis zieht leider nicht selten einen Strich darunter, meist einen querdurch.
Therapie	(76) griech. *therapeúō* = ich pflege, bediene, heile
These	(76) kommt wie Theke von griech. *títhemi* = ich setze, lege, stelle, also der »aufgestellte« Lehrsatz; zu diesem Grundwort die Hypothese = unterstellte Behauptung, Antithese = Gegenbehauptung, Synthese = Zusammengestelltes und Prothese = das als Ersatz Gestellte. Dazu noch Thema vom gleichen Verbum mit anderer Funktionsendung.
Tinnef	(52, *127)*
tippen	(114) zu Tip: engl. *tip* = Hinweis auf Gewinnchancen bei Sportwetten, aber auch Trinkgeld. Dagegen Typ, s. dort.

278

Tohuwabohu	(127)
Toilette	(106), franz. *toile* = Tuch von lat. *tela;* der Diminutiv bezeichnete im 16. Jh. ein Tüchlein, auf das man Waschzeug, Kamm und Bürste u. ä. legte, dann war es metaphorisch (s. Metapher) die Tätigkeit des Sich-schön-Machens, und mit dieser Bedeutung wurde das Wort von uns entlehnt, heute ist es sowohl die Bezeichnung eines besonders feierlichen Kleides als auch verhüllend (euphemistisch) der gewisse und meist auch sichere Ort für kleine Mädchen und kleine Buben.
Toleranz	(9) ist das, was man immer vom Gegner verlangt und ihm abspricht; diese Behauptung muß stimmen, denn sogar der Gegner gibt die gleiche Definition; von lat. *tolerare* = dulden (beide etymologisch verwandt).
total	(58) von lat. *totalis,* Stammwort *totus* = ganz
totalitär	wird ein Staat regiert, wenn der Bürger durch keine Verfassung geschützt wird und der Willkür des Regenten ausgeliefert ist; franz. *totalitaire* = alles beanspruchend.
Toto	kommt als Kurzwort von Totalisator = Wettstelle bei Pferderennen, eine neulateinisch Bildung von franz. *totaliser* = alles zusammenzählen.
Tourist	(46) franz. *tour* kam in fast allen seinen Bedeutungen: Umlauf, Art und Weise, Runde (beim Tanz) und vor allem: Ausflug, Reise im Lauf des 18. Jh.s zu uns, die Engländer hängten die berufsbildende

Nachsilbe »-ist« daran, und heute ist er ein Europawort. Ursprungsbedeutung: Dreheisen.

tow	(124)
Tradition, traditionell	(47) von lat. *tradere (transdare)* = (hin)übergeben, also Sitten und Gebräuche, die wir von unseren Vorfahren mitbekamen.
Trajekt(orien)	(65)
Transistor	(99) eine englische Neubildung aus lateinischen Stämmen: *transferre* = übertragen, *resistor* = Widerstand, also wörtlich: Übertragungswiderstand; auch Kurzwort für Transistorgerät.
transparent	durchsichtig, von lat. *trans-parēre* = durchscheinen. Wenn das jetzt so in Mode gekommene Wort in der Politik verwendet wird, bedeutet es (fast) immer das Gegenteil.
Transzendenz	wörtlich (lat.) übersteigend, nämlich die Grenzen der Erfahrung und des sinnlich Wahrnehmbaren. Stamm *scandere* = (be)steigen, daher unser skandieren = auf einzelne Silben steigen, betonen.
Trattoria	(18) ital. für Gasthaus, wo man mit Essen und Trinken »traktiert« wird, von lat. *tractare* = berühren, behandeln.
Trenchcoat	(156)
Trend	(150)
Trendsetter	(150)
trivial	(141) Die »Sieben Freien Künste« zerfielen für die Römer in das Trivium, bestehend aus Grammatik, Rhetorik und Dialektik, das waren die »trivialen«, die dem Volk zugänglichen, ordinären; dagegen bildeten

Arithmetik, Geometrie, Astronomie und Musik das Quadrivium, also die »foinen« Kunstarten; lat. *tri* = drei, *via* = Weg. Diese Erklärung steht bei Forster, im Duden wird das Wort vom Dreiweg, der jedermann zugänglich ist, abgeleitet – aber die mit den Sieben Künsten scheint dem lieben Leser sicher logischer und interessanter!

Trotteur	(139) übersetzt dem Autor eine modische Dame mit »Spaziergehkleid« – franz. *trotter* = trippeln, also wird das wohl stimmen.
Trottoir	(135)
Troubadur	(100) ein französisches Wort des provençalischen Dialekts, ein Lied-(Er-)Finder (von *trouvere* = finden), der ungefähr unserem Minnesänger entsprach, Vorfahre der heutigen Liedermacher, nur viel poetischer und schwärmerischer.
Tube	(8) von engl. *tube,* glbd., geht auf lat. *tubus* = Röhre zurück. Tubus ist beim Mikroskop das Rohr, das die Linsen trägt, seine Frau, die Tuba, ist ein tiefklingendes Blechblasinstrument für Feuerwehrkapellen, die humorvollen Textern als Reim für »Huber« dient.
Tunnel	(144) von altfranz. *tonnel* = Tonnengewölbe, Faß von innen, standardsprachlich anfangs-, österreichisch endbetont; von lat. *tunna,* das vermutlich keltischen Ursprungs ist.
turnen	(13) über franz. *tourner* von lat. *tornare* = drechseln
Twen	(155)

281

Typ   (72) griech. *typos* = Schlag, Form wird zu
        lat. *typus* = Bild, Muster; Type heute oft:
        seltsame Menschenabart.

U

UFO	(163)
Universität	(89) lat. *uni-versus* = in eins gewendet, eine Schule für alle Wissensgebiete, s. pervers; aber heute sagt man nur noch Uni.
Untam	(126)
up to date	(138) engl. für: bis zum (heutigen) Datum; sehr modern
Utopie	(81)

V

Vademecum	(74) war zur Luther-Zeit ein Taschenbuch, ein kleinformatiger Leitfaden; von lat. *vadere* = gehen, *mecum* = mit mir, wörtlich: geh mit mir. Dazu Invasion = hineingehen, einmarschieren, *vadere* ist verwandt mit waten.
Vampir	(129) Die Kurzform Vamp erfand der amerikanische Film in den zwanziger Jahren für eine Künstlerin Musidora.
Vanille	(96) von span. *vainilla* = kleine Scheide, kleine Schote, also eine Verkleinerungsbildung zu *vaina*, lat. *vagina;* die Schoten dieser Orchideenpflanze liefern nach Fermentation das wertvolle Gewürz.
Vauxhall	(73)
vehement	(137) zu lat. *vehemens* = heftig, auffahrend, vermutlich zu *veho, vehere* = fahren, ziehen, dazu Vehikel von lat. *vehiculum.*
Vene	(65) fast unverändertes Latein: *vena* = Blutader
Venus	(71)
Verb(um)	(58), lat. für Zeitwort oder Wort überhaupt; relativ neu ist die Bildung »verbalisieren« = in Worte kleiden, einen Gedanken »verbal« formen.
verballhornen	(165), richtiger: verbalhornen, denn es war ein Johan Balhorn, der eine »verbesserte« Ausgabe des lübischen Rechtes herausgab, in der viel mehr Fehler als vorher aufschienen; das war im 16. Jh., als man bei »lübisch« noch an Lübeck und nicht an Libyen dachte.

284

Videothek	(87) künstliche Neubildung: Sammlung von mit Videorecorder aufgezeichneten Bändern; zu lat. *video* = ich sehe und engl. *recorder* = Aufzeichnungsgerät.
Vinothek	(87) von lat. *vinum* = Wein
Viola	(121)
VIP	(144)
viribus unitis	(70) hieß ein Schlachtschiff der weiland k. u. k. Monarchie.
virga und virgo	(72)
Virus	von lat. *virus, viri* = giftiger Schleim, Neutrum; müßte also eigentlich »das« Virus heißen. Da aber bei diesen wunzigen Krankheitserregern das Geschlecht kaum feststellbar ist – der Bazillus, das Bazillum –, hat sich in den letzten Jahren der Virus eingebürgert und festgesetzt.
vital	(62) von lat. *vita* = Leben. Vitalität über glbd. franz. *vitalité*, Vitamin ist eine Neubildung: Amine sind Stickstoffverbindungen.
Vokabel	(57, 62) weiblich, aber auch sächlich, weil von lat. *vocabulum* = Benennung.
Vokal	(42) gehört wie Vokabel zu lat. *vox* = Stimme. Von diesem Stamm *vōk* sind abgeleitet Advokat, also der dazu (ad) Gerufene, und die Provokation von lat. *pro-vocare* (zum Wettkampf) herausfordern, reizen.

W

Waggon	s. Tender – kommt aus England, von wo wir aus sachlichen Gründen fast alle Eisenbahnfachausdrücke geliefert bekommen, z. B. Lore, Tender, Lok, Aussprache allerdings französisiert.
Walzer	(72) ist ein Drehtanz, zur Wurzel *uel = drehen, wälzen; lat. volvere = drehen (Volumen), deutsch wallen, Wulst, Welle und walzen, daher unser Wort. Also kein Fremdwort!
Wein	(106) ist – wider alles Erwarten – kein Ahnfrauwort, sondern ein Lehnwort aus einer vermutlich semitischen Sprache. Bei Maas lesen wir: ursemitisch wainu. Durch phönizische Vermittlung lernen die Römer den Weinbau, durch sie kommt das Wort in fast alle europäischen Sprachen.
welsch	(12, 138) ist eine der vielen Bezeichnungen für nichtdeutsch, ausländisch und meint meist die Romanen, aber durchaus nicht immer die Franzosen; von ahd. wal(a)hisc, das vermutlich auf den keltischen Stamm der (lat.) Volcae, der Wallonen zurückgeht. In Chur sprach man reichlich unverständlich, daher churwelsch, das dann zu kauderwelsch wurde, das Rotwelsch der Gauner zählt dazu, viele Ortsnamen, auch der Name des Autors und ähnliche Familiennamen leiten sich davon ab. Welsch ist nach Westen das, was der »Tschusch« nach Südosten ist. Dazwischen sitzt der Chauvinist, der mit Recht von einer

französischen »Lustspiel«-Figur abgeleitet wird.

Whisky (148)

window-shopping (146) engl., wörtlich: fensterkaufend

Wodka von russ. *vodka,* das Diminutivum von *voda* = Wasser, also Wässerchen. Ein klassischer Fall von Euphemismus (s. auch Eu-)!

Wolf (114) ist natürlich kein Fremdwort, aber kolossal indogermanisch.

Wruke heißt im östlichen Norddeutschland die Kohlrübe, polnisch nennt man sie *brukiew;* ein fröhlicher Anlaß, darüber zu streiten, wer von wem entlehnt hat.

X

Xölchts (139) ist eine überaus eigenwillige Schreib-
weise (nicht Orthographie, weil das wäre
ja »Recht«schreibung) des Geselchten, aber
vielleicht sollte vermerkt werden, daß sel-
chen schon ahd. *arselhen* heißt und mit
dem lat. *sal* = Salz zusammenhängt.

Xylophon ist eine künstliche Neubildung zu griech.
xýlon = Holz und dem schon erwähnten
phonē = Stimme. Xylo- als Bestimmungswort ist nicht selten: Xylographie = Holz-
schnitt, Xylose = Holzzucker u. a.

Y

Yankee

(95) als Bezeichnung für den Amerikaner wurde durch das Lied »Yankee-doodle« auch bei uns bekannt, die Herkunft des Wortes ist aber auch den Yankees nicht bekannt.

Z

Zar   (130)

Zensur,   von lat. *censere* = begutachten, benoten;
zensurieren   dazu gehört auch der Zins und die Rezension = Kritik.

zermåtschgern   (146) österreichisch für zerstoßen, zu einer formlosen Masse gestalten, von tschech. *močka* = Pfeifenrückstand, übelriechender Saft

zersprageln   (101) wienerisch für spalten, teilen; hier heißt Zerspragelung soviel wie Aufteilung.

Zeta   (44) ist der griechische Name für den Buchstaben Z.

Ziegel   (15) von lat. *tegula* = Dachziegel; *tegere* = (be)decken

Zigarette   (149) Diminutivum zu span. *cigarro*, etymologisch ungeklärt.

Zille   (131)

Zirkus,   (154) griech. *kirkos* = Kreis zur Wurzel
zirkulieren   **(s)ker* = sich krümmen; zu deren Ururenkeln gehören lat. *curvus* = krumm (Kurve), Harfe, Ring und Schritt.

Zitat,   (70) aus der Juristensprache des 15. Jh.s –
zitieren   lat. *citare* = (schnell) herbeirufen, vorladen. Grundbedeutung: in schnelle Bewegung setzen, lat. *cito* = schnell.

živeli   (112) vom Stamm ži-, der in allen slawischen Sprachen das Leben bedeutet und . – man fragt sich, wie die Indogermanisten das herausgefunden haben – verwandt mit griech. glbd. *bio-* und mit unserem keck und Queck(silber), das auch einst die Bedeutung lebendig hatte.

Zivil	(45) zu lat. *civis* = Bürger, ursprünglich Hausgenosse; Wurzel **kei* = liegen, davon deutsch Heirat und Heim. Dazu Zivilist (bürgerliche Kleidung), Zivilisation, von lat. *civitas* = Bürgerschaft kommt engl. *city*, franz. *cité* = Stadt.
Zobel	(128)
Zoologie	(60, 77) Daß der Mensch ein *zōon politikón*, ein geselliges Tier ist, hat schon Aristoteles gewußt, aber wenn heute jemand in den Zoo geht, macht er sich kaum Gedanken drüber, daß das ein Kurzwort für zoologischer Garten geworden ist.
Zores	(127) sind Sorgen; Zoresnemmer = Sorgenträger ist ein sehr gut bezahlter Beruf, nur: woher der Zoresnemmer sein Gehalt bekommt, das ist seine erste Zore.
Zucker	(92) ist entlehnt aus dem Italienischen: *zucchero* beruht auf arab. *sukkar*, glbd., und das Wort ist in allen Sprachen ähnlich. Angeblich (Duden) gibt es ein altindisches *śarkarā*, das sowohl Kieselsteine als auch gemahlenen Zucker bedeutet.
zynisch	Die altgriechische Philosophenschule des Diogenes (das ist der mit dem Faß und der Laterne) bezeichnete sich als *kynikoí* = die Hundeartigen und dokumentierte das einerseits durch hündische Bedürfnislosigkeit, andererseits durch die Bereitschaft, andere Menschen wie Bluthunde anzufallen um ihnen ihre Philosophie aufzuzwingen; griech. *kýōn*, Stamm *kyn*, war das Wort für den Hund, der etymologisch sogar verwandt ist. Es gibt Fachzeitschriften für Hundeliebhaber, die sich kynologisch nen-

nen – damit ist der Name geklärt und der philosophische Schlußpunkt für das Wörterverzeichnis gesetzt.

Zores muß hier stehen, damit der Untertitel stimmt, ist aber schon erklärt.

Bucherwähnungen, Plagiatsmöglichkeiten, Anregungen

Wir müssen dieses Kapitel nicht unbedingt lesen, vor allem, weil wir uns den Inhalt auf keinen Fall merken können und wollen; aber der Autor weiß von seinen Studentenzeiten her, daß man ein Verzeichnis der benützten Schriften anlegen muß, schon um bei Beschwerden und Richtigstellungen berechtigte Gegenargumente anführen zu können.

Da wären also zuerst einmal Wörterbücher und Lexika.
Am meisten wurde aus zwei Duden-Bänden abgeschrieben: Der Große Duden, Herkunftswörterbuch – Etymologie, Dudenverlag, Mannheim 1963, Band 7, und
Der Große Duden, Fremdwörterbuch, wie oben, Band 5.
Wer alles über ein deutsches Wort und selbstverständlich auch ein ebensolches Lehnwort erfahren will, der greift zum etymologischen Wörterbuch von Kluge-Mitzka. Hier wurde die 19. Auflage benützt, erschienen bei Walter de Gruyter & Co in Berlin 30.
»Woher?« ist der gute, weil kurze Titel eines ableitenden Wörterbuches der deutschen Sprache von Dr. Ernst Wasserzieher, das man gerne wegen seines einleitenden Teiles zur Hand nimmt; dort findet man Beispiele für schwer verständliche Fachausdrücke, für Studenten-, Twen- und Soldaten-Spracheigentümlichkeiten und auch sonst viel Interessantes. Ferd. Dümmler-Verlag, Bonn 1966.
Aus dem Lexikon der Vornamen, Dudenverlag, Mannheim 1974, haben wir nicht nur zum Stichwort Mercedes und Carmen Wichtiges gefunden, es hilft auch Eltern, die ein Kind taufen wollen, und allen, die ihren Vornamen bisher nicht deuten konnten.
Fast eine Art Lexikon: das beim Stichwort »agglutinierend« erwähnte Buch »Die Sprachen der Welt« von Frederick Bodmer, Verlag Kiepenheuer & Wisch.

Fremdsprachliche Wörter schossen dem Autor beim Schreiben unkontrolliert durch die Ganglien, wurden dann in den kleinformatigen Taschenbüchern nachgeschlagen, auf denen steht: Langenscheidts Universal-Wörterbuch. Bei komplizierteren Fällen stand dem Autor Dr. Oskar Pfeiffer vom Institut für Sprachwissenschaft an der Universität Wien höchstpersönlich zur Seite, sah in philologischen Fachbüchern nach, die der Autor nie allein gefunden hätte, und er sei hier für seine vielfache Hilfe bedankt.

Zusätzliche Fragen aus anderen Wissensgebieten beantwortete der neue Brockhaus, Verlag F. A. Brockhaus, Wiesbaden.

Die folgenden Bücher stehen in des Autors Bücherkasten; manche von ihnen gaben nur einzelne Sätze und Fakten her, aus anderen wurden größere Passagen sinngemäß wiedergegeben. Die folgende Liste erhebt keinen Anspruch auf Vollständigkeit oder Genauigkeit, wie ja der bis jetzt ach so treue Leser längst gemerkt hat, daß der Autor lieber schreibt als abschreibt, lieber fabuliert als forscht und lieber heiter als ernst genommen werden will.

Trotzdem hier die trockene Kurzaufzählung:

Forster, Hans A.: Wörter erzählen die Geschichte der Menschheit; Orell-Füßli-Verlag, Zürich 1964.

Freud, Sigmund: Totem und Tabu; Fischer-Bücher.

Harder, Franz: Werden und Wandern unserer Wörter; Verlag der Haude und Spenerschen Verlagsbuchhandlung, Berlin 1925.

Krahe, Hans: Indogermanische Sprachwissenschaft; Sammlung Göschen, Band 59.

Maas, Herbert: Wörter erzählen Geschichten; dtv, München 1965.

Mackensen, Lutz: Die deutsche Sprache in unserer Zeit; Verlag Quelle und Meyer, Heidelberg 1971.

Mackensen, Lutz: Traktat über Fremdwörter; Verlag wie oben.

Mayrhofer, Manfred: Sanskrit-Grammatik; Sammlung Göschen, Band 1158.

Seebold, Elmar: Etymologie; Verlag C. H. Beck, München 1981.

Schneider, Wolf: Wörter machen Leute; rororo-Bücher, Piper-Verlag, München 1979.

Vossen, Carl: Latein, Muttersprache Europas; Eigenverlag Düsseldorf 1978 – ein besonders interessantes Buch mit sehr wesentlichen Argumenten für die Beibehaltung des Lateinunterrichts!

Wehle, Peter: Der Autor hat ein Buch über die Wiener Gaunersprache geschrieben, das im Verlag Jugend & Volk, Wien - München, erschienen ist. Das Wort »zermåtschgert« z. B. ist so wie viele andere Dialektwörter in seinem Buch »Sprechen Sie Wienerisch« (Verlag Ueberreuter) erklärt.

Weinberg, Werner: Die Reste des Jüdisch-Deutschen; Kohlhammer-Verlag, Stuttgart 1969.

Wenn es um deutsche Sprachgeschichte ging:

Eggers, Hans: Deutsche Sprachgeschichte; Rowohlt, Hamburg 1969, und

Polenz, Peter von: Geschichte der deutschen Sprache; de Gruyter, Berlin 1972.

Tschirch, F.: Geschichte der deutschen Sprache, Schmidtverlag, Berlin 1975/2.

Die Erwähnung des »Nasobems« wurde durch die geniale Übersetzung vieler Morgenstern-Gedichte ausgelöst. Wer halbwegs englisch kann, sollte sich daran erfreuen.

Morgenstern - Knight: Galgenlieder – Gallow-songs; Piper-Verlag, München 1972.

Ein Nachtrag zur Erwähnung der Lexika (man sollte den griechischen Plural bevorzugen – Lexiken klingt blechern und Lexiköner darf man nur als Kalauer verwenden – also: Lexika):

Der Autor verwendete seine Schulbehelfe, die er behutsam durch ein langes Menschenleben aufbewahrt und sehr, sehr oft, lange vor der Idee für dieses Buch, benützt hat:

Der kleine Stowasser, Lateinisch-deutsches Schulwörterbuch, Verlag und Erscheinungsort unbekannt, da Titelblatt in grauer Vorzeit zur Herstellung eines Papierfliegers benützt. Besser erhalten, weil seltener benützt: Griechisch-deutsches Schul- und Handwörterbuch von Wilhelm Gemoll, 2. Auflage, G. Freytag Verlag, Wien.

Dazu noch: viele Werke, die in öffentlichen Bibliotheken genüßlich schmökernd durchstöbert wurden, Notizen auf Papierfetzen und Zigarettenschachteln, Briefe wohlmeinender Freunde und zahllose Zeitungsausschnitte.
Der Autor dachte sich bei solchen Gelegenheiten: wird schon nicht so wichtig sein!
Wie recht er doch hatte!

Höfliche Verabschiedung

Wir alle wissen, daß für die erträumte Europa-Sprache der Zeitpunkt noch nicht gekommen ist.

Pessimisten meinen: der kommt nie.

Optimisten sagen, wunschdenkend: *noch* nicht.

Aber die Zahl der Europa-Wörter, die in fast jedem Land unseres Kontinents verstanden werden, ist eindeutig steigend: Hotel, Kaffee, Tee, Tourist, Toilette, Cocktail, Gulasch, Museum usw.; noch viel wichtiger ist, daß die Zahl der Menschen, die fremde Wörter kennen, durch die rasante Entwicklung der Reiselustbarkeiten mit jedem Riesenreisensommer größer wird.

Drei Wochen in einem fremden Land genügen, sich eine Ahnung von der Landessprache zu verschaffen. Wenn man dann wieder daheim ist, die erworbenen Minikenntnisse methodisch ausgestaltet und mit alten, erprobten Lehrmethoden vertieft, bieten materielle und ideelle Souvenirs fröhliche Gedächtnisstützen, und auf ja und nein kann man sich beim nächsten Besuch in dem Land schon richtig verständigen und hat sich selbst ein wunderschönes Geschenk gemacht.

Aber wie fängt man an?

Man suche am ersten Abend im kleinen Gasthaus ums Eck einen Menschen, der ein wenig Deutsch kann. Diesen lädt man zu einem gemütlichen Glas Wein ein, zückt ein Blatt Papier und fragt zuerst einmal, nachdem die ersten Kontakte entwickelt sind:

»Was heißt: wie heißt?«

Nach einigen Schlucken wird der Einheimische begreifen und in seiner Muttersprache »wie heißt« sagen, was man sofort auswendig lernen muß. Alles andere schreibt man dann auf. Nach Überschreitung dieser Schwelle geht's rapid dahin.

Jetzt kann man ja schon jedem Dortigen irgendeinen Gegenstand zeigen und dazu in seiner Sprache »wie heißt das?« sagen.

Er freut sich über Ihr Bemühen und erklärt.

Wortreich, umständlich und unverständlich. Aber Sie wissen, wie der Gegenstand auf ausländisch heißt, und notieren.

Am übernächsten Abend treffen Sie noch einmal den, der Deutsch kann.

Von dem lassen Sie sich einige der folgenden Sätze und Wörter in die Landessprache übersetzen:

Was kostet?

Das ist aber teuer!

Bitte – danke! – Wie gehen die Geschäfte? – Ich möchte nämlich (Landessprache) lernen. – Herr Ober, zahlen! – Sie haben aber ein hübsches Kind. – Bitte, langsamer reden.

Diese Methode ist ausprobiert und führt zum Ziel.

Wenn Sie die fremde Sprache mit einem Lehrer zu studieren versuchen, haben Sie in drei Wochen bereits soviel Grammatik gepaukt, daß Sie das Studium traurig an den Nagel hängen, den Sie auf den Kopf getroffen hätten, wären Sie nach der obenerwähnten Methode vorgegangen. Dabei brauchen Sie im Urlaub doch gar keine Grammatik!

Noch leichter lernen Sie mit einer sympathischen Person des anderen Geschlechts. Der Ehepartner soll da großzügig sein!

Ja – und dann haben Sie eine neue Sprache gelernt und finden plötzlich, daß sich ihr Witzrepertoir ganz wesentlich vergrößert hat. Das ist ein nicht zu unterschätzender Vorteil der Mehrsprachigkeit, wie in puncto Englisch auf den Seiten 51 ff. angedeutet wurde – ganz abgesehen von dem alten tschechischen Sprichwort: kolik řečí umíš, tolikrát jsi člověkem, das heißt: so viele Sprachen du kannst, so oft bist du Mensch.

Sie sind also – je nach Umfang und Stillung Ihres Wissensdurstes – vergrößert worden, haben einen Zwilling bekommen und haben Ihrem faulen Freund, der von sprachlichen Ambitionen nichts hält, etwas voraus.

Das braucht der gar nicht zu wissen, Hauptsache, Sie wissen es!

Hoffentlich benützen Sie dieses Buch nicht, um Bekannten zu

imponieren – das können und sollen Sie auch nach gründlichster Lektüre nicht versuchen, es gelingt nämlich nicht. Aber Sie werden ein stilles, innerliches Vergnügen erleben, wenn Sie einem, der in seiner Rede einige Ausdrücke völlig verbalhornt hinausdrückt, taktvoll und bewundernd zu seiner Bildung gratulieren.

Auch wenn Sie es nur in Gedanken tun, es wird Sie freuen.

Hoffentlich ärgern Sie sich nicht, wenn Sie ein unbekanntes Fremdwort nicht finden; überhaupt, wenn sich jemand ernsthaft mit der Materie befassen will, muß er zu diesem Buch unbedingt noch ein echtes, seriöses Fremdwörterbuch benützen, denn dieses Buch wollte niemals ein Nachschlagewerk sein. (Diese kollegiale Schleichwerbung für Wörterbuchhersteller ist doch ein schönes Beispiel für echten, europäischen Altruismus!)

Aber auch in den umfangreichsten Wörterbüchern der universitätigsten Bibliotheken wird man nicht alle Fremdwörter finden, die man vielleicht gerade dringend sucht.

Denn jeder Beruf, jede Branche, jedes Wissensgebiet hat Fachausdrücke, die man nur sammeln und kommentieren müßte – und schon hätte man wieder ein neues Buch.

Aber wer soll diese Bücher schreiben?

Und dann die noch viel wichtigere Frage: Wer soll sie lesen?

An dieser Stelle möchte sich der Autor für Aufmerksamkeit, Ausdauer und wohlwollende Aufnahme beim Leser herzlich bedanken, und er darf vielleicht noch auf den folgenden Seiten in aller gebotenen Bescheidenheit noch bemerken...

Nix.

Das alles sind doch nur Floskeln. Wenn der liebe Leser bis hierher gekommen ist, dann hat ihn das alles einigermaßen interessiert. Dem Autor zuliebe hat er sicher nicht so lange gelesen.

Nun aber stellt sich noch die Frage, ob eine Verabschiedung aus Höflichkeitsgründen künstlich verlängert gehört.

Wir alle kennen die Situation: die Gäste stehen im Vorzimmer, haben längst die Überkleider angelegt und beginnen mit Recht zu transpirieren; sie haben das Essen gelobt, sich nach den Kindern erkundigt, für die vorbildliche Gastlichkeit gedankt und noch einmal das Essen und die Getränke gelobt – und keiner findet trotz gähnenden Gastgebern den Mut, als erster die Türklinke zu drücken und den gemeinsamen Abend wirklich zu beschließen.

Der Autor tut das. Er hat sich ehrlich gefreut, mit Freunden über sein Lieblingsthema plaudern zu dürfen – noch dazu ohne sich vor dem Unterbrochenwerden fürchten zu müssen –, aber jetzt ist er schön langsam froh, wieder allein zu sein.

Fin – fine – (happy?) end – kraj – konec – vége – okonzanie – telos – telos (das erste war altgriechisch, das zweite neugriechisch!).

Zu deutsch: ENDE!